SINN UND FO

BEITRÄGE ZUR LITERATUR

HERAUSGEGEBEN VON DER
AKADEMIE DER KÜNSTE

76. JAHR / 2024 / 1. HEFT

Januar / Februar

SINN UND FORM

Redaktion: Postfach 21 02 50, 10502 Berlin, Akademie der Künste, Hanseatenweg 10, 10557 Berlin, Tel. 030/20057-2220, -2221 oder -2222, Fax 030/20057-2223, E-Mail sinnform@adk.de, www.sinn-und-form.de. ISBN 978-3-943297-75-1. ISSN 0037-5756. Satz: Dörlemann Satz, Lemförde. Anzeigenverwaltung: Agentur Hanne Knickmann, Theaterstraße 7, 69117 Heidelberg, Tel. 06221/67342-50, www.kulturzeitschriften.net. Druck: Thiele & Schwarz GmbH, Kassel. Printed in Germany. Der Chefredakteur ist v.i.S.d.P. Bei unverlangt eingesandten Manuskripten ohne beiliegendes Porto keine Rücksendung. Beurteilungen werden nicht gegeben. Auf den Textseiten erscheinen in der Regel keine Literaturangaben und Anmerkungen. Nachdruck eines Beitrages während der gesetzlichen Schutzfrist nur mit Genehmigung der Redaktion. Die Zeitschrift erscheint zweimonatlich. Jahresbezugspreis einschließlich Versand 45,00 € (Inland) und 60,00 € (Ausland). Einzelheft 11,00 €. Vorzugsabonnement für Schüler und Studenten 34,00 € (Inland) und 45,00 € (Ausland).

Bestellungen von Abonnements und Einzelheften: tableau, Neumagener Straße 27, 13088 Berlin, Tel. 030/4236606, Fax 030/4285 0078, E-Mail tableau@t-online.de. Zuschriften, die den Inhalt betreffen, sind an die Redaktion, solche, die den Bezug angehen, an die Firma tableau zu richten. Das Abonnement kann spätestens sechs Wochen vor Ablauf des Bezugsjahres gekündigt werden. Die Mindestbezugsdauer beträgt ein Jahr. Die Kundennummer ist unbedingt anzugeben.

INHALTSVERZEICHNIS

ADAM VON TROTT ZU SOLZ

EIN BÖSER TRAUM

Wir marschierten ganz früh morgens auf einer schmutzigen Straße zwischen kahlen Bäumen. Linker Hand zeigte sich der erste helle Streifen am Horizont. Ich war ziemlich weit vorn in dem Zug. Von Zeit zu Zeit überholte mich in der lokkeren Marschordnung mein Hintermann – einer, mit dem ich mal zusammen auf der Schule gewesen war. Dahinter liefen, das wußte ich, noch allerlei Freunde aus der Studentenzeit und Beamte, die ich dann später auf den Büros kennengelernt hatte. Wir alle aber trugen die gleiche schmutziggrüne Uniform, Wickelgamaschen und Stiefel, deren Nägel auf dem Schotter im Straßendreck schürften. Wir marschierten aus, um uns eine Hinrichtung anzusehen.

Ein Lied müßten wir doch anstimmen. »Es geht bei gedämpfter Trommel Klang« paßte doch. Wir sangen auch nicht laut, sondern unlustig, wie man das tut, wenn man nicht gefrühstückt hat. Nur einer sang die erste Strophe oder die letzten Worte – »bricht mir das Herz noch entzwei« – gellend laut, so daß es von einer roten Backsteinmauer widerhallte, die rechts aus dem Halbdunkel auftauchte. Weil er sich wichtig tun will, dachte ich, oder um die Beamten zu ärgern. Neben mir lachte einer schadenfroh.

Die Chaussee machte nach rechts einen Bogen, und wir marschierten nun geradewegs auf eine Reihe von Baracken los, die links am Wege lagen – rechts lag die hohe, rote Mauer. Noch ging es aber durch Äcker. Sie lagen ein paar Fuß tiefer als die Straße grau und naßkalt zwischen ausgeworfenen Gräben da. Der helle Streifen am Horizont fing an, gelb zu glühen. Das Lied war unterdes zu Ende gegangen. Ich stimmte diesmal an, ich weiß nicht, wie ich darauf kam: »Zu Mantua in Banden …«. Ich merkte aber, daß die anderen nicht richtig mitsangen. Trotzdem aber machte es mir Spaß, weil ich selten die tiefen Töne so schön herausbringen konnte – so tief konnten die anderen gar nicht singen. Ich machte auch, wie ich es von einem Gesangverein gehört hatte, nach »Ganz Deutschland« und vor »lag in Schmach und Schmerz« eine richtige Zäsur, nach der man etwas leiser weitersingt.

Donnerwetter, sagte ich zu mir selbst, was mach ich hier für einen Unsinn mit: Jetzt gehen wir alle zu einer Hinrichtung, und ich tue schön mit meiner Baßstimme. Pfui Teufel! Dabei ärgerte ich mich mehr über mich selbst, als daß ich etwa erwogen hätte, daß Staat und Strafe sein müssen und »Andreas Hofer« darum nicht am Platz gewesen wäre.

Dann langten wir an den Baracken an. Es waren unansehnliche, niedrige Häuschen aus Holz, innen mit schlechter, weißer Farbe gestrichen. Man konnte deutlich die vielen Stellen sehen, an denen sie schon abgesplittert war. Offenbar waren die Räume voller Sträflinge. Sie standen meist in Reihen zu dritt und unter Bewachung hinter den Fenstern und warteten auf das Schauspiel. Mein Blick traf den eines Gefangenen mit einem ernsten und schönen Gesicht, das er abweisend fortwandte. Einige Schritte weiter trat ein schnapsnäsiger, borstiger Alter in Gefangenenkleidung aus einem Gang heraus.
Rechts umschloß die rote Mauer einen undeutlich erkennbaren Platz, auf dem sich Menschen drängten. Es waren auch Jahrmarktsbuden aufgeschlagen. Plötzlich verstand ich, was dort vor sich ging. Zwei Henker tranken sich Mut an Menschenblut, um sich vor Anwandlungen zu schützen. Der eine vor der Bude drehte mir den Rücken zu. Ich konnte nur die Flasche mit dem dunkelroten, dickflüssigen Inhalt erkennen, die er angesetzt hatte. Hinter ihm sah ich Gerätschaften und ein großes Glasbassin auf dem Tisch, in dem – wie ich sofort verstand – menschliche Fleischteile in einer grünlich klaren Flüssigkeit schwammen. Etwas weiter, an der Mauer, stand der zweite, offenbar noch jüngere Henker. Mit beiden Händen vor dem Mund hielt er in einer unbeschreiblichen Weise, als ob er mit aller Kraft den Ekel herunterwürgen müßte, die Flasche und saugte und schmatzte an ihr, hintenübergelehnt mit geschlossenen Augen. Er trug einen blau-weiß gestreiften Kittel, ein weißes Käppchen und Ledergamaschen.
Ich drehte mich um –
Trotz Anstrengung konnte ich den Fortgang des Traums nicht erfahren.

Nachbemerkung

Adam von Trott zu Solz, der Autor dieses bisher unveröffentlichten Textes, ist, wenn überhaupt, als Widerstandskämpfer gegen das nationalsozialistische Regime bekannt. Ab 1939 engagierte er sich beharrlich und unter ständiger Lebensgefahr für dessen Sturz und wurde wenige Wochen nach dem gescheiterten Umsturzversuch vom 20. Juli 1944 im Alter von fünfunddreißig Jahren hingerichtet.
Von Anfang an war Trott keinerlei Kompromisse mit dem neuen Regime eingegangen und hatte dafür persönliche Nachteile in Kauf genommen. Ein ideologisch-politischer Schulungsleiter in Kassel bescheinigte dem damaligen Rechtsreferendar »Schwäche und Unfähigkeit, bei den Ereignissen des neuen Aufbruchs anzukommen«. Obwohl »in mehrerlei Hinsicht begabt, mangele es ihm grundlegend an Eingliederung«. Der ständige Druck, dem der junge Mann ausgesetzt war, änderte nichts an seiner Entschlossenheit, selbstbestimmt zu leben und zu handeln. Als wacher Beobachter wußte Trott von Razzien, Verhaftungen und Konzentrationslagern. Er erlebte die Gefährdung und Verfolgung jüdischer und sozialistischer Freunde und Bekannte, denen er auf oft riskanten Wegen zu helfen bemüht war. Ihre Flucht und Emigration rissen bald große Lücken in seinem

Freundeskreis. In Berlin knüpfte Trott Kontakte zu verschiedensten Regimegegnern. Er unterstützte auch sozialistische Untergrundkämpfer, ohne sich allerdings ihnen anzuschließen. Ihr Scheitern bestätigte seine Einschätzung, daß Widerstand keine Aussicht auf Erfolg hatte, solange sich das Militär nicht beteiligte.

Trotts Regimegegnerschaft kommt auf besondere Weise in einer Edition von Prosatexten Heinrich von Kleists zum Ausdruck. Da man eine solche Publikation nicht unbedingt von einem Rechtsreferendar erwartet, ist vorauszuschicken, daß Trott eine breite philosophische, politiktheoretische und literarische Bildung besaß. Mit knapp zweiundzwanzig Jahren hatte er nach seinem Jurastudium in Göttingen über »Hegels Staatsphilosophie und das Internationale Recht« promoviert und anschließend in Oxford Philosophie, Politik und Volkswirtschaft studiert. Daneben hat er sich seinen Interessengebieten im Selbststudium ebenso wie in Gesprächen und Diskussionen mit vorzugsweise Gleichgesinnten gewidmet. Lesen war von Jugend an sein Lebenselixier.

Nach Überwindung erheblicher Schwierigkeiten, denn die Verleger scheuten das Risiko, konnte Trott 1935 beim Potsdamer Alfred Protte Verlag Kleists »Politische und journalistische Schriften« herausgeben. Einige der ausgewählten Texte und vor allem Trotts doppelsinnige Einleitung sind nicht zuletzt als Appell an seine Zeitgenossen zu verstehen, »mitgängerische Anpassung« zu vermeiden und sich in »freimütiger Selbstverantwortlichkeit« aus der »unheimlichen Demoralisation der Despotie« zu befreien.

An einer Stelle heißt es bei Trott: »Die Freiheit ist nicht nur ein inneres, sondern ein politisches Postulat, insofern die äußere Macht und ihr Eingriff jenen allein Recht schaffenden Ursprung echter menschlicher Ordnung zu gefährden vermag. Je unsicherer es mit der Welt überhaupt bestellt ist, desto sicherer ist es notwendig, für dieses Recht zu kämpfen.« Kleist galt damals als »Klassiker des nationalsozialistischen Deutschlands«, und dies mag dazu beigetragen haben, daß die Zensurbehörden diesen Band ungehindert passieren ließen. Auf die Idee eines Gegenwartsbezugs sind sie erstaunlicherweise gar nicht gekommen.

Adam von Trotts literarischer Versuch »Ein böser Traum« ist im Dezember 1935 entstanden, und zwar, wie aus einem seiner im Bundesarchiv Koblenz liegenden Briefe hervorgeht, nach einem Traum, den er »fast genauso neulich hatte«.

Trott war zu jener Zeit sechsundzwanzig Jahre alt, was die deutlich jugendliche Prägung des Textes erklärt. Es war eine schwierige Zeit für ihn, wie ein Zitat aus einem Brief an seinen Vater verdeutlich: «Sehr werde ich von der Unmöglichkeit, eine berufliche Zukunft vor mir zu sehen, beunruhigt.« Wodurch diese Unmöglichkeit bedingt war, ist leicht zu erahnen. Es bedrückte ihn damals auch etwas ganz Aktuelles: Ihm stand in den ersten Monaten des Jahres 1936 die Einberufung ins Referendarlager bevor. Dies war ein notwendiger Teil der juristischen Referendarausbildung, den die Nazis eingeführt hatten: acht Wochen Kasernierung in der Nähe von Jüterbog, mit mehreren hundert Mann zur ideologisch-politischen Schulung und zu militärischem Drill. Mit Hinrichtungen hatte man in diesem Lager nichts zu tun. Desungeachtet fanden sie jedoch zunehmend statt.

Man muß kein Spezialist für Traumdeutung sein, um festzustellen, daß die Aversion gegen den Lageraufenthalt in den Traum eingegangen ist. Hier ist aber ohnehin vor allem Interpretation angebracht, denn Trott hat sein nächtliches Erlebnis mit literarischen Mitteln zu einer Erzählung gestaltet.

Der Traum als Darstellungsform hat in der Weltliteratur eine außerordentliche Bedeutung, bietet er doch unbegrenzte Möglichkeiten: Der realen Welt in keiner Weise verpflichtet, vermag er gerade diese besonders deutlich zum Ausdruck zu bringen, kann sie spiegeln oder umkehren, mit Irrealem auf vielfältige Weise verquicken oder auch in anderer Form Unsagbares andeuten, je nach künstlerischer Absicht. Diese Bedeutung des Traumes war Trott natürlich bestens bekannt. Viele seiner Lieblingsschriftsteller, seien es E. T. A. Hoffmann oder Jean Paul, Dostojewski oder Kafka, haben davon Gebrauch gemacht. Trott war weit davon entfernt, sich mit solchen Koryphäen messen zu wollen. Dennoch hat es ihn offensichtlich gereizt, die Möglichkeit des Traums einmal selbst literarisch zu nutzen.

Wenden wir uns Adam von Trotts Erzählung zu. Sie hat keine eigentliche Handlung, das Hauptaugenmerk ist vielmehr auf das Wo und Wie zu richten. Für Trott war eine elementare Beziehung zur Natur charakteristisch. Von allen Naturphänomenen, die er zu beobachten und auch zu beschreiben liebte, zogen ihn der Himmel und die Bäume am meisten an. Wann immer er Natur erwähnt, und sei es in einem einzigen Satz, bezieht er sich mit Sicherheit darauf, sogar in seinem unmittelbar vor der Hinrichtung geschriebenen Abschiedsbrief. Und auch in »Ein böser Traum« kommen Himmel und Bäume wieder vor, aber negativ besetzt wie selten bei ihm. Der Himmel wird auf einen hellen Streifen am Horizont reduziert, der gelb, fast feindselig zu glühen anfängt, und die Bäume sind kahl. Die ganze Atmosphäre ist bestimmt von einer Mischung aus visuellen und akustischen Elementen: eine schmutzige Straße, »schmutziggrüne« Uniformen und Stiefel, deren Nägel auf dem Schotter im Straßendreck schürfen, eine gellende Stimme, schadenfrohes Lachen, graue und naßkalte Äcker zwischen ausgeworfenen Gräben.

Der »unlustigen« Stimmung, wenn »man nicht gefrühstückt hat«, begegnen die jungen Männer mit Gesang: »Ein Lied müßten wir doch anstimmen«. Obwohl nur ein Traum wiedergegeben wird, ärgert man sich beim Lesen unwillkürlich darüber und ist fast erleichtert, daß der Erzähler genau diesen Punkt aufgreift: »Donnerwetter, sagte ich zu mir selbst, was mach ich hier für einen Unsinn mit, jetzt gehen wir alle zu einer Hinrichtung, und ich tue schön mit meiner Baßstimme!« Nebenbei wird hier ein biographisches Detail angesprochen, denn Trott war, wie vielfach belegt, ein guter und begeisterter Sänger. So hieß es häufig: »Adam, stimm' an!«

In der Erzählung sind die Lieder aber kein Beiwerk, sondern haben eine Funktion. Beide nehmen, auf unterschiedliche Weise, das Thema der Hinrichtung auf. Das erste Lied »Es geht bei gedämpfter Trommel Klang« (nach einem Text von Adelbert von Chamisso) handelt von einer privaten Freundschaftstragödie, der Freund muß den Freund erschießen. Dieses Lied wird von allen gesungen. Das zweite Lied über die Hinrichtung eines politischen Freiheitskämpfers aber singen »die anderen nicht richtig mit«, und so singt der Erzähler auffälligerweise allein. Eine zentrale, demonstrative Bedeutung kommt der Verszeile zu: »Ganz Deutschland lag in Schmach und Schmerz«. Sie entstammt dem Gedicht »Andreas Hofer«, 1831 verfaßt von Julius Mosen. (Dort heißt es aber nicht »lag in Schmach und Schmerz«, sondern »Ganz Deutschland, ach, in Schmach und Schmerz.«) Der Tiroler Hofer wurde 1810 von einem französischen Militärgericht in Mantua verurteilt und hingerichtet und galt lange Zeit als Symbol des Freiheitskampfes schlechthin. Das vertonte Gedicht ist übrigens seit 1948 die offizielle Tiroler Landeshymne.

Der Erzähler hat es mit einem genialen Kunstgriff verstanden, die ganze Aufmerksamkeit auf diese Zeile zu lenken, indem er eine Nebensächlichkeit einfügt: »Ich machte auch, wie ich es von einem Gesangverein gehört hatte, nach ›Ganz Deutschland‹ und vor ›lag in Schmach und Schmerz‹ eine richtige Zäsur, nach der man etwas leiser weitersingt.« Ein weiterer Effekt: Durch die Betonung des leisen Weitersingens wird die Zeile erst richtig laut.

Die Verszeile läßt sich gleichsam als Leitspruch zum Erzählten verstehen: eine Welt, in der die Menschen, auch die Zivilisten, entweder Uniform oder Sträflingskleidung tragen, selbst der Henker. Eine Welt, die bestimmt wird von einer hohen, roten Mauer und unansehnlichen Baracken voller Sträflinge. Und dann sind da noch die blutschlürfenden und blutschmatzenden Henker. Sie sind ein ekelhaft eindrückliches Symbol für das Phänomen der Enthemmung, der Vorbereitung zu ungeahnter Brutalität.

Nicht nur die herausgehobene Verszeile, sondern den ganzen Text dieser Alptraum-Vision hat Adam von Trott auf seine Gegenwart bezogen. Er schickte ihn an seinen Bekannten Gustav Ecke, einen literarisch versierten Kunsthistoriker, in Peking. Ecke war jahrelang nicht mehr in Deutschland gewesen, und da Trott ihm keinen Tatsachenbericht über die veränderten politischen Zustände geben konnte, versuchte er es mit Literatur. Ganz unauffällig für die Zensur schrieb er dazu: »Mehr als dieses und jenes sagt Ihnen über uns vielleicht das kleine Blatt, das ich Ihnen beilege.«

In der geistigen Öde des Referendarlagers war Trott mit Georg Basner, einem der Schulungsleute, über Literatur ins Gespräch gekommen. Basner war Laienautor und schrieb an einem Drama über den schwedischen König Karl XII. Zu seiner Freude traf er in Trott einen Literaturkenner und suchte dessen Rat für sein Werk »Thron im Nebel«. Vielleicht weil er die Wirkung auf diesen Mann testen wollte, ging Trott das Risiko ein und schickte Basner den »Bösen Traum«. Dieser reagierte erschrocken, auch wenn er dies mit Humor zu überdecken bemüht war: »Ja, lieber Trott, haben Sie sich da einen tollen Spaß mit sich geleistet oder was? Nach diesen Visionen müßte man für den Schreiber fürchten (...) Was soll denn der Kleist oder der E. T. A. Hoffmann dazu sagen?« Nicht ohne den Schulungswart hervorzukehren, fügte er hinzu: »Ich schicke es Ihnen wieder, obgleich ich mir nicht einmal eine Abschrift machte, ich will es lieber lassen.«

Für uns heutige Leser bezieht »Der böse Traum« eine beklemmende Wirkung vor allem aus einer späteren Tatsache. Der Alptraum bricht ab, und der Erzähler kann »trotz Anstrengung seinen Fortgang nicht erfahren«. Anders als er wissen wir: Nicht im Traum, sondern in der Realität fand die Hinrichtung statt, die des Verfassers selbst am 26. August 1944 in Berlin-Plötzensee.

Benigna von Krusenstjern

ROBERT BYRON

NÜRNBERG 1938

Vorbemerkung

Vom 6. bis 12. September 1938 wurde in Nürnberg der letzte »Reichsparteitag« der NSDAP abgehalten. Die Massenveranstaltung fand auf dem Höhepunkt der Sudetenkrise statt, weshalb die Reden der nationalsozialistischen Führungsriege auch von internationalen Diplomaten und Journalisten aufmerksam verfolgt wurden. Zum Abschluß des Reichsparteitags hielt Hitler am 12. September eine aggressive Rede, in der er der deutschen Minderheit in der Tschechoslowakei seine Unterstützung zusicherte, worauf es in den sudetendeutschen Gebieten zu Unruhen mit zahlreichen Opfern kam. Am 30. September wurde das Münchner Abkommen unterzeichnet, mit dem das Sudetenland an das Deutsche Reich abgetreten und ein Krieg in Europa vorerst verhindert wurde.

Unter den Besuchern des Reichsparteitags befand sich auch der britische Autor Robert Byron (1905 – 1941). Er hatte in den zwanziger Jahren eine Reihe von Büchern zu byzantinischer Kunst und Geschichte veröffentlicht und ausgedehnte Reisen durch die Sowjetunion, Indien, China und Tibet unternommen. 1937 war sein bis heute berühmtestes Buch, »Der Weg nach Oxiana«, erschienen, das von seiner Suche nach den Ursprüngen islamischer Architektur in Persien und Afghanistan handelt. Als entschiedener Gegner der faschistischen Bewegungen in Europa kritisierte er in journalistischen Beiträgen die britische Appeasement-Politik gegenüber Nazideutschland. Gleichzeitig arbeitete er als eine Art Lobbyist für die Anglo-Iranian Oil-Company und versuchte, seine lange geplante Monographie über den Ersten Weltkrieg zu schreiben. Nach Nürnberg reiste er, um im Auftrag der britischen Regierung Material zu sammeln, das im Falle eines britischen Kriegseintritts als Propaganda verwendet werden könnte.

Dank seiner Bekanntschaft mit der englischen Hitler-Anhängerin Unity Valkyrie Mitford (1914 – 1948) gelangte Byron auf die Liste der »Ehrengäste« des Reichsparteitags. Die in Byrons Tagebuchaufzeichnungen »Bobo« genannte Unity Mitford war eine der sechs »Mitford-Sisters«, schillernde Persönlichkeiten, die sich quer durch das politische Spektrum engagierten, darunter Diana Mitford, die mit Oswald Mosley, dem Gründer der British Union of Fascists, verheiratet war, und Jessica Mitford, die auf republikanischer Seite am Spanischen Bürgerkrieg teilnahm. Unity Mitford war seit ihrem Besuch des Reichsparteitags 1933 von Hitler fasziniert und zog 1934 nach München, um Kontakt mit ihm aufzunehmen. In den folgenden Jahren sahen Hitler und Mitford sich regelmäßig, sie hatte ständigen Kontakt zur Führungsriege der NSDAP. Zum Reichsparteitag 1938 reiste sie in Begleitung ihrer Eltern, Lord und Lady Redesdale.

Der für Anfang September des folgenden Jahres geplante Reichsparteitag fand nicht mehr statt, am 1. September 1939 überfiel Deutschland Polen. Am 3. September erklärte England Deutschland den Krieg. Verzweifelt über die Konfrontation zwischen ihrem Geburtsland und ihrer Wahlheimat, unternahm Unity Mitford am gleichen Tag in Mün-

chen einen Suizidversuch, den sie schwer verletzt überlebte. Sie konnte nach England zurückkehren, wo sie 1948 an den Spätfolgen ihrer Verletzungen starb.
Robert Byron war im Februar 1941 auf dem Weg nach Persien, um dort als Kriegsberichterstatter zu arbeiten, als sein Schiff vor den Färöer-Inseln von einem deutschen U-Boot versenkt wurde.
Die vorliegenden Tagebuchaufzeichnungen wurden erstmals 1987 (in leicht gekürzter Form) im britischen »Spectator« veröffentlicht.

Niklas Hoffmann-Walbeck

3. September

Seit einem Jahr arbeite ich nun für die Ölindustrie, zuständig für eine Art heimliche Öffentlichkeitsarbeit, in sinnlosem aber komfortablem Wohlstand (£ 1000 Gehalt und £ 400 – 500 Spesen im Jahr). (...) Selbst wenn ich nicht arbeiten müßte und finanziell unabhängig wäre, wäre jetzt wohl nicht der richtige Zeitpunkt, um die Arbeit an meinem Buch (der Geschichte des 1. Weltkriegs) zu beginnen. Es ist kaum möglich, die Geschichte des letzten Krieges zu schreiben, während man schon im nächsten steckt, oder zumindest kurz davor. Abgesehen von den geistigen und körperlichen Beschwernissen, die eine solche Situation mit sich bringt, hätte ich das Gefühl, daß mein Thema unvollständig ist: als ob man über das Ergebnis eines Wettrennens berichtet, das noch nicht zu Ende ist. Das Traurige ist, daß dieser Zustand wohl auf unbestimmte Zeit andauern wird, und je länger, desto wahrscheinlicher ist es, daß es wirklich wieder zum Krieg kommt. Mein einziger Trost ist, daß ein solcher Krieg bei den gegenwärtigen Kräfteverhältnissen wohl schneller vorbei wäre als der letzte. Aber vielleicht irre ich mich auch mit meinem Pessimismus. Hoffentlich.

Jetzt sitze ich im Zug, zwischen Ansbach und München, im Herzen des Feindeslands sozusagen, und versuche, mich an die einzelnen Momente zu erinnern, in denen mir die Gefährlichkeit der politischen Lage bewußt wurde. Es geht mir dabei nicht um philosophische Überlegungen – ein weiser Mann hätte die gegenwärtige Lage vielleicht schon 1923 erahnen können, als Mussolini Korfu bombardierte, oder 1933, als die Nazis an die Macht kamen. Das waren die Phasen, wie ich sie persönlich wahrgenommen habe:

1) 1929–35: Ein neuer Krieg ist »unmöglich«.
2) Sommer 1935: Ein neuer Krieg ist »möglich«.
3) Herbst 1935: Krieg mit Italien ist wahrscheinlich.
4) Herbst 1936 (nach meiner Rückkehr aus China): Ich schäme mich für mein Land und fürchte, daß es sein moralisches Ansehen verschleudert hat. Das

Gefühl: Wenn ich nun – als Mann im kampffähigen Alter – in den Krieg ziehen müßte, wäre es nicht für eine sinnvolle Sache, sondern weil Baldwin, Hoare und Eden es vermasselt haben.

5) 5. Februar 1938: Der Rücktritt von Eden nimmt unserer Außenpolitik den letzten Rest Orientierung. Ich überlege, ob es möglich ist, die Regierung zu Sinnen zu bringen, indem man alle Menschen im Staatsdienst unter vierzig zum Streik aufruft (keine sehr realistische Idee, aber das einzige, was mir damals einfiel).
6) März 1938: Die Vergewaltigung von Österreich. Alles zu spät. Krieg nun unvermeidlich. Aber ich bete dafür, daß ich falsch liege und Chamberlains Appeasement-Strategie doch noch aufgeht.
7) 21. Mai 1938: Ein Hoffnungsschimmer. Die englische Regierung warnt Deutschland (ich glaube eher aus Versehen und aufgrund der Gerüchte über Truppenbewegungen sowie dank Ribbentrops Talent, Sir Nevile Henderson zu verärgern), daß England bei einer Invasion in der Tschechoslowakei nicht neutral bleiben würde. Das hat eine heilsame Wirkung auf die öffentliche Meinung in Deutschland (über Pfingsten bin ich in Berlin).
8) August 1938: Große deutsche Manöver, die man als Zeichen einer bevorstehenden Invasion in der Tschechoslowakei deutet.
9) 22. August 1938: In einer Rede in Lanark erinnert dieser Wurm Simon Deutschland daran, daß es für England unmöglich ist, neutral zu bleiben, allerdings in einem so zurückhaltenden und kraftlosen Ton wie nur möglich. Das darauf folgende wütende Knurren aus Berlin zeigt aber, daß die Rede effektiver war, als ich gedacht hätte.

Als ich, noch in London, mit Tom beim Mittagessen im Arthurs Club saß, kamen diese Würmer Halifax, Simon und Henderson und setzten sich an den Nachbartisch. Sie sahen vergnügt aus. Mir verschlug es den Appetit.

Nun, wo Franco angeboten hat, die Truppen zurückzuziehen und damit die anglo-italienischen Vereinbarungen gegenstandslos geworden sind, hat sich Chamberlains »Appeasement«-Strategie in Luft aufgelöst. Sie ist nicht nur gescheitert und hat damit den Krieg wahrscheinlicher gemacht; sie hat sich einfach völlig aufgelöst, so daß wir nun ohne Ruder in noch viel flacheren Gewässern treiben als zuvor.

Jetzt bin ich auf dem Weg zum *Parteitag* in Nürnberg, um herauszufinden, ob es dort irgend etwas gibt, das mich von den oben dargelegten Einschätzungen abbringen könnte. Eigentlich sollte ich direkt mit Tom dorthin reisen, aber er

war im letzten Moment verhindert, da der oberste Militärrichter krank wurde. Um nicht alleine in Nürnberg anzukommen, fuhr ich vorab nach München, um dort Unity und die Redesdales zu treffen. Ob man mich in Nürnberg willkommen heißen wird, ob ich überhaupt auch nur ein Bett bekomme, weiß ich nicht. Sowohl die Botschaft in London als auch das Amt für *Ehrengäste* in Berlin haben mich auf die Einladungsliste gesetzt. Aber ein offizielles Schreiben habe ich nicht bekommen. Tom allerdings auch nicht.
Die Bahnhöfe, durch die unser Zug fährt, sind in Vorbereitung auf den Reichsparteitag festlich dekoriert worden. Aber überall sind ganz im Gegensatz zum Zustand vor zwölf Jahren ein Verfall und eine Verkommenheit zu beobachten (zuletzt war ich 1926 in Bayern). Manche sagen, daß ich mir das nur einbilde. Wieder erstaunt mich das völlige Fehlen von Farbe in der Landschaft.

Baldwin Stanley Baldwin (1867–1947) 1923–37 dreimal britischer Premierminister.
Hoare Samuel Hoare (1880–1959) 1935 Außenminister, 1937–39 Innenminister;
Eden Anthony Eden (1897–1977) 1935–55 dreimal Außenminister.
Chamberlains Appeasement-Strategie Neville Chamberlain (1869–1940), 1937–40 britischer Premierminister.
Nevile Henderson (1882–1942) 1937–39 Botschafter in Deutschland.
Ribbentrops Talent Joachim von Ribbentrop (1893–1946) 1936–38 deutscher Botschafter in London, ab 1938 Reichsaußenminister.
dieser Wurm Simon John Allsebrook Simon (1873–1954) 1937–40 britischer Schatzkanzler.
Tom Tom Mitford (1909–1945), Bruder der Mitford-Schwestern. Weigerte sich nach Kriegsbeginn, gegen Deutschland zu kämpfen, starb nach Stationen in Italien und Nordafrika bei Kämpfen in Burma.
Halifax Edward Wood, 1. Earl of Halifax (1881–1959) 1938–40 Außenminister, prominenter Vertreter der britischen Appeasement-Politik.
Parteitag Kursivierungen im Text im Original deutsch.

5. September

Um 13:40 Uhr komme ich im Regina Palast Hotel an. Bobo war zum Bahnhof gegangen, um mich abzuholen, kehrte aber bald zurück. Wir treffen die Redesdales beim Mittagessen im *Haus der Deutschen Kunst*, eines der neuen Bauwerke des *Führers*. Sehr schlichter Klassizismus, es gelingt mir nicht, das Baumaterial zu bestimmen – entweder ist es der Naturstein aus dieser Gegend, ein poröses, brüchiges Material, das aussieht wie zusammengepreßter, weißer Kies, mit häßlichen Flecken, oder einfach Beton.

Dann Fahrt mit dem Auto nach Nymphenburg, um die Amalienburg zu sehen. Die aneinandergrenzenden Zimmer in Blausilber und Gelbsilber sind einfach Meisterwerke.
Das Abendessen nahmen wir auf dem Platzl ein, mit dem Essen auf unseren Knien. Dichtes Gedränge, Lord Redesdale und Bobo mußten eine Stunde vorher kommen, um den Tisch zu besetzen beziehungsweise unsere vier Plätze an einem Tisch, den sie am Tag zuvor reserviert hatten. Bobo erzählt, daß sie hier nur ein einziges Mal in Ruhe essen konnte, als sie in Begleitung von Streicher war. Unterhaltsame Vorführungen: Jodler, ein kurzes Schauspiel et cetera, alles sehr bayerisch. Das Stück macht sich lustig über Besucher aus Preußen und über das Regime, aber alles in einem so breiten Dialekt, daß es unmöglich zu verstehen ist. Ein Lied wird gesungen, dessen Strophen auf das Wort *gsuffa* enden – was ausgetrunken bedeutet. Dazu haken sich alle unter und schunkeln gemeinsam.
Dann das Hofbräuhaus gegenüber besichtigt, wo alle noch viel betrunkener waren (es war Samstag abend), der Ort, an dem die Partei ihre ersten Heldentaten vollbrachte, und dann zurück ins Hotel. Ich saß noch eine Stunde an der Hotelbar und beobachtete die Jeunesse dorée, wie sie süße Cocktails durch Strohhalme schlürft.

Am nächsten Nachmittag besuchten wir eine Altdorfer-Ausstellung. Erschreckend schlechte Bilder. Entweder handelt es sich um Fälschungen oder Altdorfer war ein erschreckend schlechter Maler. Die Häßlichkeit und Grausamkeit, die auf deutschen Bildern aus dieser Zeit gezeigt wird, ist, wenn sie nicht durch *Kunst* veredelt wird, fürchterlich und erklärt vieles.

Gestern, Sonntag, war ich früh auf und habe einen Rundgang durch die Kirchen gemacht. Die Frauenkirche – riesig und gotisch – ist sehr schön. In jeder Kirche sind Predigten zu hören, oder vielmehr Reden von den Kanzeln, in denen es häufig um Schulen geht. Trotz ihrer gigantischen Dimensionen sind alle Kirchen brechend voll.
Zurück zum Hotel, wo man mir sagte, daß alle englischen Zeitungen konfisziert wurden. Dann fuhr Bobo mich zur Pinakothek, mit einem kleinen Umweg, um zu sehen, ob der *Führer* zurück ist. Ist er nicht – das kann Bobo daran erkennen, daß niemand vor dem äußerst unscheinbaren Gebäude, in dem sich seine Wohnung befindet, Wache hält.
Dann in die Pinakothek. Viele vertraute Raffaels, hektarweise riesige Rubens, ein schöner Filippo Lippi und eine häßliche Pietà von Botticelli. Eine schöne »Entkleidung« von El Greco, kleiner und weniger farbenfroh als die in Toledo, schöne Tizians, eine Frau und Karl V. auf einem Stuhl, ein wunderbarer

Tiepolo. Aber alle in schlechtem Zustand, Firnis stumpf und fleckig, die Farben abgedunkelt.
Zum Mittagessen in die Osteria Bavaria, ein kleines *bürgerliches* Restaurant, in das der *Führer* zu gehen pflegte, als die Parteizentrale hier in der Nähe war, und wo Bobo das erste Mal mit ihm ins Gespräch kam, indem sie ihn anstarrte (die Geschichte mit dem Huthaken stimmt nicht). Bobo setzte sich auf den Stammplatz des *Führers*. Ansonsten gewöhnliche Mittelklassefamilien, die hier zu Mittag essen.
Bobo erzählt, daß die Hanfstaengl-Eskapade auf sie zurückzuführen ist. Hanfstaengl sei ihr immer mit seinen Geschichten auf die Nerven gegangen, wie gefährlich es für ihn gewesen sei, während des Ersten Weltkriegs in Amerika zu leben, wo die Leute ihm Ziegelsteine in die Fenster schmissen. Deshalb habe sie Hitler bei einem Treffen in der Reichskanzlei vorgeschlagen, Hanfstaengl nach Spanien zu schicken. Also wurde ihm ein Streich gespielt. Man bugsierte ihn in ein Flugzeug, das zwar in Leipzig landete, aber Hanfstaengl war überzeugt, daß man versucht hatte, ihn umzubringen. Er eilte zurück nach München, versuchte vergeblich, seine Schwester ausfindig zu machen, und floh nach Zürich.

Lord und Lady Redesdale holten uns ab: Lady Redesdale sagt, sie sei in der Kirche gewesen. Bobo ist davon angewidert, aber überzeugt, daß so etwas nach dem Parteitag nicht mehr vorkommen wird.
Köstlicher süßer Wein en carafe – zum Essen gab es Forelle blau. Die Redesdales reisen ab nach Nürnberg. Bobo und ich machen einen Spaziergang durch den Englischen Garten, im Chinesischen Turm trinken wir Tee. Ich lenke das Gespräch auf die Außenpolitik und sage, daß es an Deutschland sei, die Prinzipien aus *Mein Kampf* zu befolgen – also sich mit England gut zu stellen, während man nach Osten expandiert. In dieser Hinsicht versagt die deutsche Diplomatie. Bobo nimmt den Standpunkt ein, daß alle Schuld bei England liege. Ich erwidere, dem möge zwar so sein, aber darum gehe es nicht – fest stehe, daß sich die diplomatischen Beziehungen zwischen beiden Ländern verschlechtern. Sie sagt, daß es keinen Krieg geben wird, da dies das Lebenswerk des *Führers* zerstören würde. Es würde ihn umbringen, wenn eines seiner neuen Bauwerke kaputtginge. Die Engländer würden nur deshalb von Krieg sprechen, weil sie (wie die Menschen auf der ganzen Welt) Opfer jener Propaganda seien, die von den Juden gesteuert werde, die ihrerseits gute Gründe hätten, Deutschland in einen Krieg hineinzuziehen. Und weil die Konservative Partei eine Kriegsstimmung herbeireden müsse, um die Aufrüstung zu rechtfertigen.
Was die Ablehnung der gegenwärtigen englischen Regierung betrifft, stimmen wir überein (wenn auch aus unterschiedlichen Gründen). Ich wäre froh, wenn man

die Regierung einfach per Knopfdruck verschwinden lassen könnte, würde dafür aber nie zur Waffe greifen. Bobo hingegen möchte sie persönlich umlegen.
Sie hat mittlerweile eine Pistole, die sie immer neben sich auf den Nachttisch legt. Als sie neulich ins Krankenhaus mußte, hatten alle Angst, daß sie im Fieberwahn um sich schießen könnte – sie will w i r k l i c h einen dieser Typen abknallen. Ich rate ihr, erst mal auf eine Frau zu schießen, damit man sie nicht für eine Feministin hält. Dann würde man sie bestimmt für eine Lesbierin halten, wendet sie ein.
Ich sage, daß Eden zwar der vielleicht entschiedenere Gegner Deutschlands gewesen sei, sein Rücktritt aus deutscher Perspektive aber dennoch einen Verlust darstelle, da nur dank ihm die englische Außenpolitik einigermaßen berechenbar war. Ich kann den Deutschen keinen Vorwurf daraus machen, daß sie die Haltung der Engländer nicht verstehen, da niemand sich die Mühe macht, sie ihnen zu erklären – sie bekommen nur Lord Londonderry zu sehen. Bobo haßt ihn, hier stimmen wir überein.
Ich sage, daß es für das Verhältnis beider Länder gewiß besser sei, wenn sie wissen, mit wem sie es zu tun haben, und lese ihr die ersten Zeilen von Sir Eyre Crowe vor. Das hinterläßt zwar Eindruck bei ihr, sie bleibt aber dabei, daß es unser Fehler gewesen sei, die deutschen Angebote auszuschlagen. Der *Führer* würde, wenn er in Österreich und der Tschechoslowakei tut, was er für richtig hält, vielleicht ein paar Jahre diplomatischer Verstimmungen riskieren, aber früher oder später würde es zu einer deutsch-englischen Allianz kommen, das sei doch der Kern der Rassenlehre, und sowieso werde Deutschland dann so stark sein, daß England sich um ein Bündnis bemühen werde.
Sie gibt zu, daß der *Führer* einen Fehler gemacht hat, als er Ribbentrop als Botschafter nach England entsandte. Sie sagt, sie sei zwar überzeugt, daß es keinen Krieg gibt, aber es könne ihr (aus deutscher Sicht) auch gleichgültig sein, da Deutschland dazu »bestimmt« sei, zu gewinnen. Alle Autoren seit Chamberlain hätten das gesagt und gespürt. Ob ich das nicht auch spüren würde? Ich wende ein: Und was ist mit dem letzten Krieg? Das sei nur ein Vorspiel gewesen. Jetzt wäre Deutschland zu Lebzeiten des Führers dazu bestimmt, die dominierende Macht zu werden, und England (es täte ihr leid, da sie das Land so gern habe) würde eine zweitrangige Macht werden, wenn es sich nicht in die angebotene Allianz retten würde.
Sie sah überhaupt nicht ein, warum eine Politik, der es gelungen war, innerhalb von zwei oder drei Jahren die ganze Welt gegen sich aufzubringen, auch aus deutscher Perspektive problematisch sein könnte. Ich warf ihr Kurzsichtigkeit vor, da sie nicht darüber nachdachte, was nach Österreich und dem Rheinland etc. kommen würde. Sie warf mir im Gegenzug Kurzsichtigkeit vor, da die

Verstimmungen in ein paar Jahren vergessen sein würden und die Welt entweder von einer deutsch-englischen Allianz regiert werden oder England untergehen würde. Was England wirklich brauche, sei ein Mann mit Gehirn – aber sie gab zu, daß es wohl hundert Jahre dauern könnte, bis einer gefunden sei.
Nebenbei erwähnte sie, daß Diana ihr Leben an den Diktator von England gebunden habe. Wenn es ihm nicht gelingen sollte, Diktator zu werden, müsse sie Selbstmord begehen.
Als wir zu ihrem Auto zurückkamen, lag darin ein anonymer Zettel, auf dem stand, daß einem anständigen Engländer übel würde, wenn er ein englisches Auto mit zwei Hakenkreuzfahnen sehe.
Dann fuhren wir zur Wohnung des *Führers* und erkannten an den davor geparkten Autos, aus denen Gepäck ausgeladen wurde, daß er zu Hause war. Wir aßen im Hotel zu Abend und gingen dann wieder in die Osteria, in der Hoffnung, ihn dort anzutreffen, aber er kam nicht.
Die Redesdales riefen aus Nürnberg an, daß man ihnen einen kleinen Salon im *Gasthaus* zur Verfügung gestellt habe und sie sich wohl fühlten.

Streicher Julius Streicher (1885 – 1946) Gauleiter von Mittelfranken sowie Gründer und Herausgeber von »Der Stürmer«.
Hanfstaengl-Eskapade Ernst Hanfstaengl (1887 – 1975) deutsch-amerikanischer Geschäftsmann und Politiker, früher Förderer Hitlers und ab 1931 Auslandspressechef der NSDAP. Fiel Mitte der dreißiger Jahre in Ungnade und sollte im Februar 1937 durch einen fingierten Fallschirmunfall ermordet werden. Wurde aber von einem der Piloten gerettet und floh über die Schweiz nach Großbritannien.
Lord Londonderry Charles Vane-Tempest-Stewart, 7. Marquess of Londonderry (1878 – 1949), 1931 – 35 britischer Luftfahrtminister, reiste 1936 – 38 als Privatdiplomat mehrfach nach Deutschland, freundschaftliche Kontakte mit der NSDAP-Führung.
Sir Eye Crowe (1864 – 1925) britischer Diplomat, veröffentlichte 1907 ein »Memorandum on the present state of British relations with France and Germany«, das vor den deutschen Hegemoniebestrebungen warnte, die zu einem Krieg mit Großbritannien führen würden.
Chamberlain Houston Stewart Chamberlain (1855 – 1927) englisch-deutscher Schriftsteller, Schwiegersohn Richard Wagners, veröffentlichte 1899 »Die Grundlagen des 19. Jahrhunderts«, das in Deutschland zu einem antisemitischen Bestseller wurde. Die englische Übersetzung (1910) erschien mit einer Einleitung von Algernon Mitford, dem Großvater Unity Mitfords.
Diana Diana Mitford (1910 – 2003), Schwester Unity Mitfords, ab 1936 mit Oswald Mosley (1896 – 1980), dem Gründer der »British Union of Fascists«, verheiratet, der hier als »Diktator von England« bezeichnet wird.

6. September

Gestern Besuch in der Glyptothek, eine wunderbare Skulpturensammlung, zu der jetzt auch die Marmorfigur des Diskuswerfers gehört, es muß eine der schönsten Skulpturen sein, die es überhaupt gibt.
Bobo sagt, daß der *Führer* von den neuen Bauwerken in Rom überwältigt war und bereute, nicht genug Zeit zu haben, sie ausführlich zu besichtigen. Vor zwei oder drei Tagen habe er zu Bobo gesagt: »Henlein will mit mir sprechen, ich habe keine Ahnung, worum es gehen könnte.«
Um etwa zwölf Uhr Mittag sind wir mit Bobos Wagen in München aufgebrochen und waren dank der *Autobahn* bereits um zwei oder halb drei in Nürnberg. Die *Autobahn* sieht schön aus zwischen den Hügeln, sie paßt perfekt in die Landschaft. Das bayerische Bauernland ist reizend, überall dieselben Petunien, aber die alten Wappen mit den hellblauen Rauten sind weitgehend verschwunden. Die farblosen Wälder hingegen lassen mich kalt.

Als wir in Nürnberg ankamen, sagte Bobo dem Leiter des Hotels, daß der *Führer* ihr versprochen habe, sie könne fünf Begleiter mitbringen (in Wirklichkeit fünf Familienmitglieder), so daß ich das Zimmer von Tom beziehen konnte – ein großes Glück, da ich sonst wohl nie einen Platz im Hotel gefunden und in einem der Züge hätte übernachten müssen. Die Gruppe Engländer im Hotel besteht aus den Redesdales, Bobo, mir selbst, Clive, Brocket, Ward Price (andere Journalisten wohnen im Zug), Lord Stamp und Lord McGowan.
Wir gingen vor die Tür und sahen den *Führer* in seiner durchfallfarbenen Uniform in einem schwarzen Auto stehend auf dem Weg zum Rathaus. Nürnberg sehr hübsch dekoriert – Stadtbanner, grüne Gebinde mit goldenen Schnüren –, aber die Hakenkreuze überall, schwarz und weiß auf viel scharlachrot, sind eher monoton.
Ich ging zu einer Orgelprobe in die St.-Lorenz-Kirche und verstand plötzlich, vielleicht zum ersten Mal, wie unglaublich tief unsere Kultur mit dem Christentum verbunden ist, und wie wertvoll die Werte sind, die das Christentum in sie gegossen hat. Sie sind das Leben, die anderen sind der Tod.
Wir hatten keine Karten für die *Meistersinger* (damit werden die Feierlichkeiten immer eröffnet). Als man sich hätte anmelden können, war Bobo krank gewesen.
Wir saßen vor dem Abendessen gerade im Foyer, als zwischen all den Faschisten, den Falangisten mit ihren roten Baretts, den Deutschen in allen erdenklichen Uniformen, bedeckt mit Orden, Medaillen und Abzeichen, plötzlich Lord Redesdale auftauchte und mit gesenktem Kopf bedächtig auf und ab ging. Er war auf der Suche nach einer Nadel, die Lady Redesdale bei der Handarbeit fallengelassen hatte.

Nach dem Abendessen ging ich auf eine *Bräu*-Tour. Zuerst kam ich ins Gespräch mit zwei SA-Männern aus Hannover, die beim Gedanken an Waterloo und die Verwandtschaft unserer Völker ganz rührselig wurden. Die Vorstellung, daß Deutschland und England gegeneinander Krieg führen könnten, bestürzte sie, sie hatten die Möglichkeit offenbar noch nie in Erwägung gezogen, bevor ich sie darauf ansprach. Wir verabschiedeten uns mit innigen Freundschaftsbekundungen. Später entdeckte ich in einem Durchgang ein verstecktes *Bräu* voller SA-Männer, die ihre Arme um die Bardame legten, während einer von ihnen auf das Klavier trommelte – eine Szene wie aus einem Teniers-Gemälde. Dann noch ein weiteres großes *Bräu*, wo ich mit einem Flieger aus der Gegend ins Gespräch kam, der glaubte, daß nur die Juden schuld an der Kriegsgefahr seien, und sich kaum davon überzeugen ließ, daß Eden kein Jude ist. Um zwei zu Bett.

Heute morgen mit einem Bus in die Luitpoldhalle, ein riesiger Hangar oder so etwas ähnliches, reichgeschmückt für die Eröffnungszeremonie. Enormer Chor und Orchester. Der *Führer* und all die bekannten Gesichter betreten den Saal und durchschreiten begleitet von Heil-Rufen den Hauptgang, dann werden zu Musik die Standarten hereingetragen – die Rienzi-Ouvertüre, die hier seltsam unpassend und intellektuell wirkt, dann ein Kirchenlied über Gott. Dann die Verlesung von Namen gefallener alter Kämpfer, darunter Wessel und Planetta – der *Führer* sieht aus, als ob er wirklich berührt ist. Dann Begrüßungen. Dann eine Rede von Streicher. Dann liest Heß eine Rede des *Führers* vor. Den meisten Applaus bekommen die Sätze »Der *Führer* hat immer recht« und »Alles, was der *Führer* tut, ist notwendig«. Der *Führer* habe in einer englischen Zeitung gelesen, daß er einen Pakt mit den Großmächten schließen würde, da er sonst auf dem Reichsparteitag mit leeren Händen dastehen würde. Aber statt eines Paktes bringe er nun neun neue Gaue. Die Arbeitslosigkeit überlasse er den Demokratien. Eine Menge Witze werden gemacht. Bobo sagt, daß der *Führer* »einen hinreißenden Sinn für Humor« habe – als Lord Redesdale ihm erzählte, daß ihm Berlin nichts bedeute, da man dort nicht Schlittschuh laufen könne, sei er vor Lachen fast gestorben.
Die Veranstaltung war gut organisiert und sollte Eindruck machen. Die ganze Zeit wartete ich darauf, berührt zu sein, aber es geschah nicht. Aus künstlerischer Sicht ist die Kombination aus endlosen scharlachroten Flächen mit schwarzweißen Kreisen und durchfallfarbenen Uniformen häßlich. Und man fühlt den Tod – die Abwesenheit des Lebensfunkens. Ich meine nicht die Geistlosigkeit oder die Unfreiheit, sondern etwas noch Negativeres. In dieser Hinsicht unterscheidet es sich sehr von Rußland – dort ist die Kraftanstrengung nachvollziehbar, die Gefühle lebendig, man kann sie sogar verstehen. Hier hat man den Eindruck, daß all dies nicht von Dauer sein kann, weil es nichts gibt, was ihm Dauer verleihen

könnte, eine absolute geistige Leere. Ich behaupte nicht, daß das die Wahrheit ist, aber so habe ich es empfunden. Wenn man sich Göring, Ribbentrop, Goebbels (der ein Zwerg ist) oder Streicher anschaut, ist es, als ob man Automaten betrachte, denen alle Attribute des Menschlichen verlorengegangen sind. Beim *Führer* hat man diesen Eindruck übrigens nicht, bei Himmler auch nicht.
In seiner Rede ging er nicht auf die Tschechoslowakei ein, nicht einmal indirekt. Selbst mit meinen geringfügigen Deutschkenntnissen konnte ich einen Qualitätsunterschied zwischen dieser Rede und den übrigen feststellen. Die Rede des *Führers* bestand nicht ausschließlich aus Klischees. Die anderen Reden waren voller Sachen, die wir seit Jahren zu hören bekommen – daß Menschen dem immer noch zuhören können, ist mir unbegreiflich.
Ich hatte nicht das Gefühl, daß die Leute besonders begeistert waren, auch wenn das übergreifende Thema »Großdeutschland« (das heißt Österreich) überall Zustimmung fand.

Die Armseligkeit, mit der sich die Frauen hier kleiden, ist sehr auffällig. Das allgemeine Publikum in dieser Stadt ist häßlicher als alles, was ich je gesehen habe, selbst in Rußland. Die Leute hier lassen Altdorfer, Bosch und Brueghel als recht naturgetreue Gestalter erscheinen. Alle starren voll Entsetzen, Neid und Feindseligkeit auf Bobos sehr zurückhaltend geschminktes Gesicht.
Die morgendliche Zeremonie hat bei mir den Eindruck von einem Volk hinterlassen, das auf Erden und im Himmel dem Untergang geweiht ist. So etwas habe ich in Rußland nie gespürt. Ich hatte erwartet, auf etwas kraftvoll Böses zu treffen, das um jeden Preis vernichtet werden muß – und vielleicht ist es auch so. Aber das ist nachrangig zur Leere und Negativität von alledem. Es ist weniger geistiges Gift als ein geistiger und spiritueller Tod – ein Tod, der größer ist als der körperliche Tod – der Tod von Byrons »Darkness« (nachschlagen!). Ich frage mich, ob ich recht habe oder woher dieser Eindruck rührt, selbst wenn ich unrecht haben sollte. Jetzt gehe ich mit den Redesdales spazieren.

Henlein Konrad Henlein (1898 – 1945), Anführer der Sudetendeutschen Partei.
Clive, Brocket, Ward Price (...), Lord Stamp und Lord McGowan Ronald Nall-Cain, 2nd Baron Brocket (1904 – 1967), Politiker der Konservativen Partei, Mitglied des Anglo-German Fellowship und Nazi-Sympathisant; George Ward Price (1886 – 1961) britischer Journalist, der hauptsächlich für die Daily Mail berichtete; Josiah Stamp, 1st Baron Stamp (1880 – 1941) Industrieller und Ökonom, Mitglied des Young Committee for German reparations; Harry McGowan, 1st Baron McGowan (1874 – 1961) Industrieller, Vorsitzender der Imperial Chemical Industries (ICI).
Wessel und Planetta Horst Wessel (1907 – 1930) Berliner SA-Sturmführer, der von KPD-Mitgliedern getötet wurde; Otto Planetta (1899 – 1934) ermordete 1934 den österreichischen Bundeskanzler Dollfuß, kurz darauf hingerichtet.

7. September

Die *Reichsarbeitsdienst*-Parade findet im Stadion statt, ein viel schönerer Bau aus Granit mit Treppen aus Marmor und mit mosaikbesetzten Decken. Alles nicht sehr fein, aber im großen und ganzen g u t gearbeitet. Wir hatten fünf Plätze auf der Mitteltribüne direkt hinter dem *Führer*, Göring etc. Sir Nevile Henderson verbrachte den größten Teil des Morgens im Gespräch mit Göring. François-Poncet sprach mit Ribbentrop.
Die Parade bestand aus vierzigtausend Männern – mit Spaten – und zweitausend Frauen. Es dauerte eine Stunde, bis die Männer am *Führer* vorbeimarschiert waren, der in seinem Auto stand. Sie waren in zehn Gruppen aufgeteilt und gingen im Exerzierschritt, was bei guter Anleitung fast wie Ballett wirken kann. Es kommt darauf an, den Körper sehr aufrecht zu halten, dic Füße zu strecken und sich mit den Zehen vom Boden abzustoßen. Nachdem sie auf diese Weise vorbeimarschiert waren, rannten alle eine Meile weit und stellten sich dann wieder zu einem gigantischen Panorama zusammen. Schließlich traten zweitausend nackte Männer (es war sehr kalt und naß) nach vorne. Dann Lieder nach Programm – wie in einem Gottesdienst – mit Gesängen aus unterschiedlichen Bereichen des Feldes.
Ich fand diese Auflösung des Individuums in einem unmilitärischen Zusammenhang schwer erträglich. Aber die ganze Veranstaltung war viel zugänglicher als die gestrige. In den Liedern viel Jargon und Klischees, aber auch eine Ahnung vom Land, der *Deutschen Erde*:

> *Mögen Wasser, Moor und Bruch, mag der Sturm auch schnauben,*
> *Unser junges Werk gelingt, weil wir daran glauben.*

Die erste Zeile hat einen wirklichen Klang, die zweite ist fürchterlich. Aber wirklich überzeugend wirkte »*Wir sind die Fahnenträger der neuen Zeit*«, das gesungen wurde, während in den Ecken des Feldes die Standarten geschwungen wurden. Hier konnte man verstehen, wovon Christopher Sykes mir oft berichtet hat und was schwer vorstellbar ist, wenn man Deutschland in den zwanziger Jahren nicht erlebt hat: was für eine ängstliche Verwirrung und geistige Anarchie diese Zeit für Deutschland bedeutet hat und wie zwangsläufig und spontan die gegenwärtige Reaktion vor diesem Hintergrund scheint. Auf dem Weg nach draußen wurde Bobo von Goebbels und Streicher gegrüßt.
Zu unserer Gruppe sind nun auch Lord und Lady Hollenden und Thelma Cazalet gestoßen. Gestern abend sprach Bobo mit einem ernsthaften jungen Abgeordneten der Konservativen Partei und nannte ihn einen marxistischen Liberalen. Es ist komisch zu sehen, wie die Leute sie so ernst nehmen können.

Bemerkenswert, daß Houston Chamberlain ausgerechnet von Lord Redesdales Vater übersetzt wurde. Lord Redesdale sagt, daß er als Kind das Wort *Grundlagen* nicht ausstehen konnte. Jetzt hat er sich das verdammte Buch gerade für seine Bibliothek besorgt.
Kein Wort von der Tschechoslowakei, bis auf den folgenden Vers:

Mauern und Grenzen von Menschen erdacht
Können das Reich nicht zerstören.
Blut ist stärker als feindliche Macht,
Und was Deutsch sein will, muß Deutschland gehören.

Mit großer Inbrunst gesungen.

Die deutschen Diplomaten verstehen unsere Haltung natürlich nur als Stärkung der Tschechen. Wenn man die englischen Zeitungen liest, gewinnt man den Eindruck, der Krieg könne jeden Moment losgehen, in Frankreich werden die Reservisten ausgehoben etc.
In meinem Zimmer gibt es einen Stiefelknecht.

Gestern vor dem Abendessen ein bezaubernder Spaziergang mit Lady Redesdale, wir tranken Bier und aßen Würstchen oben beim Schloß mit Blick auf die Stadt und all die wundervollen spitzen Dächer, als die Lichter angezündet wurden. Besuch der St.-Egidien-Kirche, wundervoller barocker Innenraum, sehr nüchtern und nicht überladen.
Ward Price zeigte sich beim Mittagessen besorgt über den Krieg.
Ich weiß nicht, wie ich jemals wieder von hier fortkomme. Bei sechshunderttausend Besuchern stehen die Chancen wohl schlecht, einen Zug zu bekommen.

Byrons »Darkness« Apokalyptisches Gedicht von Lord Byron, entstanden 1816 im »Jahr ohne Sommer«, das auf die Explosion des Tambora-Vulkans folgte.
François-Poncet André François-Poncet (1887–1978), französischer Politiker und Diplomat, 1931–38 Botschafter im Deutschen Reich.
Christopher Sykes (1907–1986) britischer Schriftsteller und Freund Robert Byrons, der ihn auf seinen Reisen durch Persien und Afghanistan begleitete.
Thelma Cazalet Thelma Cazalet-Keir (1899–1989), britische Feministin und konservative Politikerin.

8. September

Gestern abend bin ich mit Virginia Cowles und *Herrn Luft* durch die Stadt gezogen. Später haben wir James Holburn getroffen, der ununterbrochen von London ans Telefon gerufen wurde. Die Times hat in einem Leitartikel gefordert, daß die Tschechen die Sudetengebiete aufgeben sollten, bevor es zu spät ist. Dieser Artikel ist das Ergebnis irgendeiner Intrige (die wahrscheinlich auf Astor zurückgeht). Das Außenministerium hat eine Richtigstellung veröffentlicht, der Artikel entspreche nicht der offiziellen Haltung. Gleichzeitig wurden zweiundachtzig Sudeten in *Mähreich* (Name bestätigen) mißhandelt. Henlein wurde hier in Nürnberg im Grand Hotel gesichtet. Kategorisch wird berichtet, daß:

a) er den *Führer* getroffen hat.
b) er den *Führer* nicht getroffen hat.
c) er die Stadt verlassen hat, um den Ort des Geschehens zu besuchen, und daß er am Freitag vor die Presse treten wird.
d) er die Stadt nicht verlassen hat.

In der Zwischenzeit ruft die Times alle paar Minuten bei Holburn an, um ihm die letzten Neuigkeiten aus Prag zu berichten. Die Sudetendeutschen haben die Verhandlungen mit der tschechoslowakischen Regierung abgebrochen, aber Runciman hat sie gezwungen, sich mit Hodza zu treffen. Als wir um ein Uhr morgens aufbrachen, saßen sie in Prag immer noch beisammen. Habe den Rest des Abends mit einem lächerlichen britischen Faschisten verbracht, der hierhergekommen ist, um seine lächerliche Paradeuniform zu tragen.

Heute morgen sind die Zeitungen voller Entrüstung. Ich fühle mich sehr deprimiert. (...) Virginia hat gestern Henderson und François-Poncet getroffen. Letzterer betrübt, ersterer erfüllt von schwachsinnigem Optimismus.

Runciman Walter Runciman (1870 – 1949) Minister verschiedener britischer Regierungen, im Herbst 1938 nach Prag entsandt, um in der Sudetenkrise zu vermitteln.
Hodza Milan Hodža (1878 – 1944), 1935 – 38 Ministerpräsident der Tschechoslowakei.
Virginia Cowles (1910 – 1983), amerikanische Journalistin. In ihrem Buch »Looking for Trouble« (1941) beschreibt sie ihren Aufenthalt in Nürnberg.
James Holburn (1900 – 1988), Korrespondent der Times.
Astor John Jacob Astor (1886 – 1971), amerikanischer Politiker und Unternehmer, ab 1922 Besitzer der Times.
Mähreich Am 7. September kam es in Mährisch-Ostrau zu Zusammenstößen zwischen der Polizei und Mitgliedern der Sudetendeutschen Partei.

8. September, abends.

Heute morgen bin ich wieder zum Reichsparteitag gegangen. Bobo hatte einen Platz in der ersten Reihe für uns reserviert. Da der Vertreter des deutschen Außenministeriums uns erklärt hatte, daß von Ausländern nicht erwartet wird, den Hitlergruß zu machen, hatte ich dies auch nicht vor. Aber nun, wo ich von Bobo hier plaziert worden war und keinen Hut trug, den ich hätte heben können, und mir außerdem vorgenommen hatte, in dieser Woche lieber jede Erniedrigung zu ertragen, als auf Einblicke in die »Bewegung« zu verzichten, hob ich meinen Arm. Als der Parteiführer mit schnellen Schritten um die Ecke bog, wurden meine Finger vom *Führer* beinahe abgebissen, so daß ich meinen Arm rasch zurückzog und so eine Haltung grotesker Schlaffheit annahm – es war mir alles sehr peinlich.
Wann immer ich aufschaute, traf mein Blick den von Goebbels, Himmler oder dem *Führer*. An den Blicken, die er ihr zuwarf, konnte Bobo erkennen, daß der *Führer* schlechte Laune hatte. Aber später, als die Rede aufs Burgenland kam, taute er auf und lächelte ihr zu. Beim Herausgehen lächelte er auf die liebenswürdigste Weise.
Aus nächster Nähe und untermalt von der wunderbaren Musik wirkten die Standarten großartig, insbesondere wenn sie von Motorradfahrern in schwarzen Helmen und silbernen Abzeichen getragen wurden. Die Musik ist hier tatsächlich Teil des Staats (vergleiche D'Annunzio in Triest). Bevor der Reichsparteitag heute begann, wurde Beethoven gespielt.
Frank sprach zuerst über Justiz – eine knurrende, bösartige Rede voller deutscher Verbitterung und Haß auf die Demokratien. Er prophezeit, daß Schuschnigg des Verrats für schuldig befunden wird. Er behauptet, die Kriminalitätsrate sei in den Demokratien in den letzten zwei oder drei Jahren um hundert Prozent gestiegen, während sie in Deutschland um hundert Prozent abgenommen habe. Dafür zitierte er deutsche Statistiken, aber weder englische noch amerikanische. Darauf folgte eine annehmbare Rede mit vielen Statistiken von Dr. Todt, der die *Autobahnen* gebaut hat. Dann Dietrich, der Presseminister, eine endlose, wörtliche Aufzählung der Lügen in der ausländischen Presse – dabei aber äußerst gutgelaunt. Selbst die SS-Männer vor mir hatten Schwierigkeiten, sich ein Lachen zu verkneifen, als sie hörten, es sei deutschen Männern verboten, sich häufiger als viermal im Monat zu rasieren. Er beschimpfte Mme Tabouis, Pertinax, die Week (ein »*Käseblatt*«) und die News Chronicle für General Reichenaus angeblichen Welteroberungsplan. Poliakov ... eine launige Rede. Zum Ende zitierte er irgendeinen idiotischen englischen Politiker mit den Worten, die Presse sei eine große Gefahr für die internationalen Beziehungen, und fragte, warum die demokratischen Regierungen nichts dagegen unternähmen.

Schlüsse:

1) Die Deutschen müssen sich sehr schwach fühlen, wenn die ausländische Presse sie derart beschäftigt (Verbindung zu der Behauptung, daß ihre Niederlage 1914 – 1918 auf einer *Lüge* beruhte).
2) Dietrich ist auf keinen der ernsthaften Vorwürfe eingegangen: Der Leitartikel in der Times über »die Vergewaltigung Österreichs« oder die »Hommage an die Mörder« wurden nicht erwähnt.

Die Rede wurde in Textform an die Journalisten verteilt. Ich fürchte, sie werden nicht berichten, wie amüsant und gutgelaunt der Vortrag war, der Text liest sich offenbar nicht so.
Journalisten, die bereits länger in Deutschland sind, bemerken, wie außerordentlich freundlich die ganze Veranstaltung bislang ist. Vielleicht beginnt dieses verirrte Volk langsam zu verstehen, daß es nicht sehr weise ist, die gesamte Welt gegen sich aufzubringen.

Gesichter:

- Ribbentrop sieht aus wie eine angesehene Schriftstellerin.
- Goebbels wirkt liebenswürdiger als auf Fotografien.
- Himmler grauenerregend. Er saugt an seinen gefletschten Zähnen.
- Beim *Führer* fällt die rosa-weiße Schwammigkeit seines Gesichts auf. Die Falten unter seinen Augen reichen sehr weit nach außen und spreizen sich dann – Augen wie Erbsen, aber ein gutgelauntes Gesicht, offenkundig sehr berührt von Musik.

Am Nachmittag besichtigte ich statt der Festspiele und Sportveranstaltungen die Reichskleinodien im Katharinenkloster – w u n d e r v o l l. Die Krone hat diesen unverkennbaren, satten Honigton, den ich aus der Schatzkammer noch gut in Erinnerung habe. Die Dalmatica ist sehr schön. Aber wie undankbar gegenüber Wien, den Schatz mitzunehmen. Wien war das einzige System, in dem sich die deutsche Kultur zumindest einigermaßen anderen Völkern öffnete. Ist das die Art und Weise, wie dem österreichischen Geist (oder seiner historischen Funktion) gedankt wird? Zweifellos glauben die Nazis, daß die deutsche Kultur mit ihrem System größeren Anklang finden wird. Mal sehen, ob sie enttäuscht werden.
Von dort aus lief ich quer durch die Stadt zum neuen Freimaurer-Museum. Ein fürchterlicher Freimaurertempel im Jugendstil. Das Mosaik am obersten Stockwerk ist abscheulicher Kitsch und bestimmt authentisch. Diese Bloßstellung ist das Beste, was die Nazis gemacht haben.

Beim Abendessen saß ich neben Oberst Bolitho, dem Lordleutnant von Cornwall. Er behauptete – und billigte –, daß die im Mittelmeer versenkten britischen Schiffe von der britischen Marine selbst angegriffen worden waren, aus Sympathie gegenüber Franco. Ich sagte ihm: »Wenn ich vor zehn Jahren auch nur geahnt hätte, daß ich irgendwann einmal einen Engländer so reden hören würde, wäre ich auf der Stelle in die Schweiz oder nach Island ausgewandert.« Holburn sagte heute abend, daß die Stimmung in Prag ruhig und versöhnlich sei.

D'Annunzio in Triest Gabriele D'Annunzio (1863 – 1938) rief im September 1919 eine italienische Regentschaft am Quarnero aus, in der Formen und Rituale des deutschen und italienischen Faschismus vorweggenommen wurden.
Frank Hans Frank (1900 – 1946), als »Reichsrechtsführer« oberster Jurist und ab 1939 Generalgouverneur im besetzten Polen.
Schuschnigg Kurt Schuschnigg (1897 – 1977) 1934 – 38 Bundeskanzler von Österreich.
Dr. Todt Fritz Todt (1891 – 1942), Bauingenieur und SA-Obergruppenführer, ab 1933 Generalinspektor für das deutsche Straßenwesen.
Dietrich Jacob Otto Dietrich (1897 – 1952), Reichsleiter für die Presse der NSDAP.
Mme Tabouis, Pertinax Geneviève Tabouis (1892 – 1982), linke französische Journalistin, die den »Anschluß« des Sudetenlandes voraussagte; André Géraud (1882 – 1974), konservativer französischer Journalist, der unter dem Pseudonym Pertinax schrieb.
Poliakov Wladimir Poliakov (1864 – 1938), Geschäftsmann und Zeitungsverleger, 1933 – 36 Herausgeber des Pariser Tageblatts.
den Schatz mitzunehmen Nach dem »Anschluß« Österreichs waren die Reichskleinodien von Wien nach Nürnberg überführt worden.
das Beste, was die Nazis gemacht haben Julius Streicher hatte das Logenhaus 1935 beschlagnahmt und in ein »Anti-Freimaurer-Museum« umgestaltet.
im Mittelmeer versenkten britischen Schiffe Zwischen April und August 1938 wurden vierzehn britische Handelsschiffe, die republikanische spanische Häfen anliefen, von italienischen Kampfflugzeugen versenkt oder beschädigt.

9. September

Heute morgen zum Reichsparteitag – Gott sei Dank mußten wir nicht wieder in die erste Reihe und konnten in der dritten sitzen. Die erste Rede über den *Arbeitsdienst* – am meisten Applaus bekam die Bemerkung, daß eines Tages hoffentlich alle europäischen Völker zusammenarbeiten würden. Die üblichen Vergleiche mit anderen Ländern, Aufzählungen, welches Land in welchem Umfang den *Arbeitsdienst* eingeführt hat. Immer wieder wurde Bulgarien genannt, aber ich habe nicht recht verstanden, in welchem Zusammenhang. Die zweite Rede über Nahrungsmittelproduktion – alle Statistiken zeigten selbstverständlich nach oben. Großer Beifall für die Erklärung, daß das *Deutsche Volk* nun garantiert für zwei Jahre mit Brot (und Zucker, glaube ich) versorgt sei. Die dritte Rede über die Presse, aber eher allgemein, ohne Bezug auf die ausländischen Zeitungen (soweit ich das verstehen konnte).

Bislang konnte ich zwei eindeutige Strategien der Regierung ausmachen (auch wenn sie nicht die wichtigsten sein mögen):

1) Den Leuten Märchengeschichten über den Stand der Kriegsausrüstung zu erzählen.
2) Die Kräfte aufzuspüren und aufzulösen, die Deutschland … [unleserlich].

Am Nachmittag unternahm ich mit Lady Redesdale eine Rundfahrt durch die Zeltlager. Der *Führer* ließ fünfundzwanzigtausend Frauen, inklusive Fräulein Cazalet, bestürzt zurück, als er nicht zu ihrer Parade kam.
Die Journalisten sind sehr pessimistisch. Es heißt, die französische Regierung habe eine erzürnte Notiz gesendet, in der sie mit der totalen Mobilmachung droht. Henderson erzählte Ward Price, daß es hier hinter den Kulissen viel mehr Anspannung gibt, als es an der Oberfläche den Anschein macht. François-Poncet ist abgereist.

Abendessen mit dem Herzog von Coburg – ein liebenswürdiger alter Herr, mit dem sich angenehm sprechen läßt. Danach der *Appell der politischen Leiter* – ein wundervoller Anblick – vierunddreißig Reihen scharlachroter Fahnen und dazwischen dreiunddreißig hellblaue Suchscheinwerfer, die senkrecht in den Himmel zeigen, wo sie scheinbar miteinander verschwimmen und eine Art Tanz aufführen. Hunderttausend Menschen waren im Stadion. Dann wurden in einem breiten Strom fünfundzwanzigtausend Fahnen hereingetragen mit vierzehn schmaleren Strömen an jeder Seite. Alles zitterte und glitzerte in Scharlachrot und Gold. Auf der großen Tribüne standen die Feuerschalen und erleuchteten die Flaggen zwischen den Säulen. Der *Führer* hielt eine Rede, in der er sagte, daß er dunkle Wolken am Horizont aufziehen sehe und darauf zähle, sich auf die hier Versammelten verlassen zu können.

10. September

Als ich das gestern nacht aufschrieb, war ich schon im Halbschlaf. Heute sind wir früh aufgestanden und haben uns in einem kleineren Stadion die Parade der

Hitlerjugend angesehen. Eine ausgeklügelte Inszenierung: zwei Reihen mit Fahnenträgern betraten das Stadion, die einen mit roten, die anderen mit schwarzen Fahnen. Unter der Tribüne trafen sie aufeinander und liefen durcheinander hindurch. Es sprach Baldur von Schirach, ein gepflegt aussehender Mann. Der Jubel ist hier spontaner als bei den anderen Paraden – ich habe bislang noch nicht den r a s e n d e n Jubel beobachtet, den ich erwartet hatte (das ist seltsam), aber das mag auch an der Ordnungsliebe der Deutschen liegen.

Ich stelle fest: Das hier ist zweifellos Demokratie. Aber eine Demokratie, die nicht vom rationalen Menschen ausgeht, der selbständig denkt, sondern von einem völlig gefühlsbestimmten Tier, das sein Denken dem Instinkt der Masse unterordnet. Beidem wohnt etwas Wahres inne, aber in diesem System spielt die Menschlichkeit eine viel geringere Rolle. So heute morgen, als Teile der versammelten Jugend sich irgendeines weißen Kleidungsstückes entledigen, so daß sich in der Masse die Initialen A.H. abhoben. Mich überkam ein Ekelgefühl – daß man M e n s c h e n auf diese Weise benutzt.

Was wir hier sehen, ist, denke ich, das jährliche Witenagemot. Die ganze Veranstaltung ist bemerkenswert, sie hat zweifellos den Charakter einer Demokratie und nicht einer Tyrannis. Es gibt hier keine Kriecherei und keine Verbeugungen, eine allgemeine Ungezwungenheit umgibt die Entourage des *Führers*. Und alles ist neu in dem Sinne, daß die technischen Ressourcen der Gegenwart – Flutlichter, Telekommunikation, Autos – nicht nur integriert, sondern geradezu ins Zentrum gerückt werden. Und dies ohne jede Nachlässigkeit, denn diese Technologien machen geradezu die Essenz der Inszenierung aus. Ich habe noch kein Pferd gesehen – nicht ein einziges. Oder liegt das vielleicht nur daran, daß der *Führer* nicht reitet?

Bobo erzählt, daß der *Führer* sehr schnell gelangweilt sei – er lebe für die Aufregung und scheine auch nur in solchen Momenten wirklich glücklich zu sein. Nachdem er im Februar die Generäle entlassen hatte, habe sie ihm gesagt: »Diesmal hast du aber ziemlich für Wirbel gesorgt.« Er habe geantwortet: »Man muß irgendwas unternehmen. Sonst wird das Leben zu langweilig.« Man sollte diese Geschichten zwar nicht wortwörtlich nehmen, aber sie verraten doch einen gewissen Charakterzug. Er haßt Sport, macht nur sehr kurze Spaziergänge, aber rast gerne mit seinem Auto herum. Er liest manchmal, aber nur in der Nacht. Wenn Bobo einen ganzen Tag mit ihm in München verbringt, was ab und an vorkommt, würde er ununterbrochen irgendwelche Unternehmungen planen, die er dann aber wieder sein lasse, weil sie nicht aufregend genug seien.

das jährliche Witenagemot Ratsversammlung geistlicher und weltlicher Würdenträger in den angelsächsischen Kleinkönigreichen.
im Februar die Generäle entlassen Anfang 1938 wurden der Reichskriegsminister und Oberbefehlshaber der Wehrmacht, Werner von Blomberg, sowie der Oberbefehlshaber des Heeres, Werner von Fritsch, entlassen. Hitler entledigte sich damit der wichtigsten Kritiker seiner aggressiven Außenpolitik und übernahm den Oberbefehl über die Wehrmacht.

11. September

Nachdem ich gestern den obigen Eintrag geschrieben hatte, ging ich mit Virginia Cowles zum Mittagessen in den Württemberger Hof. Um zwanzig vor drei kamen die Journalisten von der Göring-Rede zurück, die wir verpaßt hatten. Sie waren sichtlich mitgenommen von der Brutalität des Vortrags, Göring hatte die Tschechen »kulturlose Schweine« genannt.
Ribbentrop hat einen Empfang gegeben, bei dem auch der *Führer* anwesend war. Die Redesdales und Bobo verbrachten im Anschluß eine Stunde in Gesellschaft des *Führers*. Er habe nicht im geringsten besorgt gewirkt und hauptsächlich über das Wetter und den *Arbeitsdienst* gesprochen.

Abends wieder Reden. Bei Goebbels, der eine einzigartig schwuchtelige Gestik hat, konnte ich einiges verstehen. Er begann damit, *Nationalsozialismus*, *Bolschewismus* und *Demokratie* miteinander zu vergleichen. Der *Bolschewismus* sei der Bastard der *Demokratie*, was diese aber zu leugnen versuche. Jede Demokratie gehe auf die Französische Revolution zurück, mit der ein Zeitalter begonnen habe, das nun zu Ende sei. Die Hälfte des Vortrags bestand aus Zitaten aus der ausländischen Presse. Dieser g r a u e n h a f t e deutsche Sarkasmus, eine honigsüße Giftschlange, die auf Elefantenfüßen daherkommt. Aber bemerkenswerterweise gab es nur verhaltene Resonanz. Mit der größtmöglichen Verachtung in der Stimme zitierte Goebbels verschiedene Artikel ausländischer Zeitungen, in denen die Tschechoslowakei als »Oase« in Mitteleuropa bezeichnet wurde. Er wartete auf Gelächter. Aber es kam nichts. Für Zitate, daß die Kultur in Deutschland tot sei, gab es wieder höhnisches Gejohle im Publikum. Wie Dietrich vermied er es, auf die wirklich wichtigen Vorwürfe einzugehen. Er sagte, daß nicht Deutschland diesen Wettstreit der Niedertracht begonnen habe, sondern die Demokratien. Deutschland sei auf der Suche nach echten Freunden. Einige seien bereits gefunden und es würden sich noch mehr finden. Diese Leute sind wirklich b e s e s s e n von der ausländischen Berichterstattung. Wann immer die deutsche Presse im Ausland kritisiert wird, kommt das hier in die Schlagzeilen.

(Ich hatte vergessen zu erwähnen, daß die eher nüchternen Journalisten die Rede von Göring als Teil einer Kampagne deuteten, die die deutsche Öffentlichkeit davon überzeugen soll, daß das Land sicher und im Krieg unbesiegbar ist – ähnlich wie die Aussagen über die Nahrungsmittelvorräte. Die Rede wurde mit Lautsprechern in das Restaurant übertragen, in dem wir zu Mittag aßen. Als sie vorbei war, standen alle Gäste von ihren Stühlen auf und sangen die Nationalhymne – offenbar ein höchst ungewöhnlicher Vorgang.)

Am Abend ein Empfang im SS-Lager. Himmler begrüßte die Gäste. Er hat eine unglaublich kleine Hand, wie die einer Puppe. Ich saß neben einem alten Soldaten, vielleicht war es Kriebel. Er sagte, daß er viele Jahre lang militärischer Berater von Chiang Kai-shek gewesen und erst kürzlich zurückgekehrt sei. Seltsamerweise war er als Leutnant auch an der Niederschlagung des Boxeraufstands beteiligt. Er sagt, das Ergebnis des Krieges sei unvorhersehbar, aber China sei mittlerweile eine Nation geworden. Es war offensichtlich, daß er nicht frei sprechen konnte. Im Zusammenhang mit dem *Badenweiler*-Marsch, den der *Führer* an sich gerissen hat, nannte er den *Führer* schlicht Hitler. Er sagt, daß der Marsch, oder vielmehr sein Refrain, die Kämpfe 1914 eröffnet habe – ohne Befehle. Er war Mitglied der Waffenstillstandskommission in Spa, ein angenehmer alter Herr. Die Redesdales saßen neben Ribbentrop, aber auf den Krieg kam er nicht zu sprechen. Als Präsent bekamen die Gäste mit Süßigkeiten gefüllte weiße Vasen.
Später traf ich mich mit Sauerwein, Dr. Silex, Virginia Cowles und Ward Price – der Presse-Hochadel. Sauerwein wurde apokalyptisch. Mit dem Finger auf Silex zeigend, sagte er: »Wenn ihr etwas Geduld habt, werdet ihr schon bekommen, was ihr wollt. Aber wenn ihr einen Krieg anzettelt, werdet ihr die ganze Welt gegen euch haben.«

Silex: »Das kennen wir schon.«

Sauerwein: »Die ganze Welt. Ihr habt keine Ahnung, wie verhaßt ihr seid.«

Silex: »Doch, das wissen wir.«

Sauerwein: »Ich sage Ihnen, wenn ihr einen Krieg anzettelt, ist Deutschland verloren, VERLOREN.«

Silex, gleichgültig: »Daran können wir nichts ändern.«

Dann wandte Sauerwein sich mir zu und erklärte mir, was er mit »verloren« meinte. Er sagte, daß Deutschland nach einem weiteren Krieg buchstäblich entvölkert werden würde. Die Deutschen müßten aus Europa vertrieben und verstreut werden. Er frage sich, ob die Einwohner von Neuseeland wohl bereit sein würden, ihre Inseln gegen Deutschland einzutauschen.
Silex behauptete, daß die gegenwärtigen Auseinandersetzungen nur Deutschland und die Tschechoslowakei etwas angingen. Der alte General hatte beim

Abendessen das gleiche gesagt: »Wenn es Krieg gibt, ist diesmal England schuld.« Beide Male versuchte ich, allerdings vollkommen erfolglos, zu erklären, daß die englische Außenpolitik nicht von momentanen Stimmungen abhinge, sondern seit zweihundert Jahren einem bestimmten Prinzip folge. Während Deutschland von seinen Diplomaten immer wieder in die Katastrophe geführt wird.

Silex: »Diplomaten sind bedeutungslos.«

R. B.: »Nun, diese Leute, die sich um die Beziehungen zwischen den Ländern kümmern, wie auch immer man sie nennt, sie haben keine Ahnung von englischer Außenpolitik und können daher auch keine entsprechenden Strategien entwickeln.« Und so weiter.

Sauerwein beugte sich wieder zu mir herüber und sagte, er sei ein alter, unbedeutender Mann, auch wenn er viele Jahre als Journalist gearbeitet und viele wichtige Menschen getroffen habe. Aber morgen würde er mit dem *Führer*, mit dem er früher einmal gut bekannt gewesen war, zu Mittag essen. Und wenn sich die Möglichkeit bieten sollte, würde er dem *Führer* das gleiche sagen wie zuvor Silex: »Wenn Sie jetzt einen Krieg anzetteln, ist Deutschland verloren.«

Ward Price hatte vorher Bobo zugeflüstert, die einzige Möglichkeit, den Krieg zu verhindern, wäre ein Interview von ihm mit dem *Führer*. Sie war darauf nicht eingegangen. Er ist ein sehr liebenswerter Mann, höflich, amüsant und immer hilfsbereit.

Es ist merkwürdig, hier einmal nicht als Byzantinist, Reisender, Ölmagnat oder Architekturkritiker vorgestellt zu werden, sondern als jemand, der hin und wieder für die Times schreibt – merkwürdig, aber sehr wirkungsvoll!

Um halb fünf in der Früh legte ich mich schließlich schlafen und wurde bereits um sechs – oh Gott – wieder aufgeweckt, um die Weihe der neuen Standarten von SA und SS zu sehen. Noch ein neues Stadion. Noch eine neue und wieder sehr eindrucksvolle Zeremonie. Noch eine neue *Führer*-Rede! Aber langsam merke ich, daß ich all das nicht mehr ertrage. Jetzt marschieren sie durch die Stadt, fünf Stunden lang, zum alten Marktplatz, der jetzt Adolf-Hitler-Platz heißt.

Als wir um 10:30 Uhr zum Hotel zurückkamen, war Lord Redesdale gerade von der Oxford Group in Interlaken angerufen worden. Sie sagten, sie wollten beim *Führer* einen »Sinneswandel« bewirken, und ob er dem *Führer* einen Brief zeigen könnte, den sie am 9. September in der Times veröffentlicht hatten, dies würde seine Wirkung zweifelsfrei tun. Redesdale antwortete, daß er keine Ausgabe der Times vom 9. September habe und wohl auch keine bekommen könnte und es außerdem unwahrscheinlich sei, daß er den *Führer* nochmals treffen würde. Bobo erzählt, daß die Oxford Group sie drei Wochen lang jeden Morgen

aus London angerufen habe, mit dem Angebot, jemanden für den Sinneswandel vorbeizuschicken – mit dem Flugzeug. Aber Bobo habe geantwortet, daß sie gar nicht will, daß der *Führer* sich wandelt. Lord Redesdale: »Nein, verdammt, ich mag den Burschen so wie er ist.«
In manchen Momenten frage ich mich, ob das alles wirklich der Alptraum ist, als den ich es wahrnehme, oder eine Vorstellung im Palladium. Bobo sagte zu Lord Redesdale: »Da es keinen Krieg geben wird, werden die Leute nun denken, der Frieden sei dir zu verdanken.«
Himmler schwärmt anscheinend für die Oxford Group und tauscht sich schriftlich mit ihnen über ihre Sorgen aus. Frau Himmler hat ein nervöses Zucken im Gesicht.
Ich lese »Crome Yellow« (1921) – ich hatte es in dem Glauben gekauft, daß es das vergangene Zeitalter abbildet, was es auch tut. Aber die Figur Mr. Scogan gibt einen einzigartig genauen Ausblick auf das heutige Deutschland, mit der Ausnahme, daß die Führungsschicht in Wirklichkeit eben n i c h t rational handelt – oder doch? Ich ziehe meinen Hut vor Huxley.

Ich muß die bemerkenswerten Parallelen zu Rußland notieren:
1) Der öffentlich verkündete Glaube an ein neues Zeitalter.
2) Eine neue Hagiographie.
3) Eine neue Ideographie (die Nachfolger des *Führers* werden ihre Schwierigkeiten damit haben, das Hakenkreuz wieder zu entfernen – es klebt an jeder Brücke, an jeder Türklinke, es findet sich in jedem Mosaik etc.).
4) Pilgerstätten für die Revolution, das Braune Haus etc.
5) Führerkult.
6) Bedeutungslosigkeit des Außenministers (Ribbentrops Stern ist am Sinken).
7) Die Feier von Festtagen der Revolution – hier ist der 9. November der wichtigste, ich glaube, das ist das Datum des Hitlerputsches. Die *alten Kämpfer* marschieren auf der damaligen Route durch München und halten an der Stelle inne, wo ihre Kameraden erschossen wurden.
8) Die Erhebung von Verbrechern zu Helden.
9) Radio etc.

Ich habe soeben Ward Price getroffen, der vom Mittagessen in der Burg mit dem *Führer* zurückkam. Sauerwein hatte keine Möglichkeit gehabt, irgendwas zu sagen. Der *Führer* in leutseliger Stimmung, sprach über das Wetter: »Gut für die Kartoffeln, schlecht für den *Parteitag*.« Ward Price glaubt, daß das ein gutes Vorzeichen für die morgige Rede ist. Ich habe den Brief in der Times gefunden und lege ihn bei – ein Haufen Mist. Wenn Lord Redesdale das dem *Führer* gezeigt hätte, hätte er ihn auch gleich darum bitten können, an Gott zu glauben! Es sind Leute, die eine »moralische Wiederaufrüstung« fordern, die so einen Brief unterschreiben – die britische Oberschicht. Aber wir stehen am Beginn eines schwierigeren Zeitalters, in dem wir eine kräftigere Verteidigung brauchen als Buchman.

Kriebel Hermann Kriebel (1876 – 1941), als Mitglied der Kaiserlichen Marine 1901 an der Niederschlagung des Boxeraufstands beteiligt, treibende Kraft hinter dem Hitlerputsch 1923, 1929 – 30 Berater Chiang Kai-sheks in China, 1934 – 37 Generalkonsul in Shanghai.
Sauerwein, Dr. Silex Jules Sauerwein (1880 – 1967), französischer Journalist für den Paris Soir; Karl Silex (1896 – 1982), deutscher Journalist, 1933 – 43 Chefredakteur der Deutschen Allgemeinen Zeitung.
Oxford Group Christliche Organisation, die in den dreißiger Jahren versuchte, die nationalsozialistische Führungsriege zu erreichen und eine »Moralische Wiederaufrüstung« zu bewirken.
Crome Yellow 1921 erschienener erster Roman Aldous Huxleys.
Buchman Frank Buchman (1878 – 1961), Gründer und geistiger Anführer der »Oxford Group«.

13. September

Irgendwo in der Nähe von Köln. Am Sonntag, den 11. September sind wir – wie ich wohl schon beschrieben habe – früh aufgestanden für die Weihung der Standarten von SA und SS. Den Rest des Tages verbrachte ich damit, durch die Stadt zu schlendern – am Nachmittag schlief ich. Abends liefen Virginia und ich in die Altstadt und aßen heiße Würstchen in dem kleinen Restaurant unter dem Grill. Es war eine angenehme Stimmung und wir hatten das Gefühl, daß es einer der letzten solcher Abende sein würde. Wir schworen, daß das Blut dieser Generation, wenn es vergossen werden sollte, an den Händen der Appeaser kleben muß. Dann aßen wir mit Ward Price und Sauerwein zu Abend. Während des Essens wurde Ward Price ans Telefon gerufen, wo ihm mitgeteilt wurde, daß der oberste Appeaser die Presse zusammengerufen und verkündet hatte, daß England kämpfen würde. Virginia führte dies auf den Einfluß von Vansittart und ihrer vertraulichen Gespräche mit ihm zurück. Hätte Chamberlain das im März gesagt, hätte uns das vielleicht alle gerettet. Jetzt, nach einer solchen Woche, konnte es die Dinge nur noch verschlimmern.
Ich sprach bis spät in die Nacht mit Clive und Lord McGowan. Gestern wachte ich mit Halsschmerzen und Schüttelfrost auf und bestellte für 23 Uhr einen

Wagen, der mich nach Frankfurt bringen sollte. Dann sah ich die Vorführung der Wehrmacht-*Flugzeuge*, die auf einer zwanzig Meter kurzen Landebahn landen können, ebensolche Gleitsegler, Flugabwehrkanonen und so weiter, eine Reiterparade mit Musik – dann zur Kongreßhalle, wo Hitler seine Rede hielt, die mittlerweile die ganze Welt kennt (von Chamberlains Ankündigung war in den deutschen Zeitungen nichts zu lesen). Während Hitler sich so in Rage redete, daß seine Haare durcheinandergerieten, schien diese alptraumhafte Woche ihren Höhepunkt zu erreichen (auch wenn ich kaum ein Wort von dem, was er sagte, verstand) – denn nun begriff ich, daß dies ein Alptraum war, aus dem man vielleicht niemals erwachen wird. Trotz des stürmischen Jubels im Publikum konnte ich beobachten, daß viele der deutschen Frauen und einige der Soldaten das ebenfalls begriffen.

Beim Abendessen. Bobos Zuversicht ist völlig verschwunden – zum ersten Mal räumte sie die Möglichkeit, ja sogar die Wahrscheinlichkeit ein, daß es zum Krieg kommt, und fragte sich, was sie dann tun würde – sie kann nicht nach England zurückkehren, und in Deutschland würde sie als feindliche Ausländerin gelten. Sie läßt mich ihre Familie grüßen und scheint sich auf eine unglückselige Zeit einzurichten, auch wenn sie ihre Stimmung tapfer aufrechterhält und sagt, daß sie für den *Einmarsch* nach Prag reisen würde.
Um 23:30 Uhr fragte ich Clive, ob er mich im Auto begleiten würde. Statt dessen halste er mir einen geheimnisvollen Oberst mit dandyhaftem Auftreten namens Rocke auf, der in Rom lebt und es so eilig hatte, nach London zu kommen, daß er all sein Gepäck in Bamberg zurückließ, wo Clive es abholen sollte.
Um ein Uhr nachts fuhren wir los, Nebel zog auf und um sechs Uhr morgens waren wir in Frankfurt, wo der Oberst ein Flugzeug nahm. Man sicherte mir zu, daß ich noch heute in London ankommen würde, aber mein Zug hatte Verspätung und ich glaube nicht, daß ich noch ein Boot in Ostende erwischen werde. Vielleicht werde ich ein Flugzeug nehmen. Alles eilt so sehr, daß mich nicht einmal der erste Blick auf den abscheulich grauen Rhein abzulenken vermag. Ich möchte nach Hause. (…)

Einfluß von Vansittart Robert Vansittart (1881 – 1957), britischer Diplomat, bis 1937 oberster Beamter im Außenministerium, Gegner der Appeasement-Politik.
Rocke Cyril Edmund Rocke (1876 – 1968), englischer Leutnant und Mussolini-Anhänger.

Aus dem Englischen von Niklas Hoffmann-Walbeck

UTA GOSMANN

DIE WEISSE SEITE

Gedichte

BESUCH DES INNENRAUMS MIT FRAU BEIM KOCHEN

nach Esaias Boursses »Interior with Woman Cooking« (1656)

Ein Flügel, abgebrochen, schimmert,
die weißen Federn streichen über rauhe Planken.

Die Frau rührt schwer im Suppentopf und sucht
ihr Bild, das schlingert zwischen Porreeschlieren.

Ein Kind, die Augen einsam offen,
liegt abseits in der starren Wiege.

Das Bettzeug hinten in der Kammer
ist aufgetürmt zu einem weißen Flügel.

Das Spinnrad surrt, ein Fuß
bewegt das Trittbrett auf und nieder.

Ein Engel sitzt dort,
hebt und senkt die Schwingen

und fächelt wie mit einem Blasebalg
Bewegung zu den Dingen;

spinnt aus den Fasern, Flöckchen, Flusen
und etwas Luft den Stoff der Wirklichkeit.

Die Suppe aus gebrochenen Flügeln kocht,
ein Schimmern zittert durch den Eisentopf.

DIE WEISSE SEITE

Frischt der Wind auf, hebt er weiße
Schaumkuppen auf das Meer der Ägäis,

faltet das Wasser zur Welle
wie eine von der Fingerkuppe befeuchtete Seite.

Die Welle bricht, die Seite blättert um,
der Wind streicht sie glatt.

Die letzte Seite, markiert von Zeichen,
ist nun bedeckt von der nächsten weißen

und der nächsten weißen.

*

Bei Nacht fahren die Fischer aus
und senken ihre Netze tief zum Fang.

Sie fischen nach den Überresten,
nach den Fragmenten alter Seiten.

Bestehen wie in der Geschichte immer noch
auf Fischen, Broten, einem Zeichen.

Der müde Meeresgott schickt pflichtbewußt
den Dorsch ins Netz,

ein paar Sardinen, einen Tintenfisch.

*

Am nächsten Morgen zieht es uns
hinaus zum heiligen Land,

wir beugen uns über den Bug,
zur schäumenden Welle, zur weißen Seite,

und lassen die Worte wie den
zum Wasser zappelnden Fisch wieder los.

Der Wind frischt auf, hebt Schaumkronen
über die ins Meer geschlüpften Zeichen

und glättet die Welle zur strahlend weißen Seite.

CÉCILE WAJSBROT

VERLORENE GENERATION ODER DIE MACHT DER NAMEN

1

Ich möchte von einer unbekannten Generation zu Ihnen sprechen, von einer unsichtbaren, die in der Forschung die zweite Generation genannt wird oder auch Generation einundeinhalb, je nach Zählweise – daran erkennt man schon das Ungewisse, den Nebelschleier, der sie umgibt. Ich möchte hier von Jahrgängen sprechen, die dem Ende der Katastrophe des Zweiten Weltkriegs zu nahe und von deren Historisierung zu weit entfernt waren. Von einer Generation, die weder Zeugin der Zerstörungen noch nostalgische Archäologin des Lebens davor war – des Lebens in den polnischen Schtetls oder den großen Weltstädten. Die weder die rasende Vernichtung noch den Wunsch nach Wiederaufbau erlebt hat. Eine Generation, die schweigsam war, nicht, weil sie es so gewählt hätte, sondern weil die Umstände es wollten. Oder vielmehr eine Generation, die zu sprechen versuchte, und die es noch immer versucht, deren Stimme jedoch aus etlichen Gründen beinahe unhörbar bleibt.

2

Verlorene Generation, *lost generation* – der Ausdruck bezeichnet insbesondere in den Vereinigten Staaten die Generation des Ersten Weltkriegs, also diejenigen, deren Jugend durch diesen Krieg zertrümmert wurde, in dem sie ihre Orientierung oder das Leben verlor. Aber der Ausdruck *lost* bezeichnet mehr als den Verlust des Lebens, bezeichnet die Orientierungslosigkeit von Menschen, die in der Tradition der vorausgegangenen Jahrzehnte erzogen und dann in einer Nachkriegsgesellschaft erwachsen wurden, die keinen Bezug mehr zur Welt ihrer Eltern hatte, zu der Welt, die ihnen überliefert worden war. Sie mußte sich damit abfinden und mit den Werkzeugen der alten eine neue Welt angehen. Es heißt, Gertrude Stein habe den Ausdruck für die amerikanischen Schriftstellerinnen und Schriftsteller jener Generation geprägt, die wie sie selbst die zwanziger Jahre im Pariser Exil verbrachten, ein Exil, das Zeichen – oder Folge – der Desorientierung war, und diese Desorientierung wiederum wurde von Stein in ihrer Weise, die Sprache zu erkunden und zu dekonstruieren, wie man damals noch nicht sagte, zum Äußersten getrieben. Sie selbst soll den Ausdruck in Paris bei einem

Automechaniker aufgeschnappt haben, der die damalige Jugend als verlorene Generation schmähte, worauf Stein mit dem entwendeten Ausdruck unter anderem ihren Freund Hemingway charakterisierte, der wiederum ihre Anrede – *You are all a lost generation* – seinem Roman »The Sun also Rises« (deutsch unter dem Titel »Fiesta«), der einen Kreis britischer und amerikanischer Exilierter in Paris beschreibt, als Epigraph voranstellte.
Wir haben keinen Krieg erlebt, wir sind nicht unbedingt im Exil, wir gehören zum alten Kontinent und nicht zur neuen Welt, und doch sind auch wir *lost*, desorientiert, ein wenig verloren und irren mitunter durch die Zeiten.

3

In seinem 2007 erschienenen Essay »Lines: A Brief History« (Eine kurze Geschichte der Linien, 2021) unterscheidet der englische Anthropologe Tim Ingold zwischen Fäden und Spuren und erfindet eine Lesart der Welt vermittels zweier Arten von Linien, jener, an der man entlanggeht, und jener, die bloß zwei Punkte miteinander verbindet. Damit unterscheidet er das »wayfaring« vom »transport«, das Wandern, das eine Erfahrung an sich ist, die voll und ganz zum Leben gehört, und den Transport, dem es darum geht, möglichst schnell einen Zielort zu erreichen. Diese Metapher läßt sich auf etliche Bereiche anwenden, und man kann alles unter dem Blickwinkel von *wayfaring* oder *transport* betrachten, als Linie, an der es entlanggeht, oder als Linie, die durchquert. Folgen wir Ingold, ist das Wandern im Prinzip die Art und Weise, wie Menschen die Erde bewohnen. »Ein Bewohner ist vielmehr jemand, der an dem beständigen Prozeß der Weltwerdung teilnimmt und im Hinterlassen seines Lebensweges zur Verwebung und Textur dieser Welt beiträgt.« Dem stellt Ingold die Besetzung entgegen, als eine Weise, den Ort als freie durchquerbare Fläche zu betrachten, über die ein Liniennetz gelegt wird, Trassen, über die Personal und Gerätschaften schnellstmöglich in Ressourcen- und Abbaugebiete gebracht werden. Daß Kolonialisierung Raum auf diese Weise nutzt, ist klar. Unter anderen Umständen wird die Sache komplexer. Und gestatten Sie mir hier einen Umweg über meine persönliche Erfahrung in einem besonderen Land, Frankreich, einen Umweg, der aber zum Weg gehört, weil wir *wayfarers* sind, dem Wandern verschrieben und nicht dem Transport. Frankreich also, ein Land, in dem die kollektive Geschichte vielmehr einer Besetzung ähnelte, zumindest in Hinblick auf die Zeit der Besatzung, was kein Wortspiel ist, und auf die von französischem Boden aus organisierte Deportation von Juden, während die Familiengeschichte auf seiten des Bewohnens angesiedelt war, eines schwierigen Bemühens, einen Lebensweg zu ziehen, indem man an der im Werden begriffenen Welt teilzunehmen versucht.

4

Ich bin 1954 geboren, das heißt neun Jahre nach Kriegsende, neun Jahre nach der Befreiung der Lager, in Paris, in einer Familie, die in den dreißiger Jahren aus Polen gekommen war und auf väterlicher wie mütterlicher Seite aus derselben Stadt stammte, Kielce. Sie ist wegen eines Nachkriegspogroms von 1946 bekannt, bei dem es zweiundvierzig Tote und achtzig Verwundete gab. Ich bin in Frankreich geboren, und damit in einem Land, das sich seine eigene Geschichte als eine glorreiche erzählte, auch jenseits der Glanzstunden, die man uns schon in der Grundschule beibrachte, die Könige Ludwig der Heilige, Ludwig der Vierzehnte, der Kaiser Napoleon der Erste; es gab auch die mutige Résistance, die das Land den deutschen Besatzern entgegengestellt hatte. Natürlich sagte man uns nicht, daß Ludwig der Heilige die Juden aus Frankreich vertrieben hatte, daß Ludwig der Vierzehnte das Edikt von Nantes widerrufen und damit je nach Quelle hunderttausend bis zweihunderttausend Protestanten ins Exil gezwungen hatte, nach Amsterdam, London oder Berlin, und daß Napoleon die Sklaverei wieder eingeführt und Europa in verheerende Kriege hineingezogen hatte (Kriege, die uns als heldenhaft dargestellt wurden).

Genauso verhielt es sich mit der jüngsten Geschichte. Die öffentliche Ruhmeserzählung stand konträr zur Familiengeschichte, ich wußte früh, daß mein Großvater mütterlicherseits deportiert worden war, ich konnte früh den Namen Auschwitz aussprechen, den die meisten Leute in Frankreich noch heute Ausswitch aussprechen – dieser *switch*, der mir stets vorkam, als offenbarte sich darin ein Umschalten des Gedächtnisses, ein Perspektivwechsel, eine Verleugnung. Ebenso früh wußte ich, daß es die französische Polizei war, die bei der Wintervelodrom-Razzia meine Großmutter, meine damals zehnjährige Mutter und meinen dreizehnjährigen Onkel abgeholt hatte. Und ein wenig später, daß in dem Film »Nacht und Nebel« von Alain Resnais, der 1956 herauskam, das Képi des französischen Gendarmen, der das Lager Beaune-la-Rolande bewachte und kurz im Bild erschien, mit Filzstift geschwärzt worden war, um nicht erkennbar zu sein. Ich übergehe hier das Epos von Flucht und Untertauchen, die Hilfsnetzwerke und die tägliche Angst, die das Los aller war, denen es gelang zu überleben und den Verfolgungen zu entkommen. Ich möchte bloß sagen, daß von alldem außerhalb des familiären Zuhauses nie die Rede war. Daß ich zu Anfang des Schuljahrs jedesmal die Frage beantworten mußte, woher mein Name komme. Daß ich in jeder Klasse die einzige war, die einen solchen Namen trug. Tragen ist das richtige Wort, denn es war eine Last, ein Gewicht, es wies mich als verschiedenartig aus, anders als die anderen – als eine Fremde. Denn im Französischen, wo das j ein Konsonant und kein Halbvokal ist, war dieser Name unaussprechlich. Wenn man ihn, beispielsweise für eine Bestellung in einem Laden, angeben mußte, sprach meine Mutter ihn Vesbro aus und französierte ihn so gewissermaßen. Und ich tat es ihr nach, auch wenn diese Aussprache sich orthographisch keineswegs rechtfertigen ließ. Mein Vater hingegen fragte mich immer wieder, ob ich in der Schule nicht »Waschbrot« genannt würde. Erst spät, so um die dreißig, ist mir der Hiat zwischen meiner eigenen Weise, meinen Namen auszusprechen, und seiner Schreibweise bewußt geworden, und zwar mit einer solchen Schärfe, daß ich nicht mehr wußte, wie ich ihn aussprechen sollte. Stellen Sie sich mal vor, den eigenen Namen nicht mehr aussprechen zu können. Es kam um so ungelegener, als ich damals gerade mit dem Unterrichten aufgehört hatte und Arbeit suchte, was in jener fernen Zeit vor dem Internet hieß, daß man telefonieren mußte, und am Telefon schob ich den Moment, an dem ich meinen Namen sagen mußte, möglichst weit hinaus. Anstatt mich zu Beginn des Gesprächs vorzustellen, wartete ich die Frage ab, »mit wem spreche ich« … Diese unbehagliche Situation dauerte ein paar Monate, vielleicht sogar ein oder zwei Jahre. Bis zu dem Tag, an dem ich eine Art Erleuchtung hatte. Da es ja für das Lateinische eine rekonstruierte Aussprache gibt, die als die von den Lateinern praktizierte gilt, entschied ich, auf meinen Namen genauso eine rekonstruierte Aussprache anzuwenden und ihn wie im Jiddischen auszusprechen – waïsbrot. In jenem kolonisierten Gedächtnis, in dem es darum ging, sich schnellstmöglich von einem Punkt zu einem anderen zu begeben und also über die Jahre 1939–45 hinwegzugehen, war diese Entscheidung vielleicht der erste bewußte Schritt, mit dem etwas zuvor Unbewußtes seine Wanderung antrat, oder vielmehr – denn ich war mir ja doch früh über alles klar – die erste Etappe eines Befreiungsversuchs. Vorher hatte es eine Szene in dem Verlag gegeben, der meinen ersten Roman veröffentlichte. Die Verlegerin, die den angesehenen und gut französischen Namen Gallimard trug, riet mir, einen anderen Namen anzunehmen, weil meiner unaussprechlich sei. Und ich, die ich in der langen Zeit meiner allmählichen Annäherung an dieses Milieu, während der fünf Jahre zwischen dem Schreiben meines ersten Romans und der Veröffentlichung eines ersten Romans, der gar nicht der erste war, den ich geschrieben hatte, ich, die ich all diese Zeit hindurch erwogen hatte, ein Pseudonym, den Mädchennamen meiner Mutter anzunehmen, nicht weil der »meine«, das heißt, der Name meines Vaters, unaussprechlich war, sondern weil ich ein schwieriges Verhältnis zu ihm hatte, ich dachte nun angesichts dessen, was ich als Aggression empfand, nicht den Bruchteil einer Sekunde an meine früheren Erwägungen und verteidigte meinen Namen – vielleicht ist er in dem Moment wahrhaftig der meine geworden – und habe ihn behalten.

5

Ich weiß nicht, ob es andere Länder gibt, in denen unter der Besatzung die Namen in solchem Umfang geändert wurden wie in Frankreich. Das Land war in einer besonderen Lage. Es gab eine besetzte Zone, die Nordhälfte, zu der Paris gehörte, und eine – bis zum 11. November 1942 – freie Zone. Um von der besetzten in die freie Zone zu gelangen (frei war relativ, denn dieses Gebiet unterstand dem Vichy-Regime), brauchte es das Räderwerk einer ganzen Solidaritätskette, es brauchte einen Schleuser, es brauchte auch falsche Papiere mit einer falschen Identität. Meine Großmutter hatte ihren Namen behalten können, Sas, der als Französisch durchgehen konnte und jedenfalls nicht eindeutig jüdischen und ausländischen Ursprungs war, ihr Vorname Tyla indessen war in Thérèse geändert worden und ihr starker Akzent im Französischen war in ihren Papieren einer Geburt in Épinal in den Vogesen zugeschrieben worden. Meine Mutter wiederum, die in Paris geboren wurde, als ihre Eltern gerade in Frankreich angekommen waren, hatte einen französischen Vornamen. Aber noch einen kleinen Umweg zu diesem Thema. Ihre Mutter wollte sie Fanny nennen, sprach den Namen jedoch auf eine Weise aus, in der die Krankenschwester etwas wie »fainéant«, also »Faulpelz«, verstand und mit den Worten »aber so können Sie doch ein Kind nicht nennen« Denise vorgeschlagen hatte. Geburtsgeschenk eines Aufnahmelands, in dem damals gleichwohl einige gute Feen wohnten. Mein Vater hatte mit seiner Familie Paris verlassen können und mit dem Exodus und mit seinem unaussprechlichen Namen die Auvergne in der freien Zone erreicht, zu einem Zeitpunkt, als die Rassengesetze noch nicht in Kraft waren, in dem herrschenden Chaos und also ohne falsche Papiere – zumindest soweit mir bekannt ist.

In den Nachkriegsjahren, den Fünfzigern, entschlossen sich zahlreiche überlebende Familien, ihren Namen in der veränderten Gestalt zu behalten oder ihn sogar zu französieren. Nachträglich. Aus Angst vor der Wiederkehr desselben Grauens, aus dem Wunsch, unbemerkt durchzukommen, in der Masse aufzugehen, wie die anderen zu sein. Ganz gleich, aus welchen Gründen sie fielen, wie gewaltig, ja gewaltsam müssen solche Entscheidungen für diejenigen gewesen sein, die sie getroffen haben, und für die, die sie nicht getroffen haben – die Kinder. In einem 2006 erschienenen Buch, »Je ne lui ai pas dit que j'écrivais ce livre« (Ich habe ihm nicht gesagt, daß ich dieses Buch schreibe), sind Gespräche mit Kindern von Überlebenden wiedergegeben, die also für jene verlorene Generation stehen. Nadine Vasseur erzählt darin eine Szene aus ihrer Kindheit, in der ihr Vater nach Hause kommt und sagt, von heute an heißen wir nicht mehr Vazerman, sondern Vasseur.

Ende 2009 entsteht ein Verein, er heißt *La Force du nom*, Die Macht des Namens. Die Mitglieder dieses Kollektivs setzen sich beim Conseil d'État für die Möglichkeit ein, ihren ursprünglichen Namen wieder anzunehmen. Ein solches Vorgehen ist gesetzlich verboten, aus Gründen der »Unveränderbarkeit des Namens» und zugleich der »Unmöglichkeit, einen ausländisch klingenden Namen» anzunehmen. Nach einem langen Gang durch die Instanzen wird Ende 2011 aus der Unmöglichkeit eine Möglichkeit, und wer sich nun auf den Weg zurück zu den Quellen seines Namens macht, hat fortan Aussicht auf eine positive Antwort. Es bedeutet, durchschnittlich fünfzig oder sechzig Jahre unter einem französischen Namen gelebt zu haben und in dem Alter, in dem man Großmutter oder Großvater wird, ein Leben mit dem wiedererhaltenen Namen der eigenen Großeltern zu beginnen. Verlorene Generation, die den wesentlichen Teil ihres Lebens unter einer Art Maske verbracht hat, unter einem vorzeigbaren Äußeren, das nichts erkennen läßt und einem die Sicherheit eines leicht aussprechbaren Namens, eines unverdächtigen Ursprungs verleiht und einen weniger hindernisreichen gesellschaftlichen Aufstieg erlaubt, mit der Folge einer Dissoziierung des Seins in eine äußere und eine innere Identität. Zwar war es eine Minderheit, die diese Instanzenwanderung unternahm, um mit dem Namen zugleich auch die Person einbürgern zu lassen – einbürgern ist »naturaliser« im Französischen, ein sonderbares Wort, das zugleich die Verleihung der Staatsbürgerschaft des Landes, in dem man lebt, die Akklimatisierung einer Pflanze und das Ausstopfen eines Tiers bezeichnet –, zwar war es eine Minderheit, doch müßte man auch all die Frauen mitzählen, die ihren Namen bei der Heirat änderten und so einen »vorzeigbareren« Namen annehmen konnten, der für die Kinder aus diesen gemischt genannten Ehen von Vorteil war.

6

Ein dissoziiertes Leben konnte man allerdings auch ohne Namensänderung führen. Im Frankreich der Kindheit und Jugend der verlorenen Generation sind genau wie im heutigen Frankreich die jüdischen Feste außerhalb ihres Kontexts nie berücksichtigt worden. Der Ramadan und das Opferfest werden heute in den Medien stets genannt – der Islam ist de facto nach der katholischen die zweitgrößte Religion in Frankreich –, aber Jom Kippur oder Pessach werden heute noch genauso ignoriert wie früher, nur selten wird ihr Datum verkündet. Dennoch gibt es Fortschritte. Vor ein paar Jahren hörte ich dem Gespräch zweier Jugendlicher in der Metro zu. Beim Aussteigen wünschte die eine der anderen Alles Gute zu Kippur und der gesamte Wagen hörte es. Als wir so alt waren wie sie, wir, die verlorene Generation, war es undenkbar, einander in der Metro oder an irgendeinem anderen öffentlichen Ort Alles Gute zu Kippur zuzurufen. Damals wußte niemand, was Jiddisch war, außer in den Familien, in denen es gesprochen wurde. Jetzt wird die Sprache an der Universität gelehrt und ein Assimil-Sprachlehrbuch Jiddisch ist 2010 erschienen. Die erste jiddische Bibliothek von Paris, die Bibliothèque du Kemfer, eröffnete 1904, aber erst hundert Jahre später, nach etlichen Wechselfällen und Umbenennungen, deren Geschichte zu lang ist, um sie hier zu erzählen, wurde ausgehend von der Bibliothek 2002 die Maison de la Culture Yiddish gegründet, das Haus der Jiddischen Kultur. Seine Bibliothek im Untergeschoß, Überbleibsel eines oft im Untergrund verbrachten früheren Lebens, umfaßt heute dreißigtausend Bände – zwanzigtausend auf Jiddisch, der Rest verteilt sich auf das Hebräische, das Französische, das Englische, das Deutsche und das Polnische – und sie verfügt somit über den größten jiddischen Bestand in Europa. Im Januar 2016 gründen Anne-Sophie Dreyfus und Gilles Rozier den Verlag L'Antilope, der »literarische Texte veröffentlicht, die vom Reichtum und den Paradoxa jüdischer Existenz auf den fünf Kontinenten zeugen«. Solch eine Gründung wäre in der Jugendzeit der verlorenen Generation undenkbar gewesen, undenkbar noch vor zwanzig Jahren. Aber all dies betrifft eine kleine Minderheit und man kann nicht sagen, daß das Judentum Teil der französischen Kultur sei, da seine Inhalte und Anliegen im sprachlichen, kulturellen oder schlicht alltäglichen Gemeingut nicht zu finden sind. Meschugge, dieses Wort gehört nicht zur französischen Sprache, wie es zur englischen oder deutschen gehört. Noch heute wäre es in Paris undenkbar, einen Chanukka-Leuchter neben einen Weihnachtsbaum zu stellen, wie ich es letzten Dezember am Brandenburger Tor gesehen habe. Die jüdische Welt bleibt in Frankreich eine Welt für sich, was eine Art von Schizophrenie zur Folge hat: ein Leben innerhalb der Familie oder als aktives Mitglied einer Gemeinde – und ein Leben außerhalb, ein offizielles und offiziöses Leben. Die verlorene Generation hat diese Dichotomie, diese Schizophrenie in verschärfter Form erlebt. Zu jener Zeit gab Frankreich sich universalistisch und tut es noch immer, wird darin aber vom Aufstieg der Identitätspolitik zunehmend bedroht. Viele berufen sich heute in erster Linie auf eine Identität qua Geschlecht, Religion oder anderes. In der Kindheit und Jugend der verlorenen Generation und in den Anfängen ihres Erwachsenenlebens war das nicht der Fall. Man sprach von Assimilation, ohne sich dieses Wort in seinem vollen Bedeutungsumfang deutlich gemacht zu haben – sich assimilieren bedeutet laut Wörterbuch zunächst »sich angleichen, ähnlich werden« oder »sich als ähnlich betrachten«. Sprich, so zu tun als ob. Sich als das ausgeben, was man nicht ist, eine Maske tragen. Vor allem aber heißt ein solches Ähnlichwerden, daß es für die anderen doch einen Unterschied, etwas Unüberwindbares gibt, und in einer Zeit, in der zumindest der Anschein von Universalismus herrscht, in einer Zeit des vorherrschenden Universalismus ähnelte daher das Leben in Frankreich für unsere verlorene Generation ein wenig dem, was in den Vereinigten Staaten *Passing* hieß, ein Phänomen, das die Assimilation von Menschen, die als *weiß* durchgehen, aber auch schwarze Vorfahren haben, an den weißen Lebensstil bezeichnete. In ihrem Roman »Passing« von 1929, der zur Einführung dieses Begriffs viel beigetragen hat, beschreibt Nella Larsen mittels der Figur der Clare die Tragödie dieser assimilierten oder Assimilation anstrebenden Menschen, die in beständiger Furcht leben, eines Tages entlarvt zu werden. Der Begriff *Passing* wird heute auch im Genderkontext verwendet, für die verschiedenen Transgenderpersonen, die nach außen hin als Cisgender durchgehen.

All das lag den Geistern in den fünfziger, sechziger, siebziger Jahren recht fern. Sehr gegenwärtig hingegen war der Abstand, den es zwischen dem Drinnen und dem Draußen zu halten galt, zwischen der innerfamiliären Erfahrung der Deportation oder Verfolgung und dem Schweigen in der Außenwelt. Es ist viel vom Schweigen in den jüdischen Familien gesprochen worden, von den Überlebenden, die ihren Kindern nicht erzählen wollten, was ihnen widerfahren war. Vielleicht erzählten sie nicht die Einzelheiten dessen, was sie in den Lagern oder auf der Flucht oder im Exil erlebt hatten, doch keinem Kind von Überlebenden war unbekannt, daß es – ohne es unbedingt in diesen Begriffen zu denken – ein Kind von Überlebenden war. Vielleicht wußte es nicht, daß es zu einer Gruppe gehörte, die einige Jahrzehnte später Gegenstand psychologischer Studien sein würde, aber es wußte, daß sein Vater oder seine Mutter Dinge erlebt hatte, die in der Schule im Geschichtsunterricht nicht oder kaum erwähnt wurden. Die Kriegszeit kam im letzten Schuljahr dran, Deportation und Vernichtung wurden dabei in ein paar Zeilen abgehandelt. Außerdem heißt es immer »während des Krieges«, wobei vergessen wird, daß Frankreich zwischen 1940 und 1944 keineswegs im Krieg war, sondern am 22. Juni 1940 einen Waffenstillstand unterzeichnet hatte.

7

Es gibt eine wenig bekannte Tatsache, in der die Atmosphäre jener Zeit, aus der die unsere sich speist, gut zum Ausdruck kommt. Die Bundesrepublik Deutschland bietet Frankreich an, Entschädigungen unmittelbar an die jüdischen französischen Opfer zu zahlen, genauso wie sie es mit den Opfern anderer Nationalitäten tut, die sich während der Besatzung auf französischem Boden befanden. General de Gaulle lehnt mit der Begründung ab, er wolle zwischen den Opfern keinen Unterschied machen, ungeachtet ihrer Religion – als ob nicht das Vichy-Regime diesen Unterschied sehr wohl gemacht hätte. Am 15. Juli 1960 wird ein Vertrag unterzeichnet, der vorsieht, daß Frankreich von der Bundesrepublik 400 Millionen Deutsche Mark erhält, um sie unter den französischen Opfern nationalsozialistischer Verfolgung zu verteilen. Diese Verteilung wird in einem Dekret vom 29. August 1961 festgelegt, die Rede ist von »Deportierten und Internierten«, »so wie sie im Gesetz über die Militär- und Kriegsopferrenten definiert werden«. Das Besondere der Verfolgung jüdischer Menschen wird nicht anerkannt und löst sich in Allgemeinheiten auf, so daß diese Reparationszahlungen in den französischen Staatshaushalt fließen. Die Opfer derselben Verfolgung, die seinerzeit nicht die französische Staatsbürgerschaft besaßen, wurden dagegen unmittelbar von der westdeutschen Verwaltung entschädigt. Deshalb hat beispielsweise meine Mutter, die 1932 in Frankreich geboren und 1936 zur französischen Staatsbürgerin »naturalisiert« wurde, keine Entschädigung bekommen, während ihr 1929 in Polen geborener Bruder, der erst nach dem Krieg französischer Staatsbürger wurde, eine Entschädigung erhielt. Dabei haben beide im Juli 1942 erlebt, wie die französische Polizei nachts vor ihrer Tür stand, um sie mitzunehmen – sie sind der Windervelodrom-Razzia wie durch ein Wunder entkommen. Beide hatten denselben im Mai 1941 aus Paris deportierten Vater, der im Lager Beaune-la-Rolande »interniert« wurde, wie es heißt, bevor er im Juni 1942 nach Auschwitz deportiert wurde, wo er nur wenige Wochen überlebte. Erst nach der 1995 mehr als spät erfolgten, vom Präsidenten der Republik verkündeten offiziellen Anerkennung der Beteiligung Frankreichs an der Internierung und Deportation von Menschen jüdischer Herkunft kommt die 1997 ins Leben gerufene Mission Matteoli zu der Empfehlung, die Waisen von Deportierten zu entschädigen, was ab 2000 umgesetzt wird.

8

Lost generation, verlorene Generation. Man muß sich den Französischunterricht der sechziger und siebziger Jahre vor Augen halten, in dem Literatur auf dem Lehrplan stand. Die Texte, die wir lasen. In dem Gymnasium, das ich besuchte, kam niemand auf die Idee, daß einige Schülerinnen – die Gymnasien waren damals nicht gemischt – aus einem anderen Umfeld kamen als die anderen. »Ihr findet dieses Buch in der Bibliothek eures Großvaters.« Dieser scheinbar harmlose Satz hat mich dauerhaft geprägt. Mein Großvater väterlicherseits las kein Französisch und sprach es nicht sehr gut. Er besaß keine Bibliothek, außer einigen Büchern auf jiddisch. Mein Großvater mütterlicherseits war in Auschwitz umgekommen, ohne die Zeit gehabt zu haben, Französisch zu lernen, und noch weniger, es zu lesen. Selbst bei meinen Eltern gab es keine Bibliothek. Meine Mutter, die mit Leidenschaft las, lieh sich Bücher über ein Abonnement bei einem Buchhändler. So bildeten die Bücher, die ich nach und nach geschenkt bekam, den Grundstock einer Bibliothek in unserer Wohnung, es waren anfangs folglich Kinderbücher. Jenes Buch, dessen Titel ich nicht in Erinnerung behalten habe, war für mich also unzugänglich. Es war aber auch undenkbar, zur Lehrerin zu gehen und ihr genau das zu sagen, wovon ich gerade gesprochen habe. Ich weiß nicht, ob es Scham oder Furcht war, ich glaube, es war eher die Empfindung eines unüberbrückbaren Grabens, einer für immer unüberwindbaren Andersheit, die aber bei weitem keinen Reichtum darstellte, sondern sich in einer Reihe von Unmöglichkeiten und Mängeln äußerte. Genausowenig konnte ich in den Gedichten, die wir analysieren sollten, die Gleichnisse der Evangelien ausfindig machen, die das implizite oder explizite Substrat etlicher Metaphern waren. Auch mußte man sich beim Lesen bestimmter Seiten, bestimmter Sätze bei Balzac oder Zola – die vor der Dreyfus-Affäre geschrieben worden waren –, bei George Sand, Flaubert und sogar Voltaire distanzieren, von einem Teil seiner selbst abstrahieren, um die Karikaturen fiktiver oder realer jüdischer Personen, die meist mit Wucher und Bank verbunden waren, nicht persönlich zu nehmen, ganz zu schweigen von den »schönen Jüdinnen«, in denen sich die abgedroschensten männlichen Phantasmen versammelten. So schreibt George Sand in ihrem Brief vom 1. Mai 1870 über einen Vertrag des Herausgebers Michel Lévy an Flaubert »Was willst du? Der Jude wird immer Jude bleiben.« Selbst bei Victor Hugo, der die Pogrome in Rußland angeprangert hat, findet man Verse aus einer früheren Schaffensperiode, wie dieses Jugendgedicht mit dem Titel »An den Mann, der ein Weib überantwortet hat« aus dem Band »Dämmerungsgesänge«, übersetzt von Ferdinand Freiligrath:

Jude, die Händler, denen man die Seele
Verkauft, lang werden warten sie, bevor
Ein schnöderer an einem Schreckenstag‹
Zurück von ihnen fordern wird den Boden
Des Goldsacks, welcher dich bespeien mußte!

Da konnte man sich noch sagen, daß manche dieser Schriftsteller, so wie Hugo, sich weiterentwickelt hatten, und zwar in die richtige Richtung. Daß all dies der Vergangenheit angehörte. Aber es gab auch die anderen, die des 20. Jahrhunderts, und darunter Céline, absolute Referenz zahlreicher Schriftsteller meiner und der nachfolgenden Generation, Céline, der nicht nur vor, sondern auch in und nach den Jahren der Vernichtung Seiten schrieb, die sicherlich wahnhaft waren, aber voller Gewalt, in denen er mit den Wölfen heulte und die kaum zuließen, den Menschen vom Werk zu trennen und zwischen beiden einen Unterschied zu machen, wie man sagte, wie man noch heute sagt, um ihn freizusprechen.

9

Der Hintergrund des Schauplatzes, auf dem die persönliche Entwicklung stattfand, war also kein einfacher, zumal für jemanden, der wie ich allmählich den Wunsch zu schreiben entdeckte, später auch den Wunsch, Schriftstellerin zu werden. Denn wie konnte es gelingen, sich in die Literatur seines Landes mit ihrer Geschichte und ihrer Zeitgenossenschaft einzufügen, wenn es bereits so schwierig war, seinen Platz in der Gesellschaft zu finden?

Wie schreiben, wenn das, was einen beschäftigt – Dinge, die wie böse Geister auszutreiben sind –, keinen Widerhall im kollektiven Raum erhält? Es brauchte Zeit, um die Elemente der Situation zu analysieren, um den notwendigen Abstand zu gewinnen. Ich brauchte Zeit, um mir darüber klarzuwerden, daß die Geschichte der vorigen Generation nicht meine eigene war, daß sie zwar der Hintergrund war, vor dem sich meine ersten Jahre abgespielt hatten, der Schatten, der mich stets begleitete, daß ich mich aber von ihr lösen konnte, ohne wie Peter Schlemihl meinen Schatten zu verlieren. Ich konnte ihn vielmehr ein wenig auf Distanz halten, mußte ihn nicht ständig im Blick haben. Es brauchte auch literarische Zeit, es brauchte Zeit, sich in der Kunst des Romans zu üben, Zeit, immerhin etwas über den gewünschten Weg herauszufinden oder zumindest zu wissen, welche Fragen zu stellen sind, mit einem Wort, welche Gestalt das zu Schreibende annehmen solle.

Hinzu kam, daß die besondere Situation der verlorenen Generation sich selbstverständlich auch auf die literarische Ebene übertrug. Die Zeugnisse der Überlebenden sind recht spät erschienen. Gewiß, gleich nach dem Krieg schrieb und veröffentlichte Robert Antelme »Das Menschengeschlecht«, auch ein paar andere legten Zeugnis ab, während Charlotte Delbos Trilogie »Auschwitz und danach« erst 1970 herauskam – was nicht an ihr lag, sondern daran, daß das Manuskript zunächst abgelehnt worden war. Die Generation der Überlebenden schrieb und veröffentlichte indes vor allem seit den achtziger und neunziger Jahren, eine Zeit, in der ihre Bücher Widerhall fanden. Imre Kertész, Victor Klemperer, Marcel Cohen, Margarete Buber-Neumann und noch mehr Namen ließen sich nennen. Die meisten haben ihre Zeugnisse als Essays, Biographien oder Autobiographien weitergegeben und tun es noch heute, vermittels Tatsachen, wie Marcel Cohen sie in seinem Buch »Faits« nennt, sich jedem Ausflug in die Fiktion verweigernd, diese Weigerung sogar theoretisierend, weil es darum geht, eine Wahrheit zu rekonstruieren, die keinerlei Fälschung, keinerlei Abweichung zuläßt, weil alles, was Fiktion ähnelt, einer Art Desinformation gleichkäme.

Was nun unsere Generation angeht, so hat sie in eben diesen Jahren zu veröffentlichen angefangen. Sie hatte jene schrecklichen Ereignisse nur als übermittelte erlebt, wenn sie denn übermittelt worden waren, oder durch die Lektüre von Berichten, wie konnte sie daher anders schreiben als im Rückgriff auf die Fiktion, da sie ja nichts hatte, wovon sie zeugen konnte? In Frankreich wurde die Sache noch ein wenig komplizierter, weil die Schriftstellerinnen und Schriftsteller der sechziger und siebziger Jahre, die die Theorie des Nouveau roman geschaffen hatten – vor allem Alain Robbe-Grillet und Nathalie Sarraute –, allen Sinngehalt mit einem Verbot belegt hatten. Wer schreibt, situiert sich zwangsläufig in einer Landschaft, und selbst wer sich aufmacht, um andere Gebiete zu erkunden, geht von diesem Ausgangspunkt aus. Ich habe andernorts darüber geschrieben, daß es unter den französischen Autoren solche gab, die in Hiroshima nichts gesehen hatten, um eine berühmte Replik von Marguerite Duras in dem Film und dem Buch »Hiroshima mon amour« aufzunehmen und zur Metapher zu machen, diejenigen also, die die Verfolgung und Vernichtung jüdischer Menschen und das beträchtliche Ausmaß der Kollaboration ignorierten, und diejenigen, die wie Sarraute oder Beckett nur allzu gut Bescheid wußten und jedes Vertrauen in den Roman als Durchwanderung einer Geschichte und eines Sinns verloren hatten und nur noch der Sprache trauten (was mir stets sonderbar erschien, denn beginnt nicht jede Diktatur mit der Verschmutzung der Sprache?) und den Nouveau roman bloß als Bericht vom Abenteuer der Sprache verstanden. So stand am Anfang des literarischen Weges der verlorenen Generation ein doppeltes Verbot oder eine doppelte Unmöglichkeit. Die Frage des Krieges – um einen praktischen Euphemismus zu verwenden – und seiner Wirkung auf die Nachfolgegeneration, ihr Schattendasein irgendwie auf dem Wege des Romans, der Fiktion anzusprechen, unterlag einem Verbot. Diese Dinge auf dem Wege der Nicht-Fiktion anzusprechen, war jedoch unmöglich. Und versuchten wir dennoch etwas zu schreiben, das sich mit diesen Fragen befaßte, so gingen unsere Bücher zwischen denen der Generation der Überlebenden, der Zeugen unter. Denn dem Grauen und der Tragödie dessen, was sie erzählten, hielten unsere Versuche, die eigenen Lebensfäden zu entwirren, nicht stand, neben der ihren sah unsere Erfahrung blaß aus – wer waren wir denn, um noch schreiben zu wollen? Oder sollten wir Belanglosigkeiten, Vergnügliches schreiben und auf das verzichten, was unser Vorgehen gerade notwendig machte? – Das kam nicht in Frage. So mußten wir uns zu einem schweigsamen, zögerlichen Weg entschließen, dazu, für unsere Notwendigkeit nicht sogleich die richtige Form zu finden, zu suchen. Vielleicht ist es am Ende ein Vorteil, gezwungen zu sein, die gebahnten Wege zu verlassen, um in einen Urwald zu gelangen, in dem alles, was zu dichten ist, noch Dickicht ist. Die folgende Generation, die der Enkel oder gar Urenkel, konnte sich zudem mit etwas mehr innerem Abstand in die Erkundung einer Vergangenheit versenken, die ihr und dem komplexen Gefühlsgefüge, das sie für unsere Generation erzeugen konnte, zeitlich ferner lag. Die wiedergefundene Unschuld der dritten Generation war für uns von vornherein und für immer verloren. Wie hätten denn wir, die wir in einer verheerten Landschaft, aus verheerten Leben geboren waren und unsere ersten Schritte in einem Land mit verheertem Gedächtnis machten, in der literarischen Landschaft noch mehr zerstören können? Wir waren geboren, um wiederaufzubauen, aber wenn uns auch zumindest teilweise das Material dazu gegeben war – unsere Lebenserfahrung –, so mußten wir doch um Erlaubnis bitten – denn was war unsere Erfahrung angesichts derjenigen unserer Eltern, was waren unsere Schmerzen, unser Liebeskummer oder unser Orientierungsverlust gegenüber dem Schmerz, seine gesamte Familie zu verlieren oder Teile seiner Familie, sein Zuhause verlassen zu müssen, deportiert worden zu sein. Nur: wen bitten? Endlich fanden wir heraus, daß diese Erlaubnis nur von uns selbst kommen konnte. All das brauchte Zeit, und hatte man die Baugenehmigung erhalten, mußte man sich noch sein eigenes Werkzeug schmieden, weil keins für diese Art von Konstruktion geeignet war, und die Form finden, die unser Haus bekommen sollte. Einige von uns und viele in der Generation danach haben sich – wie manche zerstörten Städte, etwa Warschau oder Dresden – dafür entschieden, die Häuser identisch nachzubauen. Von der Vergangenheit in mehr oder weniger geläufigen Romanformen zu sprechen. Zu rekonstruieren. Aber für andere war dies nicht das, was zu tun war. Es war etwas anderes, etwas Neues – ist doch die Literatur ohnehin ein stets neu zu erkundendes Gebiet, in dem immer weitere Regionen entdeckt werden. War die vorige Generation damit befaßt, auf die eine oder andere Weise die Abwesenheit der Anwesenheiten zu beschreiben oder heraufzubeschwören, und rekonstruierte die Generation danach die Anwesenheiten, so waren und sind wir bestrebt, die Anwesenheiten der Abwesenheit zu sagen, das Ungreifbare zu ertasten, eine Form zu finden, mit der sich die Leere umfassen läßt. Wir sind Sternreisende auf Raumfahrt, Astrophysikerinnen und Astrophysiker, deren Bücher von der Anziehungskraft schwarzer Löcher berichten, unser Stoff ist diese schwarze Materie, von der keiner weiß, woher sie kommt und woraus sie besteht, die aber existiert und das Wesentliche des Kosmos ausmacht. Wir vernehmen ihre Klänge, wir vernehmen das Echo von Worten, die Lichtjahre zurückreichen, und schreiben sie in unserer Weise auf. In meinen Büchern arbeite ich mit Stimmen, denn es sind Stimmen, die mir etwas erzählt haben, und andere Stimmen, die verstummt sind. Mit der Abwesenheit ist kein Dialog möglich und auch kein leerer Monolog, die Abwesenheit ist das, was wir zu umreißen versuchen, worum wir kreisen, was die Strahlen aussendet, die wir mit Nachforschung, Erfahrung, Arbeit einzufangen bemüht sind. Und was kann die verlorene Generation im Grunde anderes tun als zu versuchen, den Verlust zu kartographieren, und zwar nicht durch eine Rückwendung zur Vergangenheit, sondern indem sie den Blick hebt und in die Ferne blickt, zum Horizont hin …

Aus dem Französischen von Esther von der Osten

AGI MISHOL

SCHUTZRAUM

Gedichte

»KEINE VERLETZTEN«

Er zählte nicht
der kleine Esel auf dem Foto
unter der Schlagzeile.

Der weiße Esel
lebenslang eingespannt ins Joch von Schrott
und Wassermelonen
stand bestimmt ganz ruhig da als sie ihm
den Dynamitsattel umbanden
einen Klaps auf den Hintern gaben
und ihn mit *Yalla itla*
fortscheuchten
hinüber zum Feind –

Aber dann
auf halber Strecke
entdeckte er etwas
Grün zwischen den Steinen
und scherte aus der Handlung aus
um ganz für sich allein
in tickender Stille
zu grasen.

Wer auf ihn geschossen hat stand nicht geschrieben.
Jene die fürchteten er könne umkehren
oder jene die das Geschenk nicht haben wollten.

Doch als er mit Getöse zum Himmel auffuhr ward er gleichzeitig
zum Sprengstoff-Messias befördert
und zweiundsiebzig unbefleckte Eselinnen
leckten seine Wunden.

STREICHELN

Wir alle hier –
die warm sich auf der Erde tummeln
und die schon kalt in ihrem Bauche ruhn –
Glücksjäger und Leidflüchtige
wir denen die Engel aus Großmut oder zum Spaß
einen kristallnen Moment bescherten
ein Streicheln des Lichts
das wir aus lauter Zerstreuung wahrnehmen –
wir umschlingen einander jetzt klammern
und fügen Liebe zu Liebe

betrachten einander
Wundergesichter denen kein anderes gleicht
berühren einander
mit Wunderfingern deren Weisheit anders als unsere ist
mit unserem breiten Lächeln samt
nicht streitlüsternen Zähnen
die wir einander zeigen
bang bei dieser warmen erregten Berührung
(denn der Eindruck des andern ist immer zu erhaben
als daß man ihn ertragen könnte
ein Rätsel dessen Lösung sich nur andeutet in seinem Blick
der uns entgegenschaut
gleichsam aus dem Spiegel)

und das Erbarmen –
der warme Atem der im Universum weht –
erweicht unseren erschreckten immer vorwärtsdrängenden Leib
und läßt das verborgene innere Weinen aufsteigen
wenn etwas hinter dem Sehschlitz der sich in uns schon auftut
etwas – immer von dort –
barmherzig auf unser Menschsein
blickt
und gnädig auf die Schulterblätter die sich so danach sehnen zu fliegen.

AUS DEM ZYKLUS MILCHSTERNKERZEN

Für meine Mutter Clara Fried seligen Angedenkens

Ich kenne dich nicht
und ehrlich gesagt
du kennst mich auch nicht.

Ich sehe den rostenden Stacheldraht in deinen Augen
deine Seele gegen Abend wenn sie hohl wird
den kleinen Thunfischsalat auf dem Schoß
mit dem Zwieback
vor der Fernsehkiste

doch die Sprache deiner Mutter ist nicht meine Muttersprache
deshalb gehen wir lieber spazieren:
gehen ist besser als sitzen
sitzen ist besser als liegen
liegen ist besser als schlafen

also gehn wir spazieren
dein Arm bei mir eingehakt
und spielen ich war einmal
deine Mutter
jetzt bist du meine.

*

Ich hätt dich nicht verraten sollen
an die Leute vom Rettungsdienst.
Hätt ich's gekonnt ich hätt dich
in die Praxis von Asher Meshorer geschmuggelt
und einschläfern lassen
weg von hier

hätte dich umarmt
ganz nah dir zugeflüstert
meine Gute meine Gute
bis die Todeswehen vorbei sind
wie lang es auch dauern würde
bis du dich geboren hättest
auf der anderen Seite.

*

Die Zeremonie war bescheiden:
Die Angestellte vom Innenministerium reichte mir
deine Abschlußurkunde. Du
die nie irgendeine Urkunde besessen hat
bekamst plötzlich eine schöne
Sterbeurkunde mit dem Emblem des Staates
als hättest du dich mit irgendwas besonders hervorgetan
und alle Anforderungen erfüllt.

Sie fragte ob ich auch die Sterbeurkunde meines Vaters
aktualisieren wolle (so hat sie gesagt).
Danach legte sie beide nebeneinander
wie Zwillingsgrabsteine
und drückte auf den Summer.

Ich ging hinaus auf die Straße und lief
weiter
ganz Mädchen
klein
mit seinen Papiereltern an der Hand.
Die rascheln im Geist.

VOR SEINEM TOD

Mein Vater
vor seinem Tod
setzte er sich plötzlich erschrocken auf
als wolle er jemanden empfangen
doch der
war schon in ihm –
der Tod.
Er verlangte daß man in dem fensterlosen Zimmer
das Fenster öffne
versprach der Schwester Dollars
wenn sie ihm seine Kleider brächte
mit denen wollte er
fliehen.
Danach leerte sich das Zimmer
und die Neonröhre
leuchtete nur noch für sich selbst.

SCHUTZRAUM

Jetzt wo rundherum Tod kriecht
und Pekannüsse sich in ihre Schalen drücken
verstecke ich mich im Hebräischen.
Nichts wird mir geschehen beim arglosen Schreiben
nichts wird mir geschehen
wenn ich mich von den Buchstaben aufnehmen lasse
wenn ich nicht über die Linie schreibe –
geschrumpft in einen kleinen Punkt
eingezwängt in ein *o* oder
den Bauch eines *g*
in einen tränenden Strichpunkt
eingegeiselt.
Geliebte heilige Sprache –
jetzt wo alles seine Zeit hat
alles Entsetzen ist
wo der Hain uns seine Früchte reicht
und die Erde gepflügt ist
tue ich nur was Rilke sagt:
lasse mir alles geschehen
Schönheit und Schrecken
ohne zu denken
daß sie endgültig sind.

VERANTWORTUNG

Im Hof hinterm Haus
blüht heute
(für einen Tag)
dieser Kaktus dessen Namen
ich nicht weiß
wenn ich ihn nicht anschaue –
wer sieht ihn dann?

Aus dem Hebräischen von Anne Birkenhauer

NIKOLA MADZIROV

POESIE DER UNZUGEHÖRIGKEIT

Angesichts einer in Formen und Schranken erstarrten Kultur, welche alles vermummt, ist der Lyrismus urgewaltiger Ausdruck. Sein Wert liegt denn auch eigentlich darin, barbarisch zu sein, mithin nur aus Blut, Aufrichtigkeit und Lohen zu bestehn.
Emil M. Cioran

»Du kommst vom Balkan, und es gibt kein Blut in deinen Gedichten?« werde ich oft gefragt. Das Blut fließt durch meine Erinnerung. Jedesmal, wenn ich einen einsamen Baum sehe, läßt mich die ererbte und erfahrene Angst vor dem Krieg an einen Soldatenleichnam unter seinen Wurzeln denken. Ich mache mir keine Illusionen, etwas Neues zu sagen, denn alles ist bereits da, auch ohne dokumentiert zu sein, wie die Metalle einer noch unerschlossenen Mine. Ich glaube eher an versteckte Spielsachen als an militärische Geheimnisse. Manchmal muß man, um zu schreiben, in einer Einsamkeit verharren, die ohne Ängste und Erinnerungen ist, welche noch stärker sind als der Tod. Der sicherste Weg, sich an einen Traum zu erinnern, ist, nicht durchs Fenster zu sehen, wenn man aufwacht. Der Drang, etwas (wieder) zu erzählen, wird so lange bleiben, wie es das Rätsel vom Fortgehen und Zurückkehren gibt. Oft fühle ich mich sicherer, wenn ich im Traum spreche und in der Wirklichkeit schweige. Kritikern zufolge müsse man beim »metaphysischen« John Donne zuerst daran denken, daß er Katholik war, anschließend daran, daß er seinen Glauben verraten habe. Ich denke, das ist der stille Fluch der Schriftsteller: die Zugehörigkeit genau in dem Augenblick zu verraten, in dem sie beginnen, sich zugehörig zu fühlen. In einem seiner letzten Interviews, das unter der Überschrift »Ich bin ein gescheiterter Katholik, aber immer noch Katholik« erschien, sagte Adam Zagajewski: »Die Suche liegt im Suchen, nicht in strengen Definitionen.« Die meiste Zeit fühle ich mich wie ein Nomade, auch ohne meinen Körperkäfig von einer aufgezwungenen Wirklichkeit in eine andere zu bewegen. Ich bin mehr als zwanzig Jahre lang gereist und habe nach allem möglichen gesucht, doch meine Großmutter pflegte zu sagen, sie habe die Länder einfach gewechselt, während sie auf ihrem alten Sofa im Wohnzimmer saß. Auf dem Balkan erlebt man solche Reisen durch Ideologien und Königreiche und über Grenzen hinweg, indem man auf seinem Stuhl sitzen bleibt.

Elizabeta Sheleva schreibt, ein Schriftsteller sei, unabhängig von dem Ort, an dem er lebt, immer ein Fremder und aufgrund seiner kreativen Unrast dazu verdammt, heimatlos zu bleiben. Heimatlosigkeit bedeutet, immer die Schärfe des Windes zu spüren, auch wenn man irgendwo am warmen Herd sitzt.

Ich fühle mich sicher in der Höhle der Unzugehörigkeit. Das Rätsel künstlerischer Kreativität enthüllt sich in überraschenden Metamorphosen, wenn das Ewige zum Vergänglichen wird und umgekehrt – wenn ein Engel eine Sauerstoffmaske braucht, um das Krankenhaus zu betreten und einer sterbenden Person beizustehen, oder wenn ein übers Dach geschossener Ball Teil eines unentdeckten Sternbilds wird. Moderne Metamorphosen vollziehen sich, wenn Menschen aus den Fenstern ihres Alltagslebens hinausblicken und ihre Masken abnehmen. Dubravka Ugrešić sagte: »In der vordigitalen Epoche trugen Teilnehmer zur Karnevalszeit Masken, heute will jeder sein eigenes Gesicht zeigen.« In meiner Kindheit schrieb ich immer an die Zimmerwände, noch bevor ich etwas über Buchstaben und Worte wußte. Meine Eltern mußten die Wände jeden Sommer wieder weiß streichen. Es klingt absurd, aber diese Wände waren für mich gleichsam so etwas wie erste Palimpseste der Freiheit. Ich begann, Gedichte zu schreiben, als ich die Buchstaben verstand, die Gedichte begriff ich jedoch erst, als ich die Stille entdeckte. Das geschah natürlich vor dem Krieg in Jugoslawien. Durch den Krieg begriff ich mein Bedürfnis, auf dem Papier laut zu werden, wenn alles und jeder um mich herum lauter wird. Ich weiß, daß es heutzutage pathetisch klingt, wenn ein Dichter vorgibt, seine Verse mit Blut statt mit Tinte zu schreiben, doch dort, wo ich herkomme, wird manchmal auch das Blut anderer verwendet, um neue Geschichten und Mythen zu verfassen.

Kriege beginnen mit der Umbenennung von Städten und Brücken, mit dem Umbau persönlicher Erinnerungen – die brutale Sprache der Gewehrkugeln kommt später. Auf dem Balkan glorifizieren die Menschen häufig die Geschichte, aus Angst, ihre eigene Sprache könnte bald Vergangenheit sein. Die Sprache, in der ich schreibe, wird von nur zwei Millionen Menschen gesprochen, von denen viele weggehen, weil sie ein sicheres Zuhause suchen, wo sie ihre Erinnerungen in den neuen Räumen unterbringen, noch bevor sie die Möbel aufstellen. Auf dem Balkan wird die Geschichte oft zum gemeinsamen Lagerfeuer, an dem man sich alte Schauergeschichten erzählen kann. Die Poesie beruht auf einer Ästhetik des Verschwindens (wie Paul Virilio das nannte) und nährt sich durch ihre Wurzeln von dem, was noch nicht aufgeschrieben ist. Im Krieg waren wir zusammen, in der Poesie sind wir allein. Die Klaustrophobie ist auf dem Balkan zur Lebensphilosophie geworden – Wohnungen mit kleinen Balkons und niedrigen Decken zur Aufrechterhaltung der eigenen Unsicherheit. Die Fragmentierung der Erinnerung betrifft jedes Heim. Meine Vorfahren waren Flüchtlinge,

die keine Gedichte schrieben, während sie zu Fuß Grenzen und Gebirge überquerten, sie nahmen auch keine schweren Bücher mit. Andererseits sind so viele Bücher über diese Fluchten geschrieben worden, daß sie nicht in all die verlassenen Häuser passen würden. Unter solchen Umständen zu schreiben bedeutet, einen Samen in einen schlafenden Vulkan zu pflanzen.
Ich schreibe nicht über Dinge, Menschen und Prozesse, um sie emporzuheben, sondern um den historischen Heiligenschein zu entmystifizieren, der sie umgibt. Ich lebe in einer kleinen Stadt nahe dreier Grenzen – der mazedonischen, der bulgarischen und der griechischen –, eine Grenzüberquerung war für mich wie das Wechseln der Straßenseite. Kapka Kassabova schrieb: »Menschen sterben, wenn sie eine Grenze passieren, manchmal auch bloß, wenn sie in ihrer Nähe sind.« Manchmal denke ich, jede Falte meiner Haut kommt von einer Grenze, die ich überquert habe. Die größte Herausforderung für mich war, die Grenze der Zeit zu überschreiten, die Grenze der Geschichte. Alle Balkankriege beginnen damit, die Vergangenheit zu erobern – erst danach spricht man über Territorien. *Historisch* und *hysterisch* – eine perfekte Verbindung, um zu töten! In diesem Sinne verstehe ich mich als illegitimen Archäologen, der, während er Gedichte oder Essays schreibt, die ererbte Mythomanie und ihre Narrative zu entmystifizieren versucht, indem er sie in ein anderes, ein helleres oder dunkleres Licht rückt. Die Geschichten vergessener Objekte sind wichtiger als die von Heerführern unterschriebenen Briefe und Befehle. Als ich durch den Kaukasus reiste, kam ich an ein paar entlegenen Gräbern vorbei, die anders waren als alle, die ich zuvor gesehen hatte: Es gab keine Grabsteine, aber Steinplatten mit Zeichnungen, die die Gräber bedeckten – Zeichnungen zum Leben und Tod der Menschen, die unter diesen Steinen lagen. Ein schönes Beispiel dafür, wie Menschen sich in Geschichten verwandeln und durch die Stimmen von Zeugen weiterleben, die sie nicht kannten. Ich schrieb einmal, daß Poesie immer weit entfernt gewesen war von den Formen konventioneller Popularität. Im Verlauf der Geschichte hat sie den vornehmen Status einer höfischen Kunstform angenommen, wurde aber auch zur Punk-Rock-Antwort auf soziale Sterilität oder fade Nationalhymnen. Poesie handelt nicht vom Lesen, Poesie ist Dialog. Dichtung kommt der Stille sehr nahe, selbst wenn sie in einer Bar neben einer lärmenden Kaffeemaschine gelesen wird, oder in einer Bahnhofshalle, während man auf einen verspäteten Zug wartet. Es stört mich nicht, daß Verse auf Zuckerverpackungen gedruckt werden, die man zum Kaffee bekommt. Wie alle Industrieprodukte kann auch Poesie zur Ware werden, was eine gewisse Nähe zu Heideggers Ideen vom Ursprung des Kunstwerks herstellt. Es ist jedoch die Ästhetik, die die Poesie durch die Tiefen der Zeit bewegt. Über die Jahre werden die Verse poliert wie Kieselsteine durch das Meer. Ich bin nicht sicher, was heute »ikonischer« ist: ein Gedichtband an einer

Supermarktkasse, neben Rasierklingen und Kaugummis, oder ein Gedichtband über einen lokalen Helden, ausgestellt in einer schmutzigen Museumsvitrine.
In der mazedonischen Sprache gibt es ein spezielles Wort für das Übersetzen von Poesie: »препев« (prepev), wörtlich »nach-singen« oder »wieder-singen«, was bedeutet, daß die Poesie erneut autorisiert wird. Jedesmal, wenn ich ein übersetztes Gedicht lese, suche ich darin die Stimme des Autors, auch wenn ich weiß, daß es der vergeblichen Suche nach einer Signatur auf einer Ikone gleichkommt. Für die Postmoderne ist der Leser ein wacher Geist, der die Geschichte und Poetik fortführt oder rekonstruiert, ich glaube immer mehr an den Leser als aktives Bewußtsein, das auf die Ursprünglichkeit des Texts gerichtet ist. Mit einem solchen könnte der Leser auch die Geheimnisse konkreter Verse erfassen und zur ursprünglichen Stille vordringen. Eine meiner Großmütter war Klageweib bei Beerdigungen, sie pflegte »nachzusingen«, wie man in meiner Heimatstadt sagte. Sie übersetzte das stille Klagen mit ihrer Stimme in einen lauten Schrei, der die Mattigkeit des Priesters übertönte, begrub die letzten Hoffnungen der trauernden Familie und sorgte für das gemeinsame Weinen am Grab einer Person, die sie nicht einmal kannte. Oft weckte sie mich morgens, indem sie ihre Stimmkraft im Hinterhof erprobte und in meine Träume eindrang wie der Schlüssel in die Tür eines eingestürzten Hauses. Ich begriff dieses Klageritual als hörbare Abwesenheit, das Bewußtsein von Stille nistete sich als einziges Zeichen einer Anwesenheit in mir ein. Es gibt keine leisere Stimme der Anwesenheit als den Schatten. All die Gutenachtgeschichten, die ich je gehört habe, halten mich jetzt wach, dringen mit dem Samen der Verwandlung in mich ein. Die Vielgestaltigkeit des mündlichen Erzählens nahm mir die Furcht vor der Vergänglichkeit und vertiefte mein Vertrauen in die Möglichkeiten der Verwandlung, ohne Angst, daß die Motten der Zeit den Text auffressen könnten, der auch ohne seinen Schöpfer entwirrt werden kann. Dennoch ist Literatur wichtig als Testament der Welt, damit die Worte ihre Bedeutung verlieren (wie Danilo Kiš sagen würde). Manchmal, wenn ich schreibe, kommt es mir vor, als bewegten sich Stimmen der Vergangenheit durch das Spinnennetz der Gegenwart, ohne es zu zerreißen. Den Vers niederzuschreiben, mit dem man lebt und den man jedesmal, wenn man ihn ausspricht, neu formt, ist so, als ritze man ihn unter Schmerzen in die eigenen Knochen. Hannah Arendt schrieb nach ihrem Treffen mit W. H. Auden: »Dauernd überarbeitete er seine Gedichte, war also der gleichen Auffassung wie Valéry: Ein Gedicht wird niemals vollendet, sondern höchstens aufgegeben.«
Geschriebene Worte sind wie Fische, die man in den Brunnen einer neuen Wirklichkeit wirft – ihr Zappeln hält das Wasser sauber.

Aus dem Mazedonischen von Alexander Sitzmann

ALEKSANDAR TIŠMA, ACHIM ENGELBERG

NACHRUF AUF EINE KOSMOPOLITISCHE STADT

Ein Gespräch über Novi Sad und das Schreiben als Obsession

Begegnungen mit Aleksandar Tišma

Viermal traf ich Aleksandar Tišma. 2002 wurde ich ihm in der Berliner Akademie der Künste vorgestellt – anläßlich einer Lesung von Durs Grünbein. Anschließend wollte der damals fast achtzigjährige serbisch-jüdische Schriftsteller zu seiner Stipendiatenwohnung in Charlottenburg laufen. Der Weg ist lang und es war nach zehn Uhr. Einige Akademie-Mitarbeiter wollten ein Taxi rufen oder boten an, ihn zu fahren. Er winkte lächelnd ab, er kenne den Weg, er brauche lange Spaziergänge. Ich dachte an Protagonisten seiner Romane, die stundenlang durch die Straßen laufen, im Kopf den Schrecken des Jahrhunderts.

Bei seiner eigenen Lesung im selben Jahr sah ich ihn wieder. Mit seiner Übersetzerin Barbara Antkowiak sprach er serbisch, wir unterhielten uns auf deutsch und mit dem damaligen Akademiepräsidenten György Konrád scherzte er auf ungarisch. Der Chronist von Novi Sad, wo Serben und Juden, Ungarn und Deutsche, Kroaten und Armenier neben- und miteinander gelebt hatten, wechselte mühelos von einer Sprache in die andere. Beim dritten Treffen fand das nachfolgende Gespräch statt, das auszugsweise für Artikel verwendet wurde, aber hier erstmals als solches publiziert wird.

Zuletzt lud er mich in seine Charlottenburger Wohnung ein. Ausgerechnet über dem Hauseingang des Autors von »Die Schule der Gottlosigkeit« stand in großen Buchstaben: »Was Gott ist, setzt sich durch«. Schon mehrere Journalisten, so Tišma, hätten ihn danach gefragt. Es störe ihn nicht, ihm sei es zuerst gar nicht aufgefallen, er beobachte vor allem Menschen.

Zu einem Treffen in Novi Sad kam es nicht mehr; Aleksandar Tišma starb im Alter von neunundsiebzig Jahren am 16. Februar 2003. Als ich wenige Wochen später erstmals die Stadt an der Donau besuchte, waren die während des Kosovokriegs 1999 zerstörten Brücken noch nicht wieder aufgebaut, es gab nur Behelfsübergänge, die den Schiffsverkehr gravierend einschränkten. Nach der Ermordung des serbischen Ministerpräsidenten Zoran Đinđić am 12. März 2003 war das Land im Ausnahmezustand; überall gab es strenge Straßenkontrollen.

Im von Tišma empfohlenen Flußrestaurant hörte ich ein Gespräch einheimischer Gäste, die von einer in die andere Sprache wechselten. Die Donau glitzerte in der Sonne; vom Ufer sah man das Denkmal für die Opfer des Massakers vom Januar 1942. Diese »Töterei«, wie sich Tišma in einem altertümlichen Ausdruck vieler deutscher Minderheiten ausdrückte, grundierte Leben und Werk des großen Erzählers und war der Anfang vom Ende des kosmopolitischen Novi Sad. Es wird auch in Büchern von Danilo Kiš (1935 – 1989) heraufbeschworen, der die Donaustadt zusammen mit Aleksandar Tišma in die Weltliteratur einführte.

Im 18. Jahrhundert erhob Maria Theresia auf Wunsch der Bürger den Ort, eine Militärsiedlung am Rande der Habsburgermonarchie, zu einer »königlichen Freistadt«. »Nominentur Neoplanta« (Nennen wir es Neoplanta) heißt es in der Gründungsurkunde der Monarchin von 1748, den Namen der Stadt sollte jeder Bevölkerungsteil in seine eigene Sprache übertragen. Die Serben nannten sie Novi Sad, die Deutschen Neusatz, die Ungarn Újvidék.

Im Programm von Novi Sad, Kulturhauptstadt Europas 2022 und erste Titelträgerin außerhalb der Europäischen Union, wird die kosmopolitische Stadt beschworen, die aber keine Realität mehr ist. Der ungarischsprachige Schriftsteller Lászlo Végel sagte mir, ich hätte 2003 noch die letzten Ausläufer erlebt, aber es sei eigentlich schon vorbei gewesen. Seinen bekanntesten Roman, »Bekenntnisse eines Zuhälters«, übersetzte Aleksandar Tišma für die jugoslawische Ausgabe.

Seine Heimatstadt und sein Land sind für Lászlo Végel von Paradoxien gekennzeichnet: Auf dem Weg in die Europäische Union, ein unwahrscheinlich werdendes Ziel, intensiviert sich die Beziehung zu Rußland. Immer mehr junge Leute verlassen das Land, nicht wenige wollen nach Deutschland. Viele der nach Tito und antifaschistischen Partisanen benannten Straßen tragen heute wieder die Namen serbischer Adliger und Geistlicher. Die höchste Statue der Stadt ist das neue, zehn Meter hohe Reiterstandbild von Petar Karađorđević I.: »Die Königsstatue auf dem Platz der Republik ist das authentischste Paradoxon.«

Der Aktionskünstler Andrej Tišma, der 1952 geborene Sohn des Schriftstellers, kümmert sich um das Erbe seines Vaters. Mittlerweile gibt es an dem Haus, in dem dieser jahrzehntelang lebte, eine Gedenkplatte; in der Wohnung soll ein Museum eingerichtet werden. Erster Preisträger des 2019 geschaffenen Aleksandar-Tišma-Literaturpreises ist der ungarische Autor László Darvasi, den zweiten Preis erhielt 2022 David Albahari.

Tišma paßt dennoch nicht in das offizielle Bild einer kosmopolitischen Minderheitenstadt. Sein Werk ist eher ein Nachruf darauf und leuchtet ihre dunklen Stellen aus. Der scharfe Beobachter blickt auf die triebhafte Unterseite der großen Politik, bevor sie zu Geschichte gerinnt. Er zeigt, was sich aufgrund der *Conditio humana* alles nicht ändert.

Hier liegt die ungeheure Aktualität von Tišmas Werk: Selbst wenn solche Minderheitenstädte nicht von Dauer sind, so schaffen sie oft Dauerhaftes wie etwa die Vielfaltarchitektur von Novi Sad. Der Verlust solcher kosmopolitischen Städte in Südosteuropa, aber auch in anderen Rand- und Übergangsregionen wie am Südrand des Mittelmeers ist gewaltig, sollte aber nicht verklärt werden. Spannungen gab es immer; oft entzünden sich an Bruchlinien Kriege oder Vertreibungen.

Heute ist Novi Sad eine vorrangig serbische Stadt in einem serbischen Nationalstaat an einer schwer bewachten EU-Außengrenze. Im Umland warten Migranten darauf, diese überwinden zu können, um in den Nordwesten Europas zu kommen. In unmittelbarer Nähe des Tišma-Reliefs an seinem Wohnhaus kann man T-Shirts mit dem Antlitz von Wladimir Putin kaufen, dessen Angriff auf die Ukraine von nicht wenigen in Serbien – wo Ressentiments gegen den »Westen« weitverbreitet sind – begrüßt wird. Seit 2017 ist Aleksandar Vučić Staatspräsident, ein ehemaliger Informationsminister unter Milošević – ein Zeichen dafür, daß die alten Eliten noch nicht abgelöst sind, es immer noch Variationen autoritärer Vetternwirtschaft gibt. In vielen Balkanstaaten steigt die Fieberkurve. Ein heißer Frieden liegt schwer und drohend über der Region.

Achim Engelberg

ACHIM ENGELBERG: Können Sie von Ihren Eltern erzählen und von Ihrer Jugend in Novi Sad, wo Serben, Ungarn, Deutsche und andere miteinander lebten?
ALEKSANDAR TIŠMA: Das Elternhaus ist der Keim des Lebens. Meines war eine bescheidene Bürgerwohnung. Mein Vater war Kaufmann, meine Mutter Hausfrau. Ich bin der einzige Sohn dieser Ehe. Mein Vater vermittelte Orangen und andere Südfrüchte – Kolonialwaren nannte man das – zwischen den Exporteuren in Griechenland, Spanien, Italien und den Kaufleuten in Novi Sad. Er war ein gutgelaunter, jovialer Mensch, ein Bauernsohn aus dem Gebirge, aus der Likaregion im heutigen Kroatien. Eigentlich sollte er Pfarrer werden, aber nach vier Jahren entschied er sich anders und ging aufs Gymnasium. Er war ein guter Kopf, konnte problemlos auf deutsch oder ungarisch Gespräche führen oder Briefe schreiben. Ich stamme aus einem kleinbürgerlichen Milieu, nicht wohlhabend, aber mit Ambitionen. Mit sechs oder sieben Jahren schickte mich meine Mutter zu einem Fräulein, um Deutsch und Französisch zu lernen. Sie wurde das Vorbild für die Hauslehrerin in meinem Roman »Der Gebrauch des Menschen«. Tatsächlich habe ich, als sie starb, ihr Tagebuch gefunden. Im Roman ist es wortwörtlich enthalten, heute liegt es im Stadtarchiv von Novi Sad. Wie Sie hören, spreche ich ganz gut Deutsch, obwohl ich nie in Deutschland oder Österreich gelebt habe. Ich habe mein ganzes Wissen von ihr.
ENGELBERG: »Schule der Gottlosigkeit« heißt ein bekannter Erzählband von Ihnen. Welche Rolle spielte die Religion in Ihrem Elternhaus?
TIŠMA: Gar keine. Meine Eltern waren areligiös. Formal war meine Mutter, eine ungarische Jüdin, zum Christentum übergetreten, aber es bedeutete nichts. Ich bin getauft worden, aber nicht katholisch, sondern christlich-orthodox. Darüber sprach man nicht. Manchmal ging meine Mutter mit ihrer Mutter oder ihrer Schwester in die Synagoge von Novi Sad, wenn sie uns besuchten. Aber das war mehr eine familiäre, gesellschaftliche Verpflichtung, nicht um zu beten.
ENGELBERG: Mit achtzehn Jahren mußten Sie Novi Sad verlassen, Sie begannen Tagebuch zu schreiben.
TIŠMA: 1941 wurde Novi Sad Teil des mit Deutschland verbündeten Ungarn. Die Situation war schlimmer als in der Hauptstadt Budapest. In Novi Sad lebten Ungarn, Deutsche, Juden, aber die Mehrheit waren Serben. Es gab Widerstand gegen die Okkupation, Plakate und ähnliches, und die Behörden reagierten mit Razzien. Es war sehr unangenehm und wurde immer schlimmer. Am 4. Januar 1942 mündete eine Razzia in eine Töterei: an die 1400 Menschen kamen in zwei, drei Tagen um, Serben und Juden. Die Patrouillen durchsuchten die Häuser nach Gewehren und Flugblättern, überprüften die Papiere. Einige ließen sie in Ruhe, andere führten sie in den Tod. Es war reine Willkür. Als das Töten vorüber war, mit Begräbnissen oder auch nicht, die meisten hatte man in die

Donau geschmissen, fühlte man, hier muß man weg. Meine Großmutter war von einer Patrouille – im Gegensatz zu meinem Vater, meiner Mutter und mir – an die Donau geführt, aber im letzten Moment wieder freigelassen worden. Sie wollte sofort weg. Sie ging nach Budapest, wo sie noch eine Tochter hatte. Und ich als ihr Enkel ging mit – sie hatte eine kleine Wohnung – und lebte bis 1944 dort.
ENGELBERG: Das Massaker in Novi Sad beschrieben Sie mehrmals, im Roman »Das Buch Blam«, in der Erzählung »Ohne einen Schrei«.
TIŠMA: Es war meine Begegnung mit dem Terror. In Budapest lebte ich viel besser. Ungarn war zwar im Krieg, aber man wollte sich nicht so stark hineinziehen lassen. Man taktierte. Und Budapest war keine besetzte Stadt wie Novi Sad. Ab und zu fuhr ich nach Hause, wo meine Eltern geblieben waren. Man kann das in meinem Tagebuch nachlesen. In Budapest schrieb ich mich an der Universität ein, absolvierte aber kein Studium, es ging für mich nur ums Überleben. Gegen Ende des Krieges marschierte die Wehrmacht in Ungarn ein, die Deutschen installierten eine nationalsozialistische Regierung. Eine der vielen neuen Maßnahmen war, alle ungarischen Juden – bis auf die aus Budapest – nach Auschwitz zu transportieren. Die Studenten kamen in Arbeitslager, ich auch. Meine Gruppe brachte man an einen Ort im heutigen Rumänien, dort mußten wir Gräben ausheben gegen die sowjetischen Tanks. Im September 1944 wurde unsere Gruppe aufgelöst, ich ging nach Novi Sad. Dort verbrachte ich zwei, drei Monate – dann verjagten die Partisanen zusammen mit der Roten Armee die Okkupanten. So wurde ich Soldat.
ENGELBERG: Wie kam es, daß Sie Musiker der jugoslawischen Volksbefreiungsarmee wurden?
TIŠMA: Ich bin kein Kämpfer. Die Armee ist eigentlich nichts für mich. Alles war völlig ideologisiert. Als der Tag meiner Mobilisierung näherkam, traf ich meinen Freund Slobodan auf der Straße. Im Gegensatz zu mir hatte er eine starke musikalische Ader. Meine Eltern hatten mich zwar auch zu einer Klavierlehrerin geschickt, aber es fruchtete nichts. Ich hörte schnell wieder auf, lernte während der Okkupation aber eine Gruppe kennen, die in Privathäusern musizierte. Slobodan leitete dieses kleine Tanzorchester. Als ich ihn zufällig traf, sagte er mir, daß sein Orchester nun Teil der Armee sei und daß ich auch dazukommen solle – er kannte meine Abneigung gegen das Militär. Ich fragte ihn, wie er sich das vorstelle, ich konnte ja gar nicht spielen. »Komm nur, wir werden das schon machen!«
Zuerst holten wir ein Radio aus der ehemaligen Gestapozentrale, dann gingen wir in die Kaserne. Slobodan sagte einfach, ich solle mitspielen. So wurde ich Musiker und Soldat. Das Orchester bestand nur aus acht oder zehn Leuten – und ich tat nichts, außer bei Proben und Auftritten dabeizusein. Eines Tages fragte jemand, ob einer von uns Fremdsprachen spreche. Ich verließ die Musiker und kam zu

einer Soldatenzeitung. Es gab in Titos Armee eine deutsche und eine ungarische Brigade, also mußte vieles übersetzt werden. Dann arbeitete ich als Dolmetscher bei der Briefzensur, schließlich als Kurier. Nach dem Krieg kehrte ich nach Novi Sad zurück: Die Juden waren weg, die Deutschen waren auch verjagt, umgebracht oder in Lagern. Es war eine große »ethnische Säuberung«. Das neue Leben war wieder ein ideologisiertes Leben. Ich wollte auswandern, ich wollte einen Paß, ich wollte ein Stipendium im Ausland, aber es gelang mir nicht. Schließlich blieb ich, ich mußte auch meinen Eltern helfen. Meinem Vater wurde sein kleines Unternehmen genommen. Ich wurde Journalist, aber nicht im Kulturbereich. Es ging nicht um literarische Ambitionen, sondern ums Überleben. Vier Jahre lang – zwei in Novi Sad, zwei in Belgrad – schrieb ich Reportagen, Nachrichten, alles, was man wollte. Da ich auch Französisch konnte, hoffte ich, man würde mich nach Frankreich oder nach Deutschland schicken. Aber das ging nicht, ich war kein Parteimitglied. Schließlich quittierte ich den Dienst und ging zurück nach Novi Sad, wo ich in einem Verlag als Lektor arbeitete. Dort blieb ich bis zur Rente.

ENGELBERG: Viele Ihrer Romane und Erzählungen handeln von Leuten, die aus dem Krieg kommen und keinen Platz mehr im Leben finden. Lernten Sie solche Menschen in Ihren Jahren als Journalist kennen?

TIŠMA: Wichtiger war wohl, daß ich selbst auf dieser Suche war – nach einer Identität, nach einem Platz, einer Orientierung in diesem neuen Leben. Der Konflikt war: Alles war politisiert und ich war ein unpolitischer Mensch. Deshalb habe ich solche Leute beobachtet und später beschrieben. Allerdings waren einige Kollegen in der Zeitung wichtig. Wir waren jung, alles änderte sich, die alten Journalisten waren kompromittiert und durften nicht weiterarbeiten. In der ersten Zeitung, »Freie Vojvodina« hieß sie, gab es vielleicht zwei Leute, die schon vor dem Krieg in einer Zeitung gewesen waren. Es war alles dilettantisch, aber wir waren inspiriert und voller Ideen. Ein Kollege zum Beispiel war schon vor dem Krieg Kommunist gewesen, 1941 trat er der jugoslawischen Armee bei, um gegen die Nazis zu kämpfen. Er wurde gefangengenommen, war vier Jahre in deutschen Lagern. Als er zurückkam, hatte er ein ganzes Leben hinter sich. Es war ein Mensch, der von einer Idee beseelt war. Ich dagegen hatte kein Interesse an Politik, sondern nur an Literatur. Das konnte ich aber nicht offen sagen, weil ich nicht wußte, ob ich es schaffen würde. Ich war ein schwacher Anfänger. 1956 publizierte ich mein erstes Buch, da war ich schon zweiunddreißig und schrieb bereits fünfzehn Jahre. Es war eine Zeit großer Ungewißheit für mich mit immer neuen Versuchen.

ENGELBERG: Wie erlebten Sie den Bruch zwischen Tito und Stalin – das muß doch eine große Erschütterung gewesen sein unter diesen jungen Journalisten.

TIŠMA: Für sie schon, für mich nicht. Mir war es fast egal. Ich wußte damals nichts von den Lagern in der Sowjetunion. Viele meiner Freunde gingen ins

Gefängnis, weil sie Stalinisten waren, sie dachten, die Sowjetunion wäre die bessere gesellschaftliche Lösung. Sie sahen in Tito einen Verräter am Weltkommunismus. Alle wollten diskutieren, ich wollte meine Bücher schreiben.

ENGELBERG: In Ihrem Roman »Treue und Verrat« spielen diese Auseinandersetzungen eine zentrale Rolle.

TIŠMA: Den Helden in »Treue und Verrat« habe ich aus dem Leben genommen, es war ein Kollege von mir. Auch ich wurde in politische Konflikte hineingezogen. Erst in der Zeitung, dann im Verlag. Einmal setzte ich mich für ein Buch eines montenegrinischen Autors ein. Ein paar Wochen später sagte mir mein Chef, das Zentralkomitee aus Titograd, dem heutigen Podgorica, habe telefoniert, das Buch könne nicht erscheinen, irgend etwas liege gegen diesen Autor vor.

ENGELBERG: Gehört auch die Figur in »Treue und Verrat«, die westliche Unterhaltungsromane für die Bedürfnisse der Partei umschreibt, in den Bereich Ihrer eigenen Erfahrungen?

TIŠMA: Man wußte, daß ich viele Sprachen konnte, also fragte man mich, ob ich nicht westliche Unterhaltungsromane daraufhin durchsehen könnte, was Mißfallen erregen könnte. Zuerst sagte ich, ich mache so etwas nicht. Sie boten mir schließlich ziemlich viel an. Ich konnte drei oder vier dieser Hefte in einer Woche lesen. Die Arbeit hätte ich auch an einem Tag geschafft, aber ich wollte mich nicht vergiften. Ich sollte sagen, was nicht akzeptabel war, ein anderer sollte es umschreiben.

ENGELBERG: Was war nicht akzeptabel?

TIŠMA: Wir hatten in Jugoslawien keine Zensur wie in der Sowjetunion oder in der DDR. Deshalb mußten die Verlage selbst Kriterien bestimmen, wo sie eingriffen. Der Staat wurde erst später aktiv, wenn ein Buch erschienen war. Dann wurde nachgefragt: Warum habt ihr dieses Buch verlegt, das für die Ideologie so schädlich ist? Es gab auch Bücher, die vor Gericht kamen, weil sie zu kritisch über den Sozialismus berichteten oder sexuell zu freizügig waren. Mir sagte man, ich solle beim Lesen darauf achten, ob Grafen und Magnaten als feine Leute dargestellt werden und ob Arbeiter und Bauern nicht vorkommen. Das wurde dann korrigiert.

ENGELBERG: Heute sind Sie als einer der genauesten Erzähler bekannt. Fast vergessen ist, daß Ihr erstes Buch ein Gedichtband war und der erste Ihrer Texte, der in den fünfziger Jahren nach Deutschland – genauer: nach Westdeutschland – gelangte, ein Theaterstück. »Der Preis der Lüge« handelt von einem Schauprozeß.

TIŠMA: Meine Ambitionen waren breit, ich versuchte mich in allen Formen. Ich schrieb Gedichte, als ich in einer Krise war, weil ich nur sehr schwer an das Material kam, das ich für meine Erzählungen und Romane brauchte. In der Zeit des Slánský-Prozesses las ich in einer Zeitungsnotiz, daß die Behörden bei einem Prozeß in der Tschechoslowakei verlangt hatten, daß der Sohn gegen den Vater aussagen solle. Der Sohn tat es und erschoß sich anschließend. Ich hatte nur diese eine Notiz, das andere kam beim Schreiben. Mich interessierte nicht die politische Geschichte, nicht, was daran wahr oder falsch war, sondern der persönliche Konflikt: ein junger unpolitischer Mann wie ich, der gezwungen wird, gegen seinen Vater auszusagen, obwohl er weder für noch gegen dessen Tätigkeiten ist. Seine Mutter will ihn schützen, kann es aber nicht. Sein Onkel ist ein Funktionär und setzt ihn unter Druck. Die Familie ist wie alle Familien im damaligen Ostblock in verschiedene politische Imaginationen verwickelt. Auch jeder Kommunist hatte einmal gesündigt, war einmal nicht zu einer Parteikonferenz gegangen, sondern hatte die Zeit mit einer Freundin verbracht. Solche Kleinigkeiten machten die Menschen schwach vor dem Apparat. Ich wollte zeigen, wie er die Menschen verschlingt, so auch diesen jungen Mann, der keine politischen Ambitionen hatte, nur frei leben und ein selbständiger Mensch werden wollte.

ENGELBERG: Wie wirkte das Stück auf einer Bühne in Jugoslawien?

TIŠMA: 1952, vielleicht auch ein wenig früher, war man bereit, gewisse Zugeständnisse zu machen, auch in der Kultur. Es ging darum, sich von der Sowjetunion zu distanzieren. Viele waren noch erschüttert: Lange Zeit wurde die Sowjetunion bedingungslos verehrt, plötzlich war man dagegen. Dem Volk mußte etwas geboten werden, es gab mehr Freiheit. Freilich, wenn ich einen jugoslawischen Funktionär auf diese Weise zum Gegenstand gemacht hätte, wäre das Stück nicht gespielt worden. Ich hatte nicht angegeben, wo es spielt.

ENGELBERG: Rund zwei Jahrzehnte später – im Roman »Treue und Verrat« – behandelten Sie dann jugoslawische Funktionäre.

TIŠMA: Ja, das war möglich, ich beschrieb einzelne Leute – einen Kompromißler, einen Opportunisten –, aber ich sagte nicht, daß die Politik der Partei falsch und lügnerisch war. Man konnte Funktionäre und Kommunisten psychologisch deuten und kritisieren, aber nicht die Ideologie an sich. Man durfte in einem Roman nicht zeigen, daß die Arbeiterklasse aus einfachen Leuten bestand, die lieber etwas anderes gewesen wären, gern einen Schnaps tranken und keine großen Erwartungen hatten. Explizit konnte man das nicht sagen, aber einzelne Arbeiter in einer Kneipe konnte man zeigen. Und jeder konnte sich das Seine denken.

ENGELBERG: Mich interessiert Ihre Einschätzung von Milovan Đilas (1911–1995). Đilas war Partisan und Kommunist, Schriftsteller, Dissident und scharfer Kritiker des Titoismus. Während der Zerfallskriege avancierte er zum wortgewaltigen Verteidiger des jugoslawischen Völkerkompromisses.

TIŠMA: Đilas war ein komplexer Mensch, kein gewöhnlicher Kommunist, keine dieser Schablonenfiguren, die mit dem Status quo zufrieden sind. Er war früh aufgestiegen, in seinen Dreißigern war er Mitglied im Politbüro, eine der höchsten Positionen überhaupt. Er war eine Doppelbegabung, hatte doppelte Ambitionen – die Politik und das Schreiben. Er war Vorsitzender des jugoslawischen Parlaments und kritisierte in Zeitungsartikeln den dogmatischen Sozialismus, schrieb an gegen Privilegien. Seine Konzeption glich der des späteren Eurokommunismus und Dubčeks Sozialismus mit menschlichem Antlitz. Das waren parallele Bewegungen – in Jugoslawien, in Frankreich, in der Tschechoslowakei, in Spanien. Der Sozialismus sollte anziehend werden.

ENGELBERG: In seinem Todesjahr – 1995 – sagte Đilas in einem seiner letzten großen Interviews, heute werde Tito nur als Diktator bezeichnet, aber man werde Tito bald gerechter beurteilen.

TIŠMA: Đilas war in gewisser Weise Titos Kreatur. Titos Weg zur Macht in der Partei – das war in den dreißiger Jahren – ging über neue Leute, die er als rund zwanzig Jahre Älterer zusammenbrachte, und darunter war Đilas. Dann kam der Krieg, und Tito war der einzige, der den Widerstand auf eine jugoslawische und nicht nur auf eine nationalistische Basis stellte. Diese Basis verband er mit der Ideologie des Sozialismus. Đilas wußte, wie es vor Tito ausgesehen hatte. Sein Dilemma war, daß er im Banne von Tito blieb.

ENGELBERG: Der jugoslawische Völkerkompromiß muß Ihnen durch Ihre Erfahrungen im kosmopolitischen Novi Sad nahe gewesen sein.

TIŠMA: Das Zusammensein der verschiedenen Völker stand im Einklang mit dem, woran ich glaubte. Die Ungarn, Slowaken, Ruthenen in der Vojvodina wurden jedoch immer von Kommunisten repräsentiert, die gegenüber Titos Zentralkomitee unterwürfig blieben. Die Kohabitation der Völker bildete sich nur schwer heraus, weil alles durch die Partei ging. Und als diese Partei fort war – als die Berliner Mauer gefallen war, als der Kommunismus in der ganzen Welt bis auf Südamerika verloren hatte –, zerbrach auch diese Kohabitation, die im Grunde durch die Partei gemacht wurde,

ENGELBERG: In den siebziger Jahren hatte Jugoslawien durchaus eine Anziehungskraft.

TIŠMA: Von draußen betrachtet ja, von der Sowjetunion, von der DDR aus, aber nicht für uns, die wir drinnen waren. Leute wie Đilas wußten, daß alles nur Kosmetik, nur Fassade war. Es gab Verschönerungen, aber wesentlich blieb, daß die Partei alles bestimmte. Und an der Spitze der Partei stand ein einziger Mensch. Nur die Differenz zwischen den einzelnen Menschen an der Spitze machte den Unterschied. Đilas war damit nicht zufrieden. Er verbrachte seine Zeit mit Schreiben und im Gefängnis. Und er hat seine Gesundheit und sein Leben gegeben für seinen Glauben an einen Sozialismus, an ein von überkommenen Dogmen befreites Leben. Er wollte den Sozialismus so reparieren, daß er auch im

Westen anziehend würde. In Jugoslawien kam er immer wieder ins Gefängnis, im Westen wurde er gefeiert, weil er als Dissident der kommunistischen Ideologie schadete. Als Politiker scheiterte er, da er Jugoslawien nicht reformieren konnte, aber einige seiner Bücher wurden weltbekannt.

ENGELBERG: »Ich bin nur ein Finder«, sagten Sie einmal mit ziemlicher Untertreibung. Aber tatsächlich basieren viele Ihrer Erzählungen und Romane auf Dokumenten und wirklichen Vorfällen. Wann inspiriert Sie etwas zur Literatur?

TIŠMA: Ich war von Literatur besessen. Es ging nur um die Frage, ob ich davon leben kann oder nicht. Alles, was in der Literatur möglich ist, habe ich gemacht, Reisereportagen, Theater, Poesie, ich habe auch viel übersetzt aus dem Ungarischen oder Deutschen. Beispielsweise Romane von Imre Kertész oder Leonhard Frank. Zehn Jahre erstellte ich für die Zeitung Chroniken darüber, was in der Weltliteratur passierte. Ich las deutsche, französische, englische, russische Zeitungen und berichtete, welche Bücher erschienen sind. Ich war immer auf der Suche und kam so auch zu Dokumenten. Ich wußte, ich wollte Bücher schreiben, aber ich wußte nicht, wo ich den Stoff dafür finde. Einmal erfuhr ich von einem Mord in Novi Sad, ging ins Gericht, las das Dossier und entdeckte, daß das eine Geschichte war – vom Bericht des Polizisten, der die Leiche gefunden hatte, bis zur Festnahme des Täters. Ich brauchte es nur abschreiben. Und so war es auch mit den Lagern. Ich wollte immer beschreiben, was dort geschehen ist, wie es dazu gekommen ist, daß Menschen Hunderttausende töten und selbst einige der Insassen dabei mitmachen. Wenn sich herausgestellt hätte, daß ich aus diesen Dokumenten keine Literatur machen könnte, hätte ich sie nicht mehr angeschaut. Der Wille zum Schreiben war mein Antrieb. Ich las Bücher mit Aussagen von SS-Leuten, Gefangenen und allen möglichen Leuten. Ich las und las, aber dachte nicht an einen Roman über einen Kapo. Ich dachte, es könnte ein Jude, ein Serbe, ein Kroate, ein Tscheche sein, der zum Mittäter wird. Dann fand ich die Aussage eines Häftlings: Wir hatten hier einen Kapo, einen Juden aus Zagreb. Er war – im Gegensatz zur Figur in meinem Roman »Kapo« – homosexuell und benutzte seine Position, um schöne Knaben um sich zu scharen. Zuvor hatte es mir an Motiven gefehlt. Ich hatte zwar eine Menge Kenntnisse über die Lager, hatte Freunde, die dort waren, mit denen ich sprechen konnte. Mit diesem Kapo konnte ich mein Wissen über die Lager in eine komplette, komplexe Geschichte verwandeln.

Ich mag es nicht, wenn der Phantasie zu viel Spielraum gegeben wird. Es hätte auch ein Jude aus der Vojvodina oder von anderswo sein können, aber ich wollte nichts vermischen. Da ich einige Bücher über die Ustascha gelesen hatte, gestaltete ich die Romanfigur wie einen Zagreber Juden. Am Anfang steht bei mir immer eine Figur in ihrer ganzen Nacktheit.

ENGELBERG: Viele Kritiker meinen, »Das Buch Blam« sei stark autobiographisch.

TIŠMA: Das hängt wahrscheinlich damit zusammen, daß in diesem Buch eine komplette Biographie dargestellt wird und nicht wie beispielsweise in »Der Gebrauch des Menschen« parallele Gestalten. Im »Buch Blam« herrscht ein Gefühl, das mir sehr nah ist: diese Fremdheit in einer Stadt, in der ich leben muß. Aber die Fakten sind nicht autobiographisch: Ich hatte keine Schwester, meine Eltern wurden nicht getötet, ich arbeitete nie in einer Agentur. Blam und ich sind Herausgefallene. Schon als Kind fühlte ich den Verlust eines wirklichen Mit-Lebens, am meisten wohl wegen meiner gemischten Herkunft als Serbe und Jude, aber es gibt auch andere Gründe. vielleicht bin ich ein bißchen zu sensibel.
ENGELBERG: Im Gegensatz zu den gewaltigen Geschichtschroniken von Ivo Andrić spielen Ihre Romane immer in Ihrer eigenen Lebenszeit, aber Sie schreiben erst darüber, nachdem dreißig, vierzig Jahren vergangen sind. Brauchen Sie den zeitlichen Abstand?
TIŠMA: Nein, das »Buch Blam« habe ich schon in den vierziger Jahren angefangen. Als der Krieg noch tobte, dachte ich über diese Rückkehrergeschichte nach. Beendet habe ich sie in den siebziger Jahren. Es lag nicht so sehr an der Distanz, ich konnte die Form nicht finden. Man muß viel nachdenken, natürlich nicht, weil man will, sondern weil man muß. Dann schläft man ein und erwacht am Morgen und denkt sich, das habe ich geträumt, das könnte die Situation sein. Der Organismus eines Menschen mit künstlerischer Ader arbeitet für ihn. Ein Roman organisiert sich wie das wirkliche Leben. Und das Leben entwickelt sich wie ein Buch. Man kann in beiden die entscheidenden Momente versäumen …
ENGELBERG: Wie erlebten Sie den Aufstieg von Slobodan Milošević? Ab wann dachten Sie, das könnte gefährlich werden?
TIŠMA: Einmal habe ich Milošević getroffen, anläßlich einer Preisverleihung zu einem Jahrestag. Er war Parteivorsitzender des Bundes der Kommunisten Serbiens, aber noch nicht Präsident des Staates. Die anderen Politiker waren Fachleute und benahmen sich auf die übliche Weise bei solchen Anlässen, machten Small talk. Milošević betrat den Raum mit einer Miene, als ob hier etwas Großes geschehe. Er war außer sich. Ich war erschrocken, dachte, das ist ein verrückter Mensch. Die Politiker schüttelten den Schriftstellern die Hand. Ich habe mich entfernt, ich konnte nicht, seinetwegen. Ich konnte einen physischen Kontakt mit einem Menschen, der außer sich ist, nicht ertragen.
ENGELBERG: Warum kam ein Verrückter an die Macht?
TIŠMA: Weil gleichzeitig mit ihm die Leute verrückt wurden. Seine Verrücktheit paßte immer besser zur Verrücktheit der Leute in der damaligen Situation des Landes: Sie wußten nicht, sind wir hier zu Hause oder nicht? Müssen wir gehen oder nicht? Müssen wir kämpfen oder nicht? Das Land zerfiel Tag für Tag mehr,

und sie saßen an einem Ort – in Novi Sad oder Pristina oder wo auch immer – und wußten nicht, was sie machen sollten. In diese hysterische Situation paßte dieser Hysteriker, darum gelangte er zur Macht.
ENGELBERG: Wie erlebten Sie die NATO-Angriffe 1999?
TIŠMA: Die ersten zwölf Tage bin ich in Novi Sad geblieben, dann wollte meine Frau nicht mehr aus dem Keller heraus. Sie mußte weg. Ich sah das alles mit kühlem Kopf, sie bombardierten nicht flächenmäßig, sondern beschossen nur bestimmte Ziele. Ich hatte nicht das Gefühl der Ohnmacht. Viele Verwandte blieben in Novi Sad und in den letzten Tagen bin ich zurückgekehrt und erlebte auch das letzte Bombardement.
ENGELBERG: Wie beurteilen Sie den Prozess gegen Milošević in Den Haag?
TIŠMA: Die Regierung war selbst nicht imstande, diesen Prozeß zu führen. Sie haben diese sogenannte Revolution gemacht, aber in der Struktur wenig verändert. Die Polizei ist dieselbe geblieben. Da sie den Prozeß gegen Milošević – aber auch gegen andere – nicht zustande brachten, trat Den Haag auf den Plan. Das sind Leute, die weder den Balkan noch die Situation kennen, aber Theorien haben, wie alles vor sich gegangen ist. Für das Volk ist das ein Trauma. Daß der jetzige Chef seinen Vorgänger vor ein internationales Gericht stellen läßt, ist für die meisten schwer verdaulich.
ENGELBERG: In Ihrem Roman »Der Gebrauch des Menschen« sprechen Sie von einem »Masochismus der serbischen Geschichte«.
TIŠMA: Diese Theorie gibt es. Immerhin machten die Serben ihre größte Niederlage, die Schlacht auf dem Amselfeld 1389, zu ihrem größten historischen Monument. In dieser Hinsicht spreche ich davon, aber ich fühle diesen Masochismus nicht, ich fühle ein unerlebtes Potential von Befreiung. Die Serben wollten sich immer vereinigen, konnten aber nie einen Weg finden, sich zu realisieren.
ENGELBERG: Ihre Rückkehrergeschichten haben in Ihrer Heimat eine große Aktualität. Wieder kehren traumatisierte Menschen ins zivile Leben zurück. Wo sehen Sie Gemeinsamkeiten, wo sehen Sie die Unterschiede zu Ihren Figuren?
TIŠMA: Es gibt keine Unterschiede. Ein, zwei Millionen Menschen im ehemaligen Jugoslawien wissen nicht wohin, wissen nicht, was sie machen sollen. Einer der Pförtner in der Akademie der Künste kommt aus Kroatien. Er war Elektriker, könnte an der Küste Arbeit finden, aber er geht nicht zurück, etwas stößt ihn ab, er kann nicht weiterleben, als wäre nichts geschehen. Wenn man wie er verjagt wurde, kann man nicht mehr so weiterleben wie bisher. Es gibt eine Menge von Herumtaumelnden.
ENGELBERG: In ihrer Erzählung »Ohne einen Schrei« zeigen Sie, wie schwierig Massaker verarbeitet werden können. Wie sollte man an die jüngsten Balkankriege erinnern, ihrer gedenken?

TIŠMA: Schauen Sie, auf dem Balkan ist es schwierig, etwas zu machen, die Leute haben immer noch die Obsession der Nation, sie haben noch nicht erreicht, was sie wollten. Es herrscht nach wie vor Chaos, und ein normales Leben kann man nicht nur von außerhalb organisieren – das muß vor Ort geschehen. Bis diese kleinen Republiken sich nicht organisieren und etwas Positives beginnen, und gerade das geschieht nicht, wird es keinen wirklichen Frieden auf dem Balkan geben.

ENGELBERG: Sie waren befreundet mit dem großen Schriftsteller und Frauenschwarm Danilo Kiš.

TIŠMA: Wir sind in der gleichen Gegend geboren. Wir sind beide Halbjuden. Seine Mutter war Montenegrinerin, sein Vater Jude. Bei mir war es umgekehrt. Er war elf Jahre jünger. Als ich schon für eine Familie zu sorgen hatte, war er noch Student. Ich bin ein zurückgezogener Mensch, fast ein Menschenhasser, er war sehr offen, spielte Gitarre und sang dazu in Cafés. Wir waren ziemlich verschieden und dennoch befreundet. Einmal trafen wir uns in Novi Sad, er sagte, wir haben ein Buch zum selben Thema geschrieben, zog seinen Roman »Die Sanduhr« heraus und signierte ihn für mich. Ich gab ihm mein »Buch Blam«. Ein schrecklich interessanter, lebhafter Mensch war Danilo Kiš.

ENGELBERG: Einer der bekanntesten Künstler aus Novi Sad ist der Sänger Đorđe Balašević.

TIŠMA: Ich kenne ihn, auch seinen Vater. Balašević ist ein sehr charakteristischer Mensch dieser Gegend, vom Körperbau bis zu seiner Kunst. Er schöpft aus den Volksliedern der Region. Ein toleranter, freier Mensch, der viel gegen Milošević unternommen hat. Sein Lied gegen ihn, »Du hast das ganze Land verschwendet«, hat man jeden Abend gesungen.

ENGELBERG: Sie schreiben keine Romane mehr, aber notieren noch Anekdoten. Könnten Sie eine erzählen, die Ihnen charakteristisch erscheint für das heutige Novi Sad?

TIŠMA: In der Nähe meiner Wohnung gibt es einen jungen Mann, der sitzt jeden Tag da und schaut in den Himmel. Er ist gut angezogen, jemand kümmert sich um ihn. Ich sehe ihn schon seit Jahren. Stundenlang schaut er in den Himmel. Also habe ich angefangen herumzufragen, was er eigentlich anschaut. Niemand wußte es. Das ist charakteristisch für Novi Sad. Die Leute sind nicht aufdringlich. In Belgrad wäre das anders, da würde man ihn fragen, was machst du da. Diese Zurückhaltung, dieses Verständnis dafür, daß andere Leute anders leben, gefällt mir, weil ich auch immer etwas anderes gemacht habe und niemand mich danach gefragt hat. Man hat mich mit meinen Versuchen, mit meinen Büchern in Frieden gelassen.

ALEXANDRU BULUCZ

SYMBOLISCHE GLEICHUNG

Gedichte

... am 11. August 1999 hier wie dort
u. Jahre später hier

IN DER SONNENKORONA mitohne die Mutter
u. der Blausucht der Steinfrucht des Schwarzdorns
verkrusten im Soodener Gradierwerk die Dornzweige,
an denen die Sole herunterrieselt,

u. des Gradierwerks Innenleben macht dicht,
u. der Wind kommt nicht durch, rüttelt an der Statik
u. der Vergangenheit Verdichtungsgrad nimmt zu,
u. die Reisigbündel faulen wie eine Kindheit

aus Angst vor der Jugend. Jahre später schlafe ich
im Wandelgang aus Holz, draußen regnet es,
u. es rieselt im Gradierwerk die Sole herunter
an der Wand aus gesunden Dornzweigen.

FAMILIENFERIEN AM WASSERKRAFTWERK VON OAŞA

Stausee, Sammlung der Erinnerung, an deren Oberfläche
der Bitterfisch schwimmt u. die Hütte sich spiegelwellt,
in der wir das Zimmer mit dem Kachelofen bezogen.
Wir kamen dorthin über eine Straße genannt des Königs,

als stünde irgendwer souverän über dem Gebirgszug,
durch den sie sich in dünner Luft wie eine Grasnarbe
bis weit über die Baumgrenze zieht. Nicht der Petrusgipfel,
sondern das Steinmandl wird vom inneren Auge gesucht,

auch das verjüngt sich nach oben hin, unweit vom Staudamm,
der Betonwand mit der Felsfüllung, dem Erinnerungsstein
eines ganzen Systems mit seiner Inschrift Kommunismus
gleich Sowjetmacht plus Elektrifizierung des ganzen Landes.

SYMBOLISCHE GLEICHUNG: GESCHLACHTETER OCHSE = GEFESSELTER PROMETHEUS

… gesehen in Kreischquell, Siebenbürgen, im Dezember 2016

Dort oben unter einem Dachstuhl,
unterm einfachen Satteldach
mit den sparrendurchkreuzenden Pfetten,

dort oben auf dem Berg, wo
das Holzvorkommen die Dachform
bis in den Neigungswinkel mitbestimmt,

dort oben also, auf den verschneiten Hängen
hängen von den freiliegenden Dachbalken
an Rundstahlketten seit November die Ochsen.

Sie hängen aufgehängt
nicht nur an ihren Hinterbeinen.
Enthäutet u. zerstückelt hängen sie,

u. gegen eines der trockenreifen
rauchgeschwärzten Stücke
lehnt schräg eine Heu- o. Mistgabel,

o. die schräg lehnende Gabel
stützt das eine Stück.
So o. so: Die drei Zinken biegen sich

ins ausgeweidete Weidetier,
so wie der spitze Schnabel des Adlers
sich in die Leber des Prometheus bohrt.

Die Gabel ist ein dreiköpfiger Adler.
Seine rostigen Schnäbel stecken in der leber-
u. leblosen Hülle eines Prometheus.

GABRIELA ADAMEŞTEANU

DIE GEHEIME VILLA

Als er uns einquartierte, entschuldigte sich Gigi Trif für das Zimmer ohne Panoramablick aufs Meer. Wir hatten es trotzdem vor Augen, bis Costineşti, wenngleich nur von der Seite. Was für eine Freude, es jeden Tag vor sich zu sehen, wenn wir morgens die Vorhänge beiseite zogen und auf den Balkon traten! Ausländische Kosmetika im Bad, schwedisches Büfett im Frühstückssaal. Deutsche Pärchen mit zwei oder drei blonden Kindern, die auf allen vieren zwischen ihren Beinen herumkrabbelten und sie an den Ärmeln zupften, entzückende Wesen mit von Joghurt und Marmelade verschmierten Wangen aus rosa Porzellan. Die Eltern beachteten sie nicht, legten Handtücher und Matten zusammen, packten Sonnencreme ein, schossen Bilder mit Fotoapparaten, die uns raffiniert vorkamen. Sie waren bereits strandfertig, wenn wir mit schlafverklebten Augen und schwerem Kopf von dem mit Doktor Tatarcan konsumierten Wein in den Saal hinunterkamen. Zum Glück verschwanden sie gelegentlich für ein, zwei Tage. Und kehrten triumphierend zurück von einem Angeltrip auf See oder Streifzügen durch Bars mit geschlossener Gesellschaft. Wir waren dankbar, wenn wir unter uns blieben, konnten in Ruhe an den Strand gehen, Siesta halten, und wenn das Meer zu kalt war oder ein zu starker Wind wehte, flüchteten wir in die Schwimmbecken mit dem blauen Wasser des Hotels. Am angenehmsten war das Abendessen auf der Terrasse, mit Fisch, Gegrilltem und Salaten, zu dem wir einen Murfatlar tranken. Trif drückte ein Auge zu, daß wir den Wein, ein wenig beschämt, aus dem Lebensmittelladen anschleppten, denn der im Hotel war sündhaft teuer, wie um die Ausländer abzuzocken. Doch immer wieder kehrte auch Dorin Tatarcan mit Flaschen zurück, die er direkt vom Murfatlar-Weingut mitbrachte.

Andu, mein Mann, ließ die Gruppe von Schwedinnen nicht aus den Augen, die alle genauso aussahen wie Agnetha und Frida von ABBA. Von morgens bis abends, auf dem Strand und auf der Terrasse, hörte man nur *The gods may throw a dice / Their minds as cold as ice / And someone way down here / Loses someone dear …* Mit »The winner takes it all« hatte die Band den Grand Prix Eurovision gewonnen. Oder irre ich mich und sie gewannen ihn mit »Waterloo«? Wie dem auch sei, der Wettbewerb von damals und der von heute sind überhaupt nicht zu vergleichen!

Auch die Schwedinnen verschwanden Abend für Abend nach Eforie ins Vraja Mării, zur Boheme der Orte 2 Mai und Vamă, in die Welt der FKK-Künstler, oder, wer weiß, in eine jener Bars der Badeorte, von denen uns Dorin Tatarcan leicht verächtlich berichtete. Er schien weniger an den Schwedinnen interessiert zu sein als mein Andu.

»Die sind begierig darauf, angemacht zu werden, und ahnen nicht, daß der, der ihnen die Schleppe hält, *einen Auftrag* hat. Oder sie sind auf eine Heirat aus, und sei es auch nur eine Scheinehe, um ihren armen Romeo aus diesem verdammten Land zu schaffen«, knurrte er.

»Das sagst du nur aus Trotz!« versetzte ich leise, »du starrst sie ja unentwegt an, aber mit Blagen und Ehefrau am Hals hast du keine Chance.«

Andu lachte, wahrscheinlich froh, daß ich ihm nichts Schlimmeres vorwerfen konnte. Und ich nahm an, ich würde ihn bloß necken. Es mußte erst eine Weile vergehen, bis ich erfuhr, daß er noch eine andere Ehefrau hatte, im Krankenhaus, von der alle außer mir wußten.

It's simple and it's plain / Why should I complain?

Von Zeit zu Zeit verschwand auch der Oberkellner. Aber auf andere Weise als unser ehemaliger Kollege Doktor Tatarcan. Trif wurde gerufen, um in der Villa in Neptun zu bedienen, wenn Ceauşescu ihm nahestehende Gäste empfing. Mia Braia sang dann bekannte Volkslieder, »Mă dusăi să trec la Olt« und »Radu mamii, Radule«, und Ceauşescu goß den Gästen von dem extra für ihn vorbereiteten nur siebenprozentigen Wein ein. Dies und anderes mehr, das mir inzwischen entfallen ist, erfuhren wir von Doktor Tatarcan.

Mittlerweile hat man vergessen, daß es in Bukarest damals keine Möglichkeit gab, ins Primăverii-Viertel zu gelangen, vom Beginn des Boulevard Aviatorilor am heutigen Charles-de-Gaulle-Platz bis zum Boulevard Primăverii war alles für Autos und Fußgänger gesperrt. Und so verhielt es sich auch mit der Umgebung von Ceauşescus Villa in Neptun. Natürlich waren wir neugierig, wie sie aussehen könnte. Wir spekulierten über die Einrichtung, über den Sand und die Strandmöbel, welche exotischen Pflanzen der Landschaftsarchitekt wohl im Garten gepflanzt hatte, und so weiter. Aber vom Bürgersteig auf der anderen Seite, den wir benutzen durften, waren nur die dichtbelaubten Baumkronen hinter dem Zaun zu erkennen, der in praller Sonne von reglosen Uniformen bewacht wurde. Wenn der Kellner Trif dorthin verschwand, zwei Schritte von unserem Hotel entfernt, war es, als ob er zum Mond geflogen wäre.

»... die Zivilisten, die ihr dort um die Villa herumschleichen seht, sind gewöhnliche Securisten. Die Schwerstarbeit leisten die Spezialisten von der 5. Abteilung. Wenn sich irgendwelche Bittsteller mit ihren Gesuchen vor das Auto werfen,

tauchen die wie aus dem Nichts auf, verprügeln sie und schleifen sie weg. Und wenn man Hubschrauberlärm über dem Strand hört, ist unser Trif schon längst in der Villa, überprüft jeden Platz am Tisch und das Menü: Die saure Suppe darf nicht fehlen, *Ihm* schmecken der gefüllte Hecht, das Paprikasch vom Huhn und zum Dessert Striezel und Pfannkuchen. Traditionelle Küche, nichts Raffiniertes. Trif kommt so früh, damit er ausstaffiert und desinfiziert werden kann, Ihr wißt ja, wie hypochondrisch *Er* ist!« setzte Doktor Tatarcan seine Geschichten fort.
Ich nahm an, er wisse das alles von Trif, aber Andu brummte, dem komme nichts über die Lippen.
»Und woher hat er es sonst erfahren?« fragte ich, doch er antwortete mir nicht. Durch seinen Vater, einen Mann in hoher Position, mit den Überwachungsmethoden vertraut, blieb er neben dem weißen Telefon in der Halle lieber stumm.
Als ich nach 1990 die Villa besuchte, war ich enttäuscht. Wo war der ganze Luxus, den wir alle, das ganze Land, uns ausgemalt hatten? Nichts als der steife, von Parteihotels bekannte Stil. Die Anwesen der Reichen von heute sind unendlich viel spektakulärer.

»Woher sollten wir das wissen, Dorin?!« stellte Andu sich dumm, obwohl Ceauşescus Hypochondrie und Paranoia in aller Munde waren.
Aber Tatarcan beachtete ihn nicht, in letzter Zeit behandelte er ihn immer mehr von oben herab. Und mein Andu machte dazu gute Miene. Hin und wieder verfluchte er ihn zwar, aber nur im Zimmer, unter uns, indem er sich an Sprichwörter hielt: Das Schwein geht auf Stelzen, Dummheit und Stolz wachsen auf demselben Holz, und so weiter. Dabei mied er das Telefon, als ob ihn unser ehemaliger Kollege damit belauschen würde.
»Mit dem letzten Hubschrauber werden Tischblumen gebracht, die direkt aus Codlea kommen, *Sie* wünscht sie sich so frisch wie möglich. Ist euch klar, was für ein Vertrauen man in unseren Ghiță hat?«
Vielleicht stimmte ja, was Andu behauptete, und Doktor Tatarcan empfand für Ghiță Trif, unseren Oberkellner, der Zugang zu den höchsten Kreisen hatte, eine Mischung aus Neid und Bewunderung. Und es gefiel ihm, solche Geheimnisse zu enthüllen, damit wir vor ihm die Münder aufsperrten. Er sagte *Sie* oder *Er*, *Ihr* oder *Ihm* mit einer bestimmten Intonation und der Andeutung eines komplizenhaften Lächelns in den Mundwinkeln.

Tatsächlich begannen auch wir den Kellner Trif in letzter Zeit mit anderen Augen zu sehen. Besonders Andu, der ihn bisher auf den Arm genommen hatte, indem er übertrieben höflich war, wenn er sich an ihn wandte. Das machte er mit allen, denen ich meine Aufmerksamkeit schenkte, oder auch wenn er nur meinte, ich täte es. Er war überzeugt, daß mir seine Ironie verborgen blieb, doch ich denke, da war er oft im Irrtum. Manchmal nahm er auch mich vor den Eheleuten Tatarcan auf die Schippe.

»Was für ein Traumurlaub, den wir in diesem Jahr verbringen! Ein Dreier mit Andas persönlichem Kellner. Und ich bin dabei der Kuppler, was gar nicht so schlecht ist!«

Er riß lauter schale Witze, als wäre es nicht seine Idee gewesen, die Einladung ins Hotel Amfiteatru anzunehmen. Vielleicht störte es ihn, daß ich einige Male gesagt hatte: »Dieses Jahr machen auch wir endlich einen Urlaub, wie ich ihn mir immer erträumt habe!«

Nachdem er jedoch erfahren hatte, daß Trif in Ceauşescus Villa servierte, betonte Andu seine Qualitäten.

»... machst du dir klar, Pisi, daß er alles, was ihm dort zu Ohren kommt, in sich begraben muß? Der kleinste Irrtum würde ihn den Kopf kosten! Und nicht nur seinen, auch den seiner Frau. Ja, sogar noch den seines armen Kindes, das du so gut du kannst am Leben hältst!«

»Hast du deine Meinung über ihn geändert?« lachte ich ihm ins Gesicht.

»Hast du mich etwa jemals etwas Schlechtes über Trif sagen hören?« verteidigte er sich, besonders wenn wir in der Nähe des Telefons waren.

Freilich muß ich zugeben, daß auch ich meine Meinung änderte, ohne sagen zu können, ob zum Guten oder zum Schlechten. Ghiţă Trif, wie ihn Doktor Tatarcan nannte, hier im Hotel sagten sie Gigi zu ihm – nicht schön, nicht häßlich, mit einem austauschbaren Gesicht, das nur deshalb einen intelligenten Eindruck machte, weil er durch das dünne, am Scheitel schüttere Haar eine höhere Stirn zu haben schien –, war kein schlichter Oberkellner, sondern auf dem laufenden darüber, auf welche Tische die Vasen mit den Blumen und – wenn ich Andus Ängste ernst nahm – Mikrophonen gestellt werden mußten. Trifs Augen hatten sicherlich vieles gesehen, vieles mußte ihm zu Ohren gekommen sein, aber er schwieg wie ein Grab. So wurde er uns von Doktor Tatarcan beschrieben. Allerdings sprach der nicht immer auf die gleiche Weise über ihn.

Daran, Trif zu signalisieren, daß wir von seinen Aufgaben in Ceauşescus Villa wußten, hätten wir zuallerletzt gedacht. Und Andu riet mir, auch mit meinen Äußerungen im Beisein von Dorin Tatarcan aufzupassen. Doch selbst heute bin ich überzeugt, daß unser ehemaliger Kollege *das nicht mit uns machte*. »Il avait d'autres chats à fouetter«, wie sich meine Großmutter Monique ausdrückte. Sie war Französin, und je älter sie wurde, um so schlechter sprach sie Rumänisch, kaum sagte sie ein Wort, verfiel sie schon wieder in ihre Muttersprache. Falls Doktor Tatarcan, wie Andu glaubte, im Sommer wegen *spezieller Verpflichtungen* nach Olimp kam, hatte das nichts mit uns zu tun. Wir waren dort ja lediglich wie die Fliege in die Milch gefallen.

Bei der Fahrt mit dem Minicar, das wir mieteten, um die Kinder zu zerstreuen, schauten wir zu Ceauşescus Villa. Zurück gingen wir zu Fuß, am Hotel Doina vorbei, und traten auf den nahen Platz, wo bestickte Tischtücher und traditionelle Frauenblusen zum Verkauf auslagen, passende Geschenke für Ausländer. Wir aber flohen davor, wie alle anderen, als wäre es die Pest.

Am Abend aßen wir auf der Terrasse mit Adela und Dorin Tatarcan, der uns mit der nächsten Folge der Serie über die gute Gesellschaft Neptuns unterhielt:

»Die Villen der Umgebung wurden gleichzeitig mit *Seiner* errichtet, damit sich der Hof um *Ihn* versammeln kann. Mitglieder des Zentralkomitees, Minister, mit denen er Sitzungen abhält, Berichte, Resolutionen unterzeichnet, Entscheidungen trifft, selbst Nicu muß sich zur Audienz anmelden! Und *Er* überwacht ihre Moral, mit der Hurerei, so hat er ihnen einmal im Plenum beim Kaffee die Leviten gelesen, müsse endlich Schluß sein. Sie kommen mit den Ehefrauen, Kindern, Kindermädchen und den Hunden, aber nicht mit Katzen. Katzen kann *Er* nicht ausstehen. *Er* hat einen Labrador, Corbu, aber der kriegt nur von *Ihm*, aus *Seiner* Hand zu fressen. Corbu stammt aus England, ein Geschenk der Königin oder von der Labour Party, mit der er befreundet ist. Auch die Kinder haben Hunde, Nicu einen Schäferhund, Valentin einen Cocker, auch Zoia reist mit zwei kleineren Hunden an. So bleibt den hochrangigen Genossen keine andere Zerstreuung als die Grundbehandlung im Hotel Doina, wo man ihre steifen Rücken und Gelenke in Ordnung bringt. Aber die Masseusen und Bewegungstherapeuten sind unzufrieden mit diesen Patienten, von denen sie kein Bakschisch erhalten, die Bonzen haben ja Angst davor, Bakschisch zu geben. Und wenn sie vom Personal um eine Empfehlung gebeten werden, machen sie sich sofort aus dem Staub! So zieht man ihnen im Hotel die Deutschen und die Franzosen mit ihrer Valuta bei weitem vor! Aus den Autobussen stürzen zu Saisonbeginn ganze Horden von denen. Woher ich das alles weiß, Herr Doktor?« fragte er lachend in Richtung Andu. »Ich weiß es, weil man mich gebeten hat, die Ausländer bei der Grundbehandlung medizinisch zu beraten. Das mache ich natürlich zu meinem üblichen Tarif. Selbst die Kellner stauben Kleingeld ab, fünf Francs, eine Mark, ganz zu schweigen vom Notarzt, ha-ha!«

Er bot an, uns mit einigen *Prozeduren* bekannt zu machen, aber wir lehnten lachend ab. Unsere Wirbelsäulen waren noch intakt, zumindest nahmen wir das an, die Wirbel waren noch nicht porös, die Gelenke beweglich, die Hüften unversehrt. Wir hätten unseren Urlaub nicht mit Behandlungen für Mummelgreise ruiniert, von denen ich damals, nicht anders als Andu, glaubte, sie seien Humbug. Mittlerweile bin ich da weniger rigoros.

Weite Ausflüge machten wir bei jenem Aufenthalt nicht, wir standen noch auf der Warteliste für ein Auto. Und ohne die Indiskretionen Doktor Tatarcans hätten wir auch nicht gewußt, wen Trif bediente.

Eines Tages freilich sah sich unser Oberkellner gezwungen zu verraten, wie wichtig er war. Nach dem Frühstück schlich er um uns herum, und als niemand mehr in der Nähe war, richtete er an uns die Bitte, abends ausnahmsweise drinnen zu speisen, weil jemand Bedeutendes, ja, eine hochstehende Persönlichkeit auf der Terrasse zu Abend essen würde. Wir sollten uns bitte nicht anmerken lassen, daß uns die Person bekannt sei! Wir seien die einzigen, bei denen das passieren könnte, alle anderen Tische seien mit Ausländern besetzt, die hätten keine Ahnung, wer da unter uns weile. Wir sollten über den Tischwechsel bitte nicht böse sein und auch nicht zu besagter Person hinüberschauen, sondern wie sonst uns benehmen. Normal.

Selbstverständlich würden wir das so halten, versicherten wir ihm. Er müsse sich als Saalchef keine Sorgen machen, wir würden diskret sein. Ja, wir waren so diskret, daß wir uns nicht einmal erkundigten, um wen es sich bei der bedeutenden Persönlichkeit denn handele. Auch Doktor Tatarcan konnte uns das nicht sagen. Nun sah Andu keinen Zufall darin, daß Dorin ins Delta abgereist war, denn es war immerhin Nicu, der auf der Terrasse des Hotels Amfiteatru erschien, um zu Abend zu essen.

Ja, niemand anderes als Nicu Ceauşescu!

Natürlich blickten wir hin und wieder zu seinem Tisch, aber klammheimlich. Wenn uns Trif nicht gewarnt hätte, hätten wir ihn gar nicht bemerkt, und ich schon gar nicht, die kaum wußte, wie er aussah. Zeitungen las ich nicht, und im Fernsehen sah ich allenfalls mal »Columbo«, »Reich und Arm« oder »Dallas«.

Andu behauptete, er habe ihn in der Gruppe von vier Personen auf der Terrasse wiedererkannt, drei Männer und eine Frau, alle jung. Wir hatten gehört, er feiere und zeche gern die Nächte hindurch, und kannten alle möglichen Alkohol- und Frauengeschichten, doch damals blieb alles im üblichen Rahmen, zumindest in unserem Beisein. Wir blieben nicht, wie sonst nach dem Dessert, zu einem Schwätzchen sitzen. Wir machten unseren gewohnten Spaziergang auf der Promenade am Schriftstellerhaus vorbei bis zu den Wachposten vor Ceauşescus Villa. Auf dem Meer zeigten sich keine Wellen, das Wasser war glatt und trübe und ließ nur ein sanftes Murmeln vernehmen. Wir kehrten schnell ins Hotel zurück, um am nächsten Tag wie alle anderen schon früh am Strand zu sein.

Als wir die Kinder zu Bett gebracht hatten, die bald einschliefen, öffneten wir eine Flasche Murfatlar und krochen eilig in die Laken, mit den Gläsern neben uns.

Nie war mein Andu so zärtlich wie bei jenem Aufenthalt, er kam voller Ideen zu mir ins Bett, begierig, auch mal was anderes zu versuchen. Von den umliegenden Terrassen schallte durchs offene Fenster *I don't wanna talk / About things we've gone through / Though it's hurting me / Now it's history*, und gegen Ende unserer Zeit am Meer ging mir ABBA ein bißchen auf die Nerven, von morgens bis abends, das war zuviel!

Oh ja, wir liebten uns oft in jenen Nächten, wir hatten beide Lust, vielleicht des Meeres wegen, das die Hormone anregte, vielleicht weil alles voller junger Mädchen war, darunter einige, die kaum etwas anhatten, aber es gab auch attraktive Jungs, und auch ich konnte mich noch sehen lassen. Ich nahm die Pille, zu der mir Adela Tatarcan verhalf, die sie gewiß von ihrem Mann erhielt, der sie sich über ausländische Touristen und bei Reisen *nach drüben* verschaffte. Andu hatte zunächst gezögert, vielleicht auch, weil der Preis gepfeffert war: »Mensch, Pisi, du weißt doch, daß sie individuell verabreicht werden muß, wir kommen auch mit den Präservativen klar!«

»Bist du es nicht, der sich beklagt, daß du damit nichts spüren würdest? Das fasse ich jetzt nicht! Die Pille ist mein Risiko und ich nehme es auf mich«, erwiderte ich.

Ich legte mir eine Reserve für ein halbes Jahr zu und vereinbarte mit Adela, daß wir uns in Bukarest mit den Kindern wiedersähen, die freilich nicht gerade unzertrennlich waren, obwohl Irina annähernd in Livius Alter war. Ich dachte damals: Sieh an, so kann das Leben also auch sein und nur Vergnügen bieten, ohne sich sorgen zu müssen, ob man früh genug zum Dienst im Krankenhaus sein würde, ohne die nächtliche Anspannung bis zum Ende des Bereitschaftsdiensts am Morgen. Denn wir hatten dauernd Bereitschaftsdienst, auch während der Feiertage, am 23. August oder am Neujahrstag, stets traf es uns, weil wir die Jüngsten waren. So daß wir an den Feiertagen immer seltener zusammen waren und Andu, außer in den Ferien, im Bett immer lustloser wurde.

Erst spät kam mir in den Sinn, daß er die neuen Dinge, die er mit mir im Amfiteatru praktizierte, in den Nächten seiner Bereitschaftsdienste ausprobiert haben mochte, in denen er mich kaum noch anrief. Vielleicht war er nur deshalb so willig und erfinderisch, weil er gerade eine Pause einlegte und es nicht mit wer weiß welcher Assistentin oder Doktorin trieb, seiner »Ehefrau im Spital«, die damals noch die Regel einhielt, nicht bei uns zu Hause anzurufen.

Aus dem Rumänischen von Jan Koneffke

MIRCEA CĂRTĂRESCU

SCHWARZER REGENBOGEN

Gedichte

SEHR GUTES GEDICHT MIT SATANISCHEN FREUDEN UND EINEM VERZWEIFLUNGSLUFTSCHIFFER

die verzweiflung der sommertage beginnt,
wenn du, den kopf zwischen den händen,
auf den betonstufen der eingangstreppe sitzt
und die arbeiterkinder dich anschauen, als wärest du
ein monster aus wer-weiß-welchem film …
der irrsin des gelben urins,
der aus dem himmel rieselt, beginnt.
die allen atem verschlagende glut
im inneren der automobile beginnt.
ich kann so nicht mehr leben,
ohne an etwas zu glauben, ohne etwas zu sein,
allein mit der schläfrigkeit der sommertage,
der schläfrigkeit der sommertage.

ich habe mitleid mit mir,
ich weiß nichts mehr, verstehe nichts mehr,
habe mitleid mit meiner wirbelsäule, den
härchen und pickeln auf meinem rücken,
habe mitleid mit meinem armen hirn,
welk wie eine holunderblüte,
wie eine holunderblüte …

die satanische traurigkeit des teppichklopfers beginnt,
die zerfleischung des rentners, der seinen dacia 1100 repariert,
der irrsinn der zigeunerin, die mit einer nackten brust
ans fenster geht, in die wolken schaut und etwas ruft.
der sommer beginnt, der groteskeste gegenstand
im kosmos, der sommer aus knetmasse und dreck.
werde ich je wieder etwas sein?
mit sechsunddreißig jahren, langhaarig und in jeans, hat mich da

gott etwa noch im blick? liebt mich noch jemand?
bin ich da jemandem noch
zwei groschen wert?

»verzweiflungsluftschiffer« – was für ein emphatischer mist!
»satanische traurigkeit« – beknackt!
nimm dieses beknackte gedicht, leser, der du
immerzu beleidigt wirst mit guten gedichten.
ich habe mitleid mit dir,
schnecke, die du gedichte liebst,
halbpäderastische jugendliche.
los, beweg deinen hintern durch die geschäfte,
hau ab nach băneasa zum flieger
und leg, verdammt noch mal, dieses buch aus der hand.

EIN WUNDERSCHÖNER TAG FÜR BANANA-FISH

es ist ein wunderschöner tag für banana-fish.
ich nehme den 90er-bus und fahre zur universität.
wer, lieber leser, käme auf den gedanken, daß es mitte dezember ist?
die elektronische uhr mit thermometer
an der doamna-ghica-straße zeigt 15° plus und die pekinesen
haben ihre bunten jäckchen abgelegt.
die zweige an den bäumen sind anscheinend ein klein bißchen ergrünt,
und das architekturinstitut ion mincu
zerbröselt seinen alten verputz im sonnenschein.
überall strahlender sonnenschein, rosa-orange schaufenster voller
damenwäsche, hemden und pullover,
im miraj gab es deodorants und rasiercreme,
und vor der konditorei am dunărea siehst du es und kannst es nicht
    fassen,
zwei stapel pepsi-kisten, sogar im straßenverkauf.

was für ein tag! was für ein wunderbarer tag für banana-fish!
blau der himmel und haufenweise füchse auf den frauen. ich kaufte mir
zwei flaschen zischendes pepsi
und setzte mich auf einen weißen metallstuhl an einem weißen
    metalltischchen
auf einer sonnenlackierten terrasse.
saß da, das gesicht in der sonne, die augen zugekniffen.

ich hatte die pelzjacke zu Hause gelassen
und die kunststoffjacke roch plötzlich brandig überheizt.
vis-à-vis tranken auch zwei kätzchen ihre pepsi.
die eine war schön, hatte blaue augen und die sorte haar, die mir so gut
gefällt:
dunkle und goldglänzende strähnen, leicht onduliert.
sie hatte ihren pelzmantel aufgeknöpft und die wohlgefälligen brüste
zeichneten
sich unter einem wohlgefällig gefärbten pullover ab.
lieber leser, die farben der welt waren in der klaren luft derart fluide,
daß ich angst hatte zu atmen, um nicht etwa einen passanten einzuatmen
oder einen škoda,
daß sich nicht die universität auf mich stürzt.
die beiden süßen machten sich davon, aber ich fand eine andere,
die ich betrachten konnte.
und als ich die pepsi ausgetrunken hatte,
machte auch ich mich durchs verkehrschaos auf zum cişmigiu, dann
nahm ich an der kogălniceanu den trolleybus nach hause.

schön, der vormittag für banana-fish!

DIE LIEBE

1

über mutter war ein schwarzer regenbogen aufgegangen.
damals war sie noch ein mädchen
und ihr haar aus diamantenen strähnen.
sie hielt inne im spiel
strich ihr kleidchen glatt
und schaute zum regenbogen.
es war ein schwarzer regenbogen
und bei so viel funkelnder schwärze
hatte auf dem feld die kamille sich verdunkelt.

mutter schaute zum regenbogen.
der hing so tief, daß sie ihn beinahe mit den lippen berühren konnte
und ihr elektrisch geladenes transparentes haar
legte sich an die geschmeidigen, wie orgelpfeifen aussehenden rohre.
das rot des regenbogens war schwarz.
sein orange war schwarz.

sein gelb war schwarz.
sein grün war schwarz.
sein blau war schwarz.
sein indigo war schwarz.
nur sein violett blieb violett.
sein violett war ein schwall, der sich ins meer ergoß.

mutter wußte damals, daß sie verloren war.
sie würde die liebe erfahren.
und plötzlich schmückte sich ihr schatten auf dem warmen asphalt
in floreasca mit venen und knochen.
mutter bestieg ein schiff aus spinnenfäden
und fuhr den regenbogen hinauf.

ihr schatten, mit rückenwirbeln und eingeweiden ausgestattet
setzte ihr spiel fort.

2
es war ein schiff aus spinnenfäden.
das am rande des schwarzen regenbogens reiste
als wäre er ein taschentuch mit zierrand.
mutter sah ringsum stanniol-wolken
ihr gesicht spiegeln.
hin und wieder verfingen sich die amerikanischen bomber
in den netzen der spinnen
in der treppenluke, der frachtluke
mutter aber, am vordersteven
faßte sie delikat mit den fingerkuppen
und lies sie, entwirrt und sirrend, wieder los
wie modellflugzeuge aus balsaholz und zellophan.

noch war sie mutig, obwohl der blutstropfen schon
in den porzellankörper gefallen war. obwohl
die spitzen ihres in diamant gemeißelten haars
schon stumpf waren. obwohl
unter der bluse aus gummiarabikum
sich ihre brüste wölbten.
noch war sie mutig
noch war sie blendend.

3

mutters schatten zwischen den grünen villen
den blauen heckenzäunen
warf eine glasscherbe in die kalten gevierte
von himmel und hölle.
die abenddämmerung kam
wie ein tier mit transparentem leib
wie eine blume mit blütenblättern aus zahnfleisch.
dann kamen die sterne
und begannen, die grünen villen zu hüten
die blauen heckenzäune.
mutters schatten bekam merkwürdige organe:
tressen
auszeichnungen
reitpeitschen.

haar wuchs ihm auf brust und unterarm
haar wuchs ihm an den fingergliedern.
sein schädelumfang wuchs.
doch all dies sollte ihn nicht retten.

4

eine katze schlug die augen auf und sah einen schwarzen teller
in den eine schwarze frau einen faden schwarzer milch goß.
ein straßenbahnfahrer trat in ein schwarzes depot.
ein schmetterling setzte sich auf eine schwarze wand.
nur der regenbogen funkelte noch
warf schwarze flammen.

gekommen war die zeit der liebe, das ende der welt.
gekommen war die apokalypse, die nichts als liebe ist.
gekommen war die bestie, sie bellte flammen.
gekommen war der apparat mit manometern, zifferblättern, zylindern
pleuelstangen, zündkerzen, glasgloben, transmissionsriemen,
der den sternen das schwindelgefühl unter die haut pumpte
gekommen war das betasten mit an die leine gelegtem geruchssinn
gekommen war das sehen mit dem gehör im vogelbauer
gekommen war das wesen, es trug das nichts um den hals
gekommen war das gedrängel, eisen neben plastik, essig neben glas
enzyme neben zement, chlor neben leinwand und blätter in drüsen

und knochen in reif und augen in füllfedern und kieferknochen
die sich überlagern, und krallen und reißnägel und wolken
und puppen und ozeane
alles in allem
alles über allem
zähne in zähnen und mund im mund und sex im sex und rippen in rippen
und geschichte und mörser und stilfiguren und kaliumpermanganat
und blumen mit blütenblättern, staubfäden, stempeln, fruchtknoten
alle das ganze liebend
alle alles befruchtend
überall nur männlich und weiblich und tauglich
nur noch rogen und milch
so daß der kosmos von lichtern
von weitem gesehen nichts ist als eine bestie, die sich paart mit sich selbst
die bestie aus der apokalypse
geistfinsternis
finsternis.

5
mutter aber stand darüber
noch war sie unberührbar
sie schipperte auf dem rücken des regenbogens über die schwarze welt
wie gelbliche schmetterlingsflügel waren ihre beckenknochen gewachsen
sie flog damit los, ruderte über dächer und blitzableiter hinweg
bis sie auf den mond gelangte.

6
der mond war eine große seifenblase
in deren bauch die welt darunter gespiegelt wurde
er zog die bäume an und trieb die blütenblätter aus den knospen
er formte in den tiefen der erde grubenblumen
er kämmte die quarzkristalle
schraubte alte frauen wie chinesische puppen auseinander
und holte heranwachsende daraus hervor
schraubte die heranwachsenden auseinander
und holte mädchen daraus hervor
schraubte die mädchen auseinander
und holte einen seufzer hervor.
der gelbe mond

schwebte überm schwarzen regenbogen
mutter aber war auf den mond gelangt, kauerte sich dort nieder
und legte die flügel aneinander.

7
mutters schatten wehrte sich in liebe entbrannt
die schuluniform zerfetzt, der ausweis zerrissen
bahnte er sich seinen weg durch die sehnsucht, durch apathie,
durch lust, durch leidenschaft, durch emotionen, durch laszivität
denn
– liebe! brüllten die heizkörper
– liebe! die draperien
– liebe! die läden für autoersatzteile
– liebe! die ratten
mutters schatten zwischen den schwarzen kühlgeräten
mit schwarzem eis, ging schwarze schritte
angekratzt von den schwarzen werkzeugen der liebe.

8
der gelbe mond
schwebte überm schwarzen regenbogen.
mutters flügel hatten sich aufzulösen begonnen
ihr gesicht wurde breiter, die augen wäßriger
bis ihr körper eins geworden war mit der substanz des monds.
allein ihr schmales skelett war durch die transparenz
noch für eine weile zu sehen.

9
plötzlich sah vater den mond aufgehen.
über bukarest, über den werkstätten der verkehrsbetriebe
war der mond aufgegangen, größer als die erde.
und aus allen schwarzen gegenständen ergossen sich bunte schatten
auch aus mutters schatten, vater, floß ein bunter schatten
mit schmalem körper und riesigem schädel.
die schwarze liebe war keine liebe.
die schwarzen werkzeuge waren keine werkzeuge.
gewesen waren das biest, der schwarze alptraum, die apokalypse
die wachheit, die wirklichkeit, die naturgewalt.
»einen seltsamen traum hatte ich da«, überlegte vater
»und darin hat es ausgesehen, als gebe es die welt«.

10
vaters schädel wurde riesig
sein denken endlos
sein wille ungebremst
und seine macht kannte keine grenzen.
er schaute auf die stadt und sie stürzte ein.
er sagte ein wort und die galaxie zerbröselte
er streckte die flügel aus und erhob sich
den sternen entgegen
dabei durchstieß er mit seiner vorstellungskraft
milliarden paralleler welten
und spürte den kalten sog der sonnen auf dem rücken
mit seinen fledermausflügeln stürzte er jede werteskala um
schwamm mit unbeeindrucktem gesicht
durch wahrscheinlich
durch ewig und niemals
während er vergangenheiten
und zukünfte aus pappe atmete.
in den geperlten fingern
hielt er eine blume mit vier vereinten blütenblättern
auch trug er ein blaues auge anstelle des schädels
an dem sein dünner, seltsamer körper hing.

11
vater war vor den mond gelangt.
mutters skelett hatte sich in der mondsubstanz aufgelöst.
der mond stieß eine feuerzunge hervor
und was weder du war noch ich noch er
die vierte person, ganz unausdenkbar, kroch auf den feuerball zu.
und die liebe geschah.

12
und die liebe geschah
und die erdkugel begann zu vibrieren
und ringsum versammelten sich – von wo? von wann? –
entwürfe und gouachen, rechtwinklige projektionen, modelle
simulationen auf dem rechner, maschinenpläne, didaktisches
material, algebraische formeln.
und in dieser irrealen wolke sprang die kugel

entzwei, in vier, in acht, in sechzehn teile
in zweiunddreißig, vierundsechzig teile
bis sie ein meerigel geworden war, danach ein würmchen
ein primitiver fisch, eine kröte, ein vogel
ein opossum, ein schimpanse, ein kind
eine welle, ein stern, eine blume
eine wolke, ein wasserfall, eine zange
ein schneesturm, ein gedicht, eine holzpantine, eine straßenbahn
eine welt, eine fliege, eine wirtschaftsstruktur, ein pfarrer
eine silbermünze, die erinnerung an eine liebesnacht, das projekt
der esche, noch einmal blätter zu treiben, das unverwechselbare
lächeln christinas, sämtliche fenster aller wohnblocks in allen städten
der welt, alle im körper des ozeans vorhandenen bakterien
ein fuchs, der den schnee mit blut tränkt, weil er sein in der falle
gefangenes bein abnagt, die liebe, der haß, die agonie, die fatalität
sämtliche manuskripte und druck-erzeugnisse, die menschenrassen
die in zehn milliarden jahren auf der welt sein werden, das zimmer
in dem ich dieses gedicht schreibe, und jeder darin vorkommende
buchstabe, die möglichkeit, nie etwas geschrieben zu haben, nicht
mircea cărtărescu zu sein und niemals existiert zu haben, auch daß
niemals irgend etwas existiert hat
denn die liebe ist alles
und alles ist vor allem aus nichts gemacht.

Aus dem Rumänischen von Ernest Wichner

Nachbemerkung

J. D. Salingers 1948 erschienene Erzählung »Ein herrlicher Tag für Bananenfisch« endet im Zimmer 507 eines Hotels in Florida, wo Seymour Glass mit seiner Frau Muriel den ersten Ferientag verbringt. Seymour kommt vom Strand zurück, wo er mit Sybil, einem kleinen Mädchen, gesprochen und sie auf einer Luftmatratze ein Stück ins Meer hinausgeschoben hatte: »Er blickte auf die junge Frau, die schlafend auf dem einen der beiden Betten lag. Dann trat er an einen Koffer heran, öffnete ihn und zog (...) seine Ortgies, Kaliber 7,65, hervor. (...) Er spannte den Hahn. Dann machte er die paar Schritte zum unbenutzten Bett hinüber und setzte sich; er blickte auf die junge Frau, zielte und schoß sich eine Kugel durch die rechte Schläfe.«
Mircea Cărtărescus Gedicht »Ein wunderschöner Tag für Banana-Fish« ist 1985 in seinem Band »Totul« (Alles) erschienen, der mehrere Gedichte enthält, die auf eine Krise im poetischen Sprechen des Dichters hindeuten; in einem solchen, das unmittelbar vor dem Banana-Fish-Gedicht steht, liest man: »mein metaphorischer mechanismus erlahmt

täglich mehr. (...) ich muß anders denken, und ich weiß, daß ich mich nicht länger belügen kann. ich glaube nicht mehr an die poesie. (...) ich verspüre die notwendigkeit, die wirkliche welt zu erkunden, und die wahrheit über sie zu sagen.« Zu diesem Zeitpunkt hat Cărtărescu schon zwei umfangreiche Gedichtbände veröffentlicht und gilt als *der* Dichter seiner Generation. Wenn er nun von der wirklichen Welt und ihrer Wahrheit spricht, ist damit auch die Welt jenseits des rumänischen Elends und der Diktatur gemeint, in der er sich als Leser und Autor ganz selbstverständlich bewegt. Es bedeutet zu dieser Zeit und an jenem Ort – Bukarest – mehr als bloß ein postmodernes Augenzwinkern. Seymour Glass hatte als Soldat den Krieg in Europa mitgemacht und war kürzlich aus einem Militärhospital entlassen worden; das lyrische Ich des Gedichts trinkt die ergatterte Pepsi aus und fährt nach Hause. Aber Seymours Schicksal reist mit.

Die Gedichte müßten auf die Straße gelangen, war eine der zwischendurch formulierten Erwartungen von Cărtărescu, doch damit konnte kaum ein flanierendes lyrisches Ich gemeint sein; jedenfalls war der Dichter bald darauf selbst auf der Straße, mit Zigtausenden weiteren Bürgern, die in einer blutigen Revolte ihren Diktator vertrieben, ein aufhaltsamer Prozeß der Befreiung und Selbstaufklärung begann. Der schwarze Regenbogen, den dann fünf Jahre nach dem Sturz der Diktatur das Gedicht »Die Liebe« über die junge Mutter wölbt, ja über die gesamte Szenerie und über die schwarze Welt selbst, hat höchstwahrscheinlich mit den deprimierenden Erfahrungen jener schmerzhaften Selbstaufklärung zu tun, die alles Vergangene noch einmal aufruft, um letztlich dem Nichts gegenüberzustehen.

»Nimic« (Nichts) heißt auch der Band von 2010, woraus das »sehr gute Gedicht mit satanischen Freuden und einem Verzweiflungsluftschiffer« stammt. Das lyrische Ich ist 36 und der Dichter Cărtărescu 54 Jahre alt. Was, wenn das Gedicht schon 1992 geschrieben wurde, als der Frust über die kränkenden Reminiszenzen des alten Lebens sich mit der Orientierungslosigkeit des neuen Alten vermengte, die Bilder und Formeln zerfielen, Zorn und Wut in der Gesellschaft alltäglich und Gedichtbände anscheinend sinnlos geworden waren?

Ernest Wichner

KLAUS-JÜRGEN LIEDTKE

LAPPONIA

Einige Jahre vor meinem Gang in die Berge hatte ich in Uppsala gelebt, und für eine Arbeit studierte ich Schriften über Lappland in frühen Reiseschilderungen. In einer schwedischen Ausgabe von 1918 las ich etwa Seigneur Aubry de la Motrayes »Reisen 1711–1725«, worin er seinem Vorgänger Jean-François Regnard vorhält, man habe deshalb so seltsame und phantastische Ansichten über Lappland und seine Bewohner, weil sich solche Herren wie Regnard nur über die Flüsse und Seen hätten rudern lassen, ohne mit den Einwohnern des Landes in Berührung zu kommen.

Derweil lebte ich unter lauter Indigenen: in der Universitätsstadt Uppsala mit M., einer Sámin aus Utsjoki im nördlichsten Finnland, auf Festen waren wir immer unter Sámen, feierten wilde Feste mit ihnen, alle waren mehr oder weniger häufig betrunken und entwurzelt, hatten Internatsschulen durchlaufen, waren lange von den Eltern getrennt aufgewachsen, zwangsweise in fremden Sprachen unterrichtet worden, waren nun halb-akademisch, aber schwankend in ihrer Identität. War er es nicht einer von ihnen, L. Svonni aus einer Familie von Rentierzüchtern in der Gegend von Kiruna, der sich bei einem dieser Feste aus dem Fenster stürzen wollte, sturzbetrunken eben? Er sprach immer von seinen Leuten als dem »Volk der vier Winde«, war auch Herausgeber einer Einführung, eines Studienhandbuchs über »Die Sámen – ein Volk in vier Ländern« (1974). Aber wenn er daheim bei seiner Sippe die Mütze der vier Winde trug, empfand er sicher wie viele in Uppsala eine doppelte Entfremdung.

Pfarrer und Kaufleute prangerte schon de la Motraye wegen der Verbreitung von Schnaps und Branntwein bei den Sámen an, die für ihn im Grunde edle, gastfreundliche Wilde sind, niemals Krieg führen und Tiere allenfalls töten, um sich in ihre Felle zu kleiden oder sie zu verkaufen und um sich von ihrem Fleisch zu ernähren. Ihre Kleidung schildert er so: »Anstatt des Kittels, dessen Stoff sie von den Norwegern oder russischen Handelsleuten kaufen, tragen sie im Winter einen Pelz aus den Fellen der Rentierkälber, besonders hoch angesehen ist der Pelz von ungeborenen Kälbern. Der Schnitt und die Form gleichen einem Kittel (...) die Schweden nennen diese Lappenpelz, die Lappen selbst pårkå-muodda – Arbeitskolt. Man soll nicht glauben, daß die Lappen unter diesen Kitteln oder Pelzen Unterkleider tragen, nein, nur den nackten Körper, weiß oder braun, *in puris naturalibus*.«

Ein *Volk in vier Ländern*, aber auch eine »Nation«? Dabei muß ich an die Schilderung von Amos Oz denken, wie er vor der Auswanderung ins Gelobte Land von der Nation als etwas Erstrebenswertem spricht. In den Schulen in Polen wurde für den Jüdischen Nationalfonds und damit die Pioniersiedlungen gesammelt, aus Israel kamen politische Führer: »Der polnische Bürgermeister trat ihnen zu Ehren höchstpersönlich auf den Platz, und so konnten wir manchmal das Gefühl bekommen, daß auch wir schon eine Nation waren, nicht mehr bloß irgendein Dreck.« Und: »Wer wundert sich, daß wir auch eine Nation sein wollten wie alle?« Wie alle, die ihrerseits trunken waren vom Polentum, Ukrainertum, Deutschtum, selbst die Slowaken und die Litauer und die Letten, nur die Juden hätten in diesem Karneval keinen Platz gehabt. »Den samiske nasjon« (Die sámische Nation) lautet jedenfalls der Titel einer norwegischen Darstellung von 1970, die ich 2022 antiquarisch in Umeå erwerbe und in der ich den Besitzernamen L. Svonni finde, der das Buch gelesen und mit Anstreichungen versehen hat.
Bereits der Leipziger Verleger des Missionars Pehr Högström, Gabriel Christian Rothe, sprach 1748 von der »Lappischen Nation«. Ein erstes Nationaltreffen gegen die erzwungene Assimilierung und Marginalisierung berief die sámische Publizistin Elsa Laula am 6. Februar 1917 in Trondheim ein, ein Jahr später dann ein weiteres im schwedischen Östersund (mit 232 Teilnehmern), doch dauerte es viele weitere Jahrzehnte, bis die Sámen sich stärker organisierten: im Schwedischen Reichsbund der Sámen (SSR) ab 1950 bzw. der norwegischen Entsprechung NSR (Norgga Samiid Riikasearvi) 1968. Einige Vertreter des NSR wie Ole Henrik Magga waren federführend bei der Gründung des weltweit agierenden Rats der Indigenen Völker (WCIP) 1975. Die Internationalisierung der eigenen Belange führte wiederum zu einer Stärkung der sámischen Identität und einem *nation building* nach innen. Erst dieses sámische *Revival* führte zu eigenen Symbolen, wie Nationalflagge, -hymne und -feiertag. Zentral für die eigene Kultur blieb in dieser Vorstellung die Rentierzucht, obgleich sie nur von zehn Prozent der Sámen tatsächlich ausgeübt wird.

Vom Haus ihrer Eltern in Äimäjoki, Utsjoki, im nördlichsten Finnland breche ich 1972 mit der Freundin auf, um Multebeeren zu sammeln. Nach dem Aufstieg auf etwa achthundert Meter Höhe, durch einen Gürtel von Buschwerk, Polarweiden und Zwergbirken, liegt vor uns die flache Vidda, ein Plateau voller Sümpfe und unzähliger kleiner Seen, das sich als kahle Tundra von hier bis Sevettijärvi und darüber hinaus erstreckt, dem Ort der aus dem Petsamo-Gebiet evakuierten Skoltsámen nördlich des Inarisees. Vollkommen unbesiedelt zieht sich diese kahle Hochebene über rund sechzig Kilometer hin. Unermeßliche Weiten, wüst, menschenleer. M. kennt die Stellen, viele Meilen entfernt, wo sich die

Sumpfbrombeeren finden. Jetzt, im August werden sie allmählich reif, gelblich rot, prallvoll mit Vitaminen.
Wenn ich aber dort alleine ginge und Sevettijärvi verfehlen würde, wären die waldreichen Landstriche Lapplands endlos. Nur die Grenze könnte mich aufhalten, der Grenzzaun und der Streifen Niemandsland an der russischen Kolahalbinsel südlich der hochgiftigen Nickel-Fabriken, die geheimnisumwittert hinter dem Grenzfluß liegen, dem Pasvikelva, und weithin die Gegend verpesten.

Dies ist das Land der Skoltsámen nördlich und östlich des Inarisees.
Ihr Heiligtum noch aus der Zarenzeit ist die griechisch-orthodoxe Kapelle von Boris Gleb, sie liegt auf einem Brückenkopf am norwegischen Ufer. Eine Stunde ist es von hier bis zu den Erzgruben von Bjørnevatn an einem südlichen Zipfel des Varangerfjords. Die ursprüngliche, 1565 von Trifon gegründete Kapelle von Boris Gleb brannte 1944 nieder. Eine neue Kirche vom Ende des 19. Jahrhunderts aber leuchtet in ihrer Buntheit mit einem grünen Zwiebeltürmchen über die Grenze.
Im Sommer 1965 öffnete die sowjetische Regierung eine visumfreie Zone rund um Boris Gleb mit einer internationalen Bar als Teil einer Barackensiedlung, die rund um einen Kraftwerksbau errichtet wurde. Eine Kopie dieser seltsamen Grenz-Bar aus der Zeit des Kalten Krieges wurde fünfzig Jahre danach als Teil einer Architekturtriennale im Nationalmuseum in Oslo erstellt, einschließlich eines Tanzorchesters, das Salonjazz spielte. Die Bar fungierte als Anwerbezentrale des KGB, außer dem Schnapsschmuggel war dies einer der Gründe, weshalb die norwegische Regierung den Zugang zu dieser visumfreien Zone bereits nach drei Monaten wieder schloß. Ein Amerikaner, der die Grenze zur Sowjetunion unwissentlich passiert hatte, wurde festgenommen und starb an Stichverletzungen, die er sich auf dem Weg in die Strafkolonie zugezogen hatte, unklar, von wem.
Am Varangerfjord befinden sich die großen Radaranlagen mit dem »Auge der NATO nach Osten«, wie es 1964 in einem Rundfunkfeature über Lappland heißt. Nach mehreren Spionageaffären wurde damals ein lückenloser Drahtzaun zwischen Norwegen und der Sowjetunion gezogen, achtzig Kilometer am Jakobselva entlang und weitere zweihundert Kilometer über hügelige Tundra durch das Tal des wild dahinströmenden Pasvikelva.
Zwischen 1920 und 1944 gehörte das Gebiet bis zum Kloster von Petsamo zu Finnland. 1931 wurde die Eismeerstraße zum eisfreien finnischen Hafen von Liinahamari gebaut, auf der Klaus und Erika Mann zum Nordkap fuhren (»Bei grauem Himmel war diese Landschaft von einer Trostlosigkeit ohnegleichen«, schreibt er), und auch Albert Speer nutzte sie zu einem Besuch des Bergwerks in Nikel, dem damaligen Kolosjoki.

In seinem Buch »Det glömda Laponia. Ödemarksskogar kring Stora Lulevatten« (Das vergessene Laponia. Einödwälder rings um Stora Lulevatten) schildert Åke Aronsson in Wort und Bild, wie er seit 1974 die letzten Urwälder erkundet hat: Nordwestlich von Jokkmokk, Porjus und dem nördlicher gelegenen Gällivare erstrecken sich Nadelwälder, Moore, Seen, Zwergbirkenwälder und kahle Fjälls auf einer Fläche größer als die Insel Gotland. Dazu gehören das Naturreservat Sjaunja und der Nationalpark Muddus, aber auch weniger bekannte Gegenden, wie die Fjäll-Urwälder von Ulldevi und Jielkká-Rijmagåbbå, die er die Waldländereien um das Große Lulewasser nennt, oder eben das »vergessene Laponia«. So versucht er, wie er sagt, die Tür zum »innersten Wesen der Taiga« ein wenig zu öffnen.
In dieses weglose Land sind Axt und Säge noch nicht vorgedrungen. Mehrhundertjährige Kiefern tragen Äste, die sich winden und verdrehen, mit hängenden Flechten, wie erstarrt in einer grotesken, tanzenden Bewegung, lange Finger ausstreckend. Tauwetter am Tag und Kälte des Nachts verwandeln den Schnee in Harsch, so daß sich die weiten Moore auf Skiern für kurze Zeit rasch überwinden lassen. Ein weites Flachland und hinter den Mooren in weiter Ferne flache Fjällketten.
Stora Lulevatten meint eine Kette von Quellseen des Luleälven, der von der norwegischen Grenze kommt und bei Luleå ins Bottnische Meer mündet. Auf Lulesámisch heißt der größte der Seen, der knapp fünfzig Kilometer lang ist, Stuor Julevu. Hinter Sjaunja kommt weiter westlich der Nationalpark des Stora Sjöfallet. Die nördliche Hälfte ist Teil des Weltnatur- und -kulturerbes »Laponia«, das vier Nationalparks und zwei Naturreservate umfaßt. Doch nicht alle Urwälder unterliegen dem Schutz. Auch der See selbst ist nicht unreguliert geblieben, sondern für den Kraftwerksbau von Porjus aufgestaut worden. Der weiter nördlich sich anschließende Langas hingegen ist ein natürlicher See. Wochenlang ließe sich hier in weglosen, mitunter fünfhundert Jahre alten Wäldern wandern, ehe weiter westlich der alpine Hochfjäll einsetzt mit dem gut hundert Kilometer entfernten Sarek-Nationalpark und zur Grenze Norwegens hin dem Padjelanta bzw. weiter nördlich dem Gorsačohkka.
Die Nadelwaldlandschaft bildet häufig ein Mosaik oder Gewirr aus Wäldern und Mooren, zuweilen nehmen die Naßgebiete überhand, vor allem im östlichsten Sjávnja-Gebiet sowie im zentralen Muttos, das sich nur im Winterhalbjahr ohne größere Schwierigkeiten überqueren läßt. Neben den dominierenden Fichten mit ihren charakteristischen scharfzackigen, wie angeknabberten Silhouetten gibt es mit der Höhe nach Westen vermehrt Moor- und Zwergbirken, nach Osten Hängebirken. Keine der Baumarten unterlag bisher der Waldwirtschaft, somit auch nicht den sonst üblichen Kahlschlägen, die Schwedens Wälder zu Feldern umformten.

Industrieforste haben auch in Lappland die Wälder mit ihrer biologischen Vielfalt abgelöst. In der Umgebung der Forste gibt es Straßen, Kahlschläge, Stromleitungen, Windkraftwerke und Gruben. Lediglich vier Gebiete im nördlichen Schweden sind geblieben, deren Wälder im Umkreis von zehn Kilometern keine Straßen und Kahlschläge aufweisen. Muttos, Sjávnja, das untere Tal des Pärlälven und Udtjá Tjavelk im Bezirk Jokkmokk.

Eine Wanderung vom See Virihaure mit seinem spiegelblanken Wasser, in dem die Mitternachtssonne glänzt, vorüber an schneegestreiften Fjälls zum Lagerfeuer am Seeufer, und nach dem Saunabad eine Abkühlung im beißend kalten Bergsee. Die Wanderung mal schwer, bergauf bei Regen und Nebel, mal leicht über offene Hochebenen und durch den Tarrawald, wo mannshoch Milchlattich, Engelwurz und Eisenhut wachsen. Gegenüber der Hütte von Njunjes an der Südflanke des Njunjesvare blühen ganze Teppiche von Steinbrech leuchtend weiß wie Schneebälle.
1868 war die einsame Siedlerstelle in Njunjes, Jokkmokk, von Isak Holmbom begründet worden. Dies Land hieß von alters her Tuorpon, lulesámisch für eine Fischfangmethode, bei der die Äschen in Netze getrieben werden. Hier war im Mittelalter die Jagd auf wilde Rentiere in Verbindung mit Fischfang üblich, ehe man begann, Rene vermehrt zu zähmen und zu hüten. Mehr als zweihundert Kilometer zieht sich wegloses Land in nordwestlich-südöstlicher Ausrichtung dahin. Am Fuß des Tuorponvare lag eine alte sámische Siedlung von Koten, so noch markiert auf der Karte des Landvermessers Olof Tresk von 1643, am eher sumpfigen Südufer des Tuorponjaure. Östlich des Sees Karatsch lag ein Marktflecken namens Talvatis, das Winterlager der Sámen, und unweit von dort in Jokkmokk errichtete man schwedischerseits eine erste Kirche und einen Gerichtsplatz. Hierher kamen auch die Birkarler von der Küste und den Flußtälern, um Handel zu treiben und Steuern einzutreiben. Für ihre von alters her genutzten Fischgewässer, Jagdgründe und Rentierweiden mußten die Sámen der »Dörfer« von Sirkas, Tuorpon, Sjokksjokk und Jokkmokk nun »Pacht« zahlen in Form von Fellen, Fischen und anderen Waren.
Der erste vom schwedischen König Karl IX. verfügte Markttag wurde am 25. Januar 1606 abgehalten, die Kirche von Jokkmokk 1607 errichtet, um die Untertanen zu christlichen Tugenden anzuhalten. Der Handel der Birkarler wurde daraufhin eingeschränkt. Dafür kam wenig später die Zwangsverpflichtung, Silber und Erz zu transportieren. Worauf sich nicht wenige Sámen über die Grenze nach Norwegen absetzten.
Vom Hauptort für den Erzabbau, Kvikkjokk, gingen die Transporte weiter auf dem Lilla Lule älv, vorüber an den ersten Siedlungen (von Finnen) aus der Zeit

nach 1673 namens Tjåmotis, Randijaure und Vaikijaure bis zu den Hafenstädten Gammelstaden und Luleå. Um 1910 gibt es dann bereits etwa dreihundert Seßhafte im Flußtal – für sie bedeutete die Naturalwirtschaft in den grenzenlosen Weiten Norrlands zumeist die Kombination einer kleinen Landwirtschaft mit Viehzucht von Kühen, Ziegen, Renen sowie Jagd und Fischfang. Viele der Seßhaften waren allerdings verarmte Sámen, die durch Wölfe oder harte Winter ihre Herden eingebüßt hatten.

Pastor Harald Grundström aus Jokkmokk erzählte von einem Ereignis im Jahr 1893: Vier Finnen, die so gut wie kein Wort Schwedisch sprachen, waren unterwegs zum Berg Sulitelma gleich hinter der schwedisch-norwegischen Grenze und zwangen einen Sámen, Per Jakob, sie über den Fjäll zu lotsen. Auf den Bergen lag viel Schnee, aber die Finnen hatten keine Skier, also watete man durch die Talsohle in Richtung des Virihaure. In Staloluokta wollten sie über Nacht bleiben. Per Jakob sammelte auf Skiern Holz zum Feuermachen, währenddessen brachen die Finnen zwei Vorratsschuppen auf und stahlen daraus einige Fleischstücke, fanden dort auch Schuhe, Mützen und einen Kessel. »Richtige Gauner«, dachte sich Per Jakob, denn die Vorräte gehörten einem Åaggo und einem Pavval, die er beide kannte. Als der Sáme sie zur Rede stellen wollte, zogen die Finnen ihre Messer und verfluchten ihn auf finnisch. Es gelang ihm, sie zu beruhigen und in Sicherheit zu wiegen und sich, indem er vorgab, nach mehr Holz zu suchen – wie ein hakenschlagender Hase –, hinter einigen Hügeln davonzuschleichen. Zur Fjällhöhe hin spannte er sich die Skier unter und kam bis zum Wald von Tarra und nach Njunjes, wo er erzählte, er sei um sein Leben gerannt. »Die kommen sicher, um sich zu rächen.« Von den Finnen aber kam ihm keiner hinterher.
Zwei Sámen, Pavva Sekal und Ribbja-Niila, waren am selben Abend nach Staloluokta gekommen, sahen zwar, daß die Schuppen aufgebrochen waren, sagten aber nichts, um sich nicht mit den Finnen anzulegen, und blieben ebenfalls über Nacht. Am nächsten Morgen wurden sie nach dem Weg gefragt und zeigten nur nach Süden und wie man den Sårjås auf norwegischer Seite umrunden müsse. Der Herbstwinter verging, ohne daß man weiter etwas vernahm. Aus Västerfjäll in Arjeplog kam später Nachricht, ein Finne sei aus Westen den Piteälven entlanggekommen und immer am Flußufer entlang weiter nach Arjeplog gelaufen. Ein stummer Geselle, der sich nur nahm, was er brauchte. Zu Mittwinter kamen drei Schweden, die in Norwegen Arbeit suchten und sich keinen Lotsen leisten konnten, aber sie gelangten wirklich bis zur Hütte am Virihaure. Als sie die Tür öffnen wollten, war sie von innen verschlossen. Wie das nur kam? Schließlich schafften sie es doch, die Tür aufzusperren. Einer tappte hinein ins Dunkel,

stieß auf Holz, zumindest ein dickes Scheit. Da kamen die anderen hinzu und entzündeten ein Streichholz. Da sahen sie, es war kein Holzscheit, sondern ein Leichnam. Sie zogen den Mann heraus, machten Feuer im Kamin und blieben über Nacht.
In Njunjes entsetzte man sich, als man ihren Bericht hörte. Man informierte die Obrigkeit in Jokkmokk, und mit einem Schlitten und zwei Mann barg man die Leiche. Bei der Obduktion stellte der Arzt fest, der Mann habe versucht, Reisig zu essen. In der Hütte hatte er noch auf einen Zettel geschrieben, er habe Frau und fünf Kinder im Kreis Kuopio.
Zwanzig Jahre danach entdeckte Jon-Erik Stäggo in einer Felsspalte nördlich des Virihaure einen Toten. Dort fanden sich auch ein Hut, ein Stiefel, und zwischen zwei Weidenstöcken hatte ein Kessel gehangen. In der Kohle die Schenkelknochen von einem Menschen. In der Spalte selbst der Kessel, umwickelt mit einem Lappen. Unterwäsche, ein Pullover, eine Jacke. Schließlich sammelte er alles zu einem Haufen und begrub die Knochen und Kleiderreste drinnen in der Spalte, streute Erde darüber und sprach ein paar Gebete. Den Kessel nahm er mit, er blieb im Besitz der Familie.

Fünfzig Jahre später. In einer Septembernacht im Hochgebirge wird die Gegend am Tsatsa, einem der Gipfel am Südausläufer des Sarek-Nationalparks, von einer gewaltigen Explosion erschüttert. Im Widerschein der Feuersäule auf dem Schnee hätte man sehen können, wie sich zwei Gestalten von der Explosionsstelle entfernen, sich tatsächlich retten können aus dem brennenden Flugzeug, das bei dichtem Nebel mehrfach am Hang aufgeschlagen ist, ehe es explodiert. Es ist die Nacht vom 12. auf den 13. September 1942. Die Nase des Flugzeugs ist am nächsten Morgen zu sehen, rußgeschwärzt und zerknittert liegt sie ganz nah an der ebenfalls demolierten Schwanzpartie, und zwar in der Richtung, aus welcher der Flieger gekommen sein muß, aus Westen. Über mehrere hundert Meter sind Metallteile verstreut, auch rund um den Rumpf und den rechten Flügel liegen Teile des Motors und die beiden zerfetzten Räder sowie der Propeller. Der Motor selbst ist nicht aufzufinden, vermutlich ist er vor dem letzten Aufprall die Fjällflanke hinabgeschleudert worden. Hier liegen auch drei Tote, verkohlt. Zwei Männer aber haben sich retten können, der Pilot Dave Evans aus Wales, der lediglich Verbrennungen im Gesicht aufweist, und ein Engländer, der Funker Bernard Sowerby. Die Toten sind alle Kanadier.
Das Flugzeug, eine Handley Page Hampden, war in geheimem Auftrag während der Operation Orator unterwegs von den Shetland-Inseln nach Murmansk. Die beiden Überlebenden erreichen nach einem Marsch von drei Tagen Kvikkjokk, sicherheitshalber behaupten sie, sie seien in Norwegen abgestürzt, aus Angst vor

der Reaktion der neutralen schwedischen Behörden; sie hätten sonst interniert werden müssen.

Das Seltsame aber ist: Das Flugzeugwrack mit den Leichen der toten Kanadier wird erst 34 Jahre später entdeckt! Und zwar von zwei Touristen. Die Toten lagen noch so, wie sie aus dem Flugzeug gestürzt waren, mit gebleichten Schädeln und Knochen sowie, ringsum verstreut, mit ihren Pistolen und gut erhaltener Kleidung, Hosenträgern oder einem Hemd, schwarz, grün und weiß mit einem Etikett im Kragen, »The Ritz Brand. Fast Colour«. Farbecht.

Dabei kamen während des Krieges viele Flüchtlinge aus Norwegen über die Grenze, sowohl norwegische Widerstandskämpfer als auch Kriegsgefangene, meist Russen oder seltener Serben. Lappland diente als Transitraum.

Aber die Absturzstelle lag auf fast zweitausend Meter Höhe, abseits der Wanderwege der Sámi.

Im Sommer 1977 wird das Flugzeugwrack schließlich nach England verfrachtet. Fort vom Berg Tsatsa, begleitet von einem der Überlebenden, Bernard Sowerby, ein Wrack, das Jahrzehnte später, wenn möglich, restauriert werden soll. Geblieben sind einige Zeitungsrubriken und der kleine Stoffetzen *The Ritz Brand. Fast Colour*.

AGNĖ ŽAGRAKALYTĖ

AKROPOLIS

Gedichte

1944

Forscht nach und ihr werdet sehen
Maria sitzt unter dem Apfelbaum, es rieseln weiße Blüten.
Es spritzt weiße Vormilch auf das matschige Gras.
Maria sitzt unter dem Apfelbaum und drückt den Säugling.
Es donnert die Erde.
Es regnet in Strömen. Strahlen von Blütenblättern.
Obwohl sie lebendig ist, würde Maria unter die Erde kriechen, sich im Gras verstecken, sich in einen Apfelbaum verwandeln.
Maria verhüllt sich, gestützt auf den Stamm des Apfelbaums, es donnert der Himmel, es blitzt die Erde.
Dieser Säugling bringt das Herz zum Bersten.

Forscht nach

Maria sitzt unter dem Apfelbaum und drückt nur den Säugling
es pfeifen Gewehrkugeln
blitzende Wespen stechen in den Apfelbaum
stoßen in das nasse und zitternde Gras

Und ihr werdet sehen

Es regnet Gewehrkugeln, es regnet Apfelzweige, der in die Umarmung gehüllte Säugling ist der siebte
Sechs Kinder sind unter der Erde

In den vom Vater gegrabenen Tunneln und Höhlen versteckt

Wie gut der Herr ist

AKROPOLIS

Was hast du dort zu suchen – hast du etwa keine Steine gesehen?
fragt mein Vater vor dreißig Jahren.
Ein Kind der Sowjetzeit, geblendet von
Freude, in einer Dorfküche mit dem Buch
»Götter, Gräber und Gelehrte«.
Ich will nach Griechenland, nach Athen! – wiederholt dieses
von Büchern angestrahlte, unansprechbare
Kind.

»Hast du etwa keine Steine gesehen«, entgegnet mein Vater,
sein Hemd ist mit Zement bespritzt – gerade
hat er wieder einen Steinzaun gebaut.
Im Schatten des Zauns, im Schatten des Windes das zornige
Kind.

Griechenland, mein Kind, ist weder für dich noch für mich – es ist
unerreichbar.
Steinhaufen und eiserne Zäune
grenzen unsere Kolchose von Griechenland ab.

Nach dreißig Jahren – der Wind hat die Mauern weggefegt,
die Sonne das Eisen geschmolzen, mit dem Flugzeug ist es leicht
und einfach – sitze ich in Athen, auf der Akropolis,
auf einer Steinbank, es ist zum Heulen: Steine,
Steine,
warum schweigt ihr mich an, warum sprecht ihr denn nicht?

Ein gequältes Kind der Sowjetzeit,
eine Frau der freien Welt: Ein Tropfen
Schweiß verdünnt die Tinte.

So lange bin ich gereist, doch die Steine schweigen,
und wenn sie auch etwas flüstern –
die rostigen Schabeisen der Zikaden schaben alles ab.

DREI UHREN FÜR DAS WALDKIND

die erste Uhr wurde Petras, meinem Opa,
noch beim Militär gestohlen,
eine Taschenuhr, mit zwei Kettchen quer über
der Brust verknotet.
die zweite Uhr wurde ihm im Gefängnis abgenommen und danach
nicht mehr zurückgegeben.
die dritte, Marke Molnija, stopfte er bei der Feldarbeit
zusammen mit der Jacke
in den Strohhaufen der Kolchose, und als er abends
hundemüde nach Hause kam, war sie weg.
such' wo du willst – Kälte, Schneeregen,
Spätherbst, es war dunkel.
im Frühling ging er zu den Ställen hin, einsilbig,
in Bildern denkend.
die Uhr, sagte er, habt ihr sie nicht gesehen im Stroh?
die Melkerinnen kreischten vor Lachen, die Kolchosarbeiter spotteten:
der Alte ist völlig übergeschnappt.
die verlorene Zeit im Stroh der Kolchose zu suchen,
so über Kreuz zu sein mit der Vernunft.
vom Schluckauf vor Lachen hatte man bereits genug,
der Alte war längst schon schwankend
von den Ställen fort und seiner Wege gegangen, als eine der Blöden
blitzartig hinblickte – oh, es blinkt
die blitzende Molnija zwischen den Beinen der Kuh.

Aus dem Litauischen von Cornelius Hell

BENJAMIN FRANKLIN

DAS WÖRTERBUCH DES TRINKERS

Vorbemerkung

Im Gedächtnis der Nachwelt hat der amerikanische Naturwissenschaftler, Ingenieur und Staatsmann Benjamin Franklin (1706 – 1790) bis heute einen festen Platz als Entdecker des atlantischen Golfstroms, als Erfinder des Blitzableiters und als einer der Gründerväter der Vereinigten Staaten. Weniger geläufig ist den meisten wohl seine herausragende Bedeutung als Autor, der die moderne englische Prosa mit interessanten Wortschöpfungen und einem witzigen, teils satirisch-sarkastischen, gleichermaßen unterhaltenden wie instruktiven Stil so nachhaltig prägte wie sonst nur Joseph Addison, Richard Steele, Daniel Defoe oder Jonathan Swift. Als Wortkünstler bereicherte Franklin unter anderem die Terminologie der Elektrizität, indem er das aus der Militärsprache stammende Wort »Batterie« (mit dem bis zur Mitte des 18. Jahrhunderts eine Geschützstellung oder auch die Größe einer Artillerieeinheit benannt wurde) als Bezeichnung für eine neue, von ihm konstruierte Speichervorrichtung für elektrische Energie gebrauchte. Gut bewandert war er auch im Naturrecht, weshalb er als einziger amerikanischer Politiker alle vier Gründungsdokumente der Vereinigten Staaten – die Unabhängigkeitserklärung von 1776, den Freundschaftsvertrag mit Frankreich von 1778, den Friedensvertrag mit Großbritannien von 1783 und die neue Verfassung von 1787 – mitunterzeichnete und zum Teil entwarf. So korrigierte er Thomas Jeffersons Erstentwurf der Unabhängigkeitserklärung dahin gehend, daß er die »Wahrheiten«, »alle Menschen« seien mit dem unveräußerlichen Recht auf »Leben, Freiheit und Streben nach Glück« ausgestattet, nicht – wie es Jefferson zunächst formuliert hatte – als »heilige« Glaubenssätze verstehen wollte, sondern als eine unbezweifelbare Selbstverständlichkeit, die keiner weiteren Erklärung bedurfte und somit, wie er es ausdrückte, »selbstevident« sei.

Als Franklins schriftstellerische Meisterleistung gilt seine »Autobiographie«, an der er von 1771 bis zu seinem Tod unausgesetzt arbeitete. Ein Jahr nach seinem Ableben erschien 1791 zunächst die französische Übersetzung des Textes, bevor dieser dann 1793 auch im englischen Original veröffentlicht wurde. Franklins Memoiren behandeln in vier Abschnitten sein Leben von der Geburt bis 1758, einem Zeitpunkt, zu dem der Autor sich im dreiundfünfzigsten Lebensjahr befand und schon ein berühmter Naturwissenschaftler war, doch als Politiker sich erst noch beweisen mußte. Franklin kam es darauf an, vor allem über seine Jugend und seine entscheidenden Entwicklungsjahre Auskunft zu erteilen. Ähnlich hielt es später der von ihm beeinflußte Johann Wolfgang von Goethe in seiner eigenen Lebensgeschichte »Dichtung und Wahrheit« (1811 – 14). Franklin wollte also in erster Linie seinen Bildungsgang und die sein Leben prägenden frühesten Einflüsse offenlegen. Die recht ausführliche und umständliche Darstellung seines Werdens als Autor nimmt viel Raum ein, zumal er seinen Lesern damit in vorbildstiftender Weise zeigt, wie man sich durch eigenständige Aneignung und gründliche Beherrschung eines sicheren Schreibstils zu den höchsten Höhen der Gesellschaft aufschwingen kann. Denn Franklin war im wesentlichen ein Autodidakt, der seine Erfolge neben großem intellektuellem Talent auch eiserner Disziplin, einem starken Willen und unbändigem Ehrgeiz verdankte.

Als Sproß eines einfachen Kerzenmachers und Seifensieders, der neben seinem jüngsten Sohn Benjamin noch sechzehn weitere Kinder zu ernähren hatte, mußte der Hochbegabte von einem Besuch des renommierten Harvard College seiner Geburtsstadt Boston absehen. Sein Vater Josiah Franklin hatte keinerlei Mittel, seinem Nachwuchs ein kostspieliges Universitätsstudium zu finanzieren. Nicht einmal einen längeren Schulbesuch konnte er seinen zahlreichen Kindern ermöglichen. Franklin besuchte lediglich für die Dauer eines einzigen Jahres die öffentliche Lateinschule von Boston. Immerhin bezahlte sein Vater ihm, dem Blitzgescheiten, der schon mit vier Jahren das Lesen gelernt hatte, anschließend weitere Stunden an einer privaten Schreibschule, die von einem äußerst erfolgreichen Lehrer, einem gewissen George Brownell, geleitet wurde. Franklin beschrieb die Methode, mit der dieser Mann ihm die schöne und geschwungene Handschrift beibrachte, die er sich zur Freude der Leser seiner Briefe dann ein Leben lang bewahrte, als eine besonders »milde« und zugleich »mutmachende« Art des Unterrichts.

Das Schreiben bereitete Franklin ein solches Vergnügen, daß er sich entschied, bei seinem um neun Jahre älteren Bruder James, der als Drucker in Boston nicht nur einen eigenen Verlag betrieb, sondern ab 1721 auch die Zeitung »New England Courant« herausgab, in die Lehre zu gehen. Schon als Sechzehnjähriger verfaßte der Lehrling für das noch junge Blatt einige Zeitungsartikel, die von der Leserschaft gut aufgenommen wurden. Dadurch ermuntert trachtete Franklin um so emsiger danach, sein offenkundiges literarisches Geschick so weit zu verbessern wie nur irgend möglich. Er orientierte sich dabei zunächst an John Bunyans schon 1678 erschienenem allegorischem Erbauungsbuch »The Pilgrim's Progress«, einer Prosaschrift, die noch zu Beginn des 18. Jahrhunderts von vielen Autoren als gültiger Maßstab für erzählendes Schreiben gerühmt wurde und bis heute nichts von ihrer erstaunlichen narrativen Kraft verloren hat. Zudem versuchte er sowohl von dem Bostoner Puritaner und Prediger Cotton Mather zu lernen als auch von Defoe, da beide Männer in herausragender Weise die Kunst des essayistischen Schreibens beherrschten. Zum entscheidenden Bezugspunkt für ihn wurde dann jedoch die moralische Wochenschrift »The Spectator«, die Addison und Steele zwischen 1711 und 1715 in London herausgegeben hatten. Insbesondere die von Addison beigesteuerten Zeitschriftenbeiträge galten ihm als Muster des modernen Essays.

In den 1720er Jahren entwickelte der junge Autodidakt Franklin eine originelle Methode, die darauf abzielte, sich einen möglichst großen Wortschatz zu erarbeiten. So machte sich der strebsame Journalist daran, wie er später in seiner »Autobiographie« berichtete, täglich aufs neue »eine Menge Synonyma zu suchen und ihrer Herr zu werden«. Allein um sein Vokabular und damit seine Ausdrucksmöglichkeiten zu erweitern, wählte er immer wieder einige von Addisons Aufsätzen aus dem »Spectator« aus, schrieb sie in gereimte Gedichte um und übertrug diese »nach Verlauf einiger Zeit«, wenn sie seinem »Gedächtnis genugsam entschwunden waren«, wieder in Prosa. Durch das beständige Umschreiben von Texten, die zwar mit der immer gleichen Argumentation stets dieselben Themen verhandelten, wurden ein ums andere Mal ganz neue Wörter in Anschlag gebracht, die das Altbekannte in neuer Form ausdrückten. So erarbeitete sich Franklin nach und nach nicht nur den gewünschten großen Wortschatz, sondern auch die stupende Fähigkeit, in kürzester Zeit ganz neue Wortkreationen in die Welt zu setzen. Seine unbändige Lust, immer weitere Synonyme zu finden, entsprach im übrigen dem Zeitgeist. Den ersten Versuch eines Wörterbuchs der Synonyme machte der anglikanische Geistliche und Naturwissenschaftler John Wilkins mit seinem »Essay Towards a Real Character, and a Philosophical Language and Alphabetical Dictionary« zwar bereits 1668, doch erschienen erst im 18. Jahrhundert Synonym-Wörterbücher von Rang: In Frankreich gab der Kleriker und Grammatiker Gabriel Girard 1718 das bedeutende Werk »La Justesse de la langue françoise, ou les différentes significations des mots qui passent pour synonymes« heraus; zu den wichtigsten anschließend auch in England publizierten Synonym-Wörterbüchern zählen John Truslers »The Difference between Words esteemed Synonyms, in the English Language; and the proper choice of them determined« (1766) und das von Dr. Johnsons Freundin Hester Lynch Piozzi besorgte »British Synonymy« (1794).

Als Franklin sich schriftstellerisch so weit vervollkommnet hatte, daß er sich zutraute, einen eigenen Verlag zu führen, gab er das Anstellungsverhältnis bei seinem Bruder auf und zog von Boston nach Philadelphia, wo er sich als Drucker selbständig machte. Ab 1729 gab er dort die »Pennsylvania Gazette« heraus, für die er die Leitartikel und viele Beiträge selbst verfaßte. Innerhalb kürzester Zeit avancierte dieses Blatt zur führenden Zeitung Nordamerikas. Außerdem reüssierte Franklin noch als Autor einer im eigenen Verlag herausgebrachten und »Poor Richard's Almanack« genannten Kalenderschrift, mit der er seine Leser besonders erfreute, weil sie mit witzigen Lebensweisheiten gespickt war. Die in seinem Almanach enthaltenen humorigen Sprüche dachte sich Franklin zumeist selbst aus. Zu den bis heute am häufigsten zitierten Sentenzen gehören solche erfrischenden Beobachtungen wie »Drei Menschen können ein Geheimnis wahren, wenn zwei von ihnen tot sind« oder »Fische und Gäste stinken nach drei Tagen«. Der große wirtschaftliche Erfolg, der seinen von Geist sprühenden Druck-Erzeugnissen beschieden war, erlaubte es Franklin, sich schon mit einundvierzig Jahren aus dem aktiven Geschäftsleben zurückzuziehen. Ab 1748 ließ er seine Druckerei in Philadelphia von seinem Teilhaber David Hall führen, um mehr Zeit für seine naturwissenschaftlichen Studien zu gewinnen. Diese nahmen ihn immer stärker in Beschlag, seit er in der Mitte der vierziger Jahre begonnen hatte, sich mit dem Phänomen der Elektrizität auseinanderzusetzen, welches ihn so sehr beschäftigte, daß er, wie er einem Freund in London mitteilte, »nur noch wenig Muße für irgend etwas anderes« aufbringen konnte. Nach seiner Erfindung des Blitzableiters verlegte er sich dann ab den fünfziger Jahren immer mehr auf das Feld der Politik, wo er im Unabhängigkeitskampf gegen Großbritannien zum neben George Washington bekanntesten amerikanischen Politiker mit Weltgeltung aufstieg.

Bis zum Ende seines Lebens blieb Franklin, den Goethe in »Dichtung und Wahrheit« als funkelnden Stern am »politischen Himmel« des Aufklärungszeitalters pries, in vielfältiger Weise schriftstellerisch tätig. Viele seiner Arbeiten wurden umgehend in die wichtigsten europäischen Sprachen übersetzt, die erste deutsche Ausgabe »Des Herrn D. Benjamin Franklin's sämmtliche Werke« wurde bereits 1780 – immerhin zehn Jahre vor seinem Tod – in Dresden publiziert. 1792 übertrug Gottfried August Bürger dann seine »Autobiographie« ins Deutsche. Eine deutsche Übersetzung von Franklins »Kleinen

Schriften« besorgte nicht lange danach der Weimarer Verleger Friedrich Justin Bertuch 1794. Es war vor allem der Naturwissenschaftler, Politiker und Selfmademan Franklin, der die deutschen Leser interessierte, weshalb auch in späterer Zeit insbesondere solche Schriften von ihm übertragen wurden, in denen er sich über politische und naturwissenschaftliche Fragen ausließ. Die Selbstbeschreibung seines Lebens blieb das mit Abstand populärste Buch, vor allem in der gelungenen Übertragung von Berthold Auerbach von 1876. Übersehen wurden dabei allerdings viele seiner köstlichen Zeitungsartikel aus den dreißiger und vierziger Jahren, die Franklin in einem frühen Karrierestadium verfaßt hatte, als er noch nicht zu Weltruhm gelangt war, sondern als Journalist nach Synonymen jagte. Diese Wortschatzübungen waren der Grundstock für den späteren Erfolg auch auf allen anderen Feldern seines Wirkens.

Ein Exerzitium der besonderen Art aus Franklins Journalistenzeit ist »Das Wörterbuch des Trinkers«, das er gegen Ende 1736 verfaßte und am 13. Januar 1737 in der »Pennsylvania Gazette« zum Druck beförderte. Wie in keinem anderen Beitrag aus seiner stets schwungvollen Feder führt er mit diesem Wörterbuch-Spaß in belustigender und doch auch ernstgemeinter Weise vor, daß man eine fast unbegrenzte Zahl von Synonymen finden kann, wenn man nur seiner Phantasie und seinem Gefühl für Sprache freien Lauf läßt – und dies auf der Grundlage des höchst genauen Hörens auf Wendungen, wie sie die im Alltag gesprochene, lebendige Sprache immer wieder neu hervorbringt, an allen Orten und Plätzen, zum Beispiel auch in einer Taverne. Daß Franklin seine Kunst des Findens (oder besser: Er-findens) von Synonymen unter Beweis stellt, indem er eine Riesenzahl von Variationen des Wortes »betrunken« hervorbringt, die er angeblich in einer Kneipe aufgeschnappt haben will, spielt darauf an, daß man sich als Dichter – von der Muse geküßt oder vom Bier beschwipst – zuweilen in den Zustand eines dionysischen Rausches versetzen muß, um überbordend produktiv zu sein. Franklins Trinker-Wörterbuch dürfte auch heute für alle, die sich mit Literatur und Sprache befassen, eine willkommene und unterhaltsame Anregung sein, es ihm gleichzutun.

Die Übersetzung hat Joachim Kalka besorgt. Zu den Prinzipien seiner Übertragung merkt er an: »Der Übersetzungs- beziehungsweise Nacherschaffungsversuch ist von geringerem Umfang als Franklins Original. Dasselbe Volumen wäre nur durch sehr angestrengte Neukonstruktionen oder durch die Heranziehung von nach Inhalt oder Tonfall anachronistischem Material zu erzielen gewesen; ich bin hier schon einigermaßen weit gegangen. Ich habe es nun bei 144 Einträgen belassen, was der Zahl der Beispiele entspricht, welche Lichtenberg in seinem Parallelunternehmen ›Patriotischer Beytrag zur Methyologie der Deutschen …‹ gibt, das ich gerne herangezogen habe (es findet sich im dritten Band der Ausgabe von Wolfgang Promies). Als weitere Anregungen dienten Franz Dornseiffs zu recht berühmter Thesaurus (7, 31f.) sowie Lutz Röhrichs ›Lexikon der sprichwörtlichen Redensarten‹ (1991; Stw. Trinken). Der Hauptfundus entstammt eigener lebensgeschichtlich-kneipenmythologischer Erfahrung.«

Jürgen Overhoff

Kein größerer Narr als ein betrunkner Mann
Poor Richard's Almanack

Es ist eine alte Beobachtung, daß das Laster stets versucht, sich den Anschein der Tugend zu geben: So nennt sich die Habsucht gerne kluge Voraussicht, die Verschwendung möchte Großzügigkeit heißen, und ebenso in anderen Fällen. Dies mag daher kommen, daß die Menschen im Herzen natürlicher- und allgemeinerweise die Tugend billigen und das Laster scheuen; deshalb würden sie, wenn sie je durch eine Versuchung in das letztere verfallen, es gerne vor sich selbst wie vor den anderen verhehlen, unter einem anderen Namen als dem, der ihm eigentlich zukommt.
Doch *Trunkenheit* ist in dieser Hinsicht ein sehr unglückliches Laster. Sie hat keine Ähnlichkeit mit irgendeiner Tugend, deren Namen sie sich borgen könnte, und sieht sich deshalb zurückgeworfen auf die peinliche Notwendigkeit, sich durch entlegene Umschreibungen zu bezeichnen und diese fortwährend zu variieren, sobald eine ganz deutlich verstanden worden ist, indem sie schlicht nichts anderes bedeutet als *Jemand ist betrunken*.
Obwohl jedermann sich vielleicht an ein Dutzend der bei solchem Anlaß verwendeten Ausdrücke erinnern mag, glaube ich doch, daß keiner, der nicht sehr häufig in Tavernen gewesen ist, sich klar machen kann, wie überaus groß ihre Anzahl ist. Es mag deshalb den nüchternen Leser überraschen sowie unterhalten, ein neues Stück vor sich zu sehen, das mir kürzlich zugekommen ist und den Titel trägt

DAS WÖRTERBUCH DES TRINKERS.

A
Er ist abgefüllt
Er ist abgesumpft
Er ist ein alter Schwamm
Er ist am Eichstrich
Er ist angefeuchtet
Er ist angefressen
Er ist angeknackst
Er ist angesengt
Er ist angesäuselt
Er hat einen Affen
Er war ganz anständig besoffen
Das hat ihm der Arzt verschrieben, sagt er
Man kann ihm den Atem anzünden

Er ist *à tout*
Er ist aufgemöppert
Er ist äußerst hochprozentig

B
Er ist bedudelt
Er ist begeistert
Er ist benebelt
Er ist beschickert
Er ist beschwipst
Er ist besoffen wie ein Bürstenbinder
Er ist betütert
Er ist bezopft
Er ist blau wie das sprichwörtliche Veilchen
Er ist breit

D
Er ist ganz klar dabei gewesen
Er hat dicke Augen
Er ist duhn
Er ist doppelt gemoppelt
Er ist durch den Wind

E
Er hat sich ein' und noch ein' genehmigt
Er hat ein paar Glas sichergestellt
Er hat sich einiges hinter die Binde geschüttet
Er hat sich einiges hinter die Zähne gespült
Er hat einen in der Krone
Er hat einen in der Omme
Er hat eingeheizt
Er hat eins mit dem nassen Lappen abgekriegt
Er hat eins über den Durst getrunken

F
Er färbt sich die Nase rot
Fang ihn auf, gleich fällt er um
Ein Faß
Er ist fett
Er ist fix und er ist fertig
Er hat Freundschaft mit dem Fußboden geschlossen

G
Es geht ihm was durch den Kopf
Er hat gekümmelt
Er ist geliefert
Er hat gelöscht
Er gibt alles gewissenhaft wieder von sich
Der sieht seine Großmutter für eine Standuhr an
Er ist gutgelaunt bis zum Gehtnichtmehr

H
Er hält sich aufrecht, auch wenn er umfällt
Er hält sich aufrecht, sonst wird was verschüttet
Er hat den Kanal, er hat den Kanal, er hat den Kanal noch lange nicht voll
Er hat einen Schlag
Er hat lauter gute Züge
Er hat schwer geladen
Er hat sich einen unter die Jacke gejubelt
Er hebt gern den Ellbogen
Er hat einen Heiligenschein
Er heult den Mond an
Er ist halb havariert
Er ist himmelhageldick
Er ist hinüber
Er hat den Hut wieder verkehrtrum auf

I
Er ist illuminiert
Immer betrunken heißt auch regelmäßig gelebt
Er ist zu lange unterm Spundloch gelegen

K
Er kann auf keinem Bein mehr stehen
Er kann die vollen Gläser nicht leiden
Er kann nicht mehr gradaus gehen
Er ist in die Kanne gestiegen
Er kippt, was reingeht
Dem kommt das ganze Kleingeld durcheinander
Er ist knülle
Er kommt an keiner Ecke mehr vorbei
Er kommt daher, wie wenn alle Häuser sein gehören

Er macht sehr konsequent einen drauf
Er hat den Kopf schief aufgesetzt
Er hat keine Krempe mehr am Hut
Er kreuzt

L
Er ist lädiert
Er hat längstens gebechert
Er hat sich einen auf die Lampe gegossen

M
Er macht sich's unterm Tisch gemütlich

N
Die Nase leuchtet ihm auch im Dunkeln
Er ist neben der Kappe
Er ist nicht mehr ganz da
Noch 'ne Runde und noch 'ne Runde

P
Er war mit dem Pferd im Keller
Er hat pokuliert

Q
Er hat sein Quantum

R
Eine Rauschkugel
Er riecht wie eine ganze Brauerei

S
Der säuft, daß ihm die Binsen aus dem Arsch wachsen
Der Schädel braust ihm
Er schaut immer auf den Zettel, welchen Fuß er bewegen soll
Er ist schicker
Er schielt mit den Beinen
Schluckspecht
Er hat einen Schuß
Er schwebt
Er hat schwere Schlagseite
Er hat schwer geladen
Er schaut schräg aus der Wäsche

Er schluckt wie ein offenes Loch
Er schwingt keine schlechte Fahne
Er ist schon etwas verstrubbelt
Er hat schon wieder einen abgebissen
Er hat die Seele getauft
Er hat sich begabet
Er hat sich gut versorgt
Er hat sich einen Bart gemacht
Er hat sich was *bene* getan
Er hat einen sitzen
Er sieht aus wie eine Ente, wenn's wetterleuchtet
Er sieht den Himmel für eine Baßgeig' an
Die Spucke ist schon hochprozentig
Er spürt jetzt den Wein
Er ist sternblinddick
Er stolpert ausschließlich über die eigenen Beine
Ein Süffel

T
Er hat seinen Talis
Er trinkt einen guten Streifen weg

U
Und noch ein Schluck aus der Pulle
Unterm Dach juchhe, da geht's zu

V
Er hat Verschiedenes weggebürstet
Er ist so voll, daß er's mit dem Finger im Hals spüren kann
Er ist so voll wie ein Dudelsack
Er ist voll aufgedreht
Er ist voll bis über beide Ohren – aus denen läuft's schon raus
Er ist voll wie ein Karnickelstall
Er ist voll wie eine Strandhaubitze
Voll wie hundert Mann

W
Was hat er denn heute vertilgt?
Er ist weggetreten
Wieviel hat er denn gezwitschert?
Wieviel hat er denn verlötet?

Wie vielen Flaschen hat er schon den Hals gebrochen!
Er wollte das Unterste in der Flasche schmecken

Z
Das zischt nur so bei ihm
Er hat zu tief ins Glas geschaut

Die Ausdrücke dieses Wörterbuches sind nicht (wie die meisten unserer Kunstbegriffe) fremden Sprachen entlehnt noch entstammen sie den Werken der Gelehrten in unserer eigenen, sondern sie rühren ausschließlich aus der modernen Kneipenunterhaltung von Pichlern her. Ich zweifle nicht, daß noch viel mehr in Gebrauch sind, und ich war in Versuchung, selbst einen neuen Ausdruck unter dem Buchstaben V einzuführen, nämlich *viehgesinnt*. Doch nach einiger Überlegung befürchtete ich, mich einer Ungerechtigkeit der tierischen Schöpfung gegenüber schuldig zu machen, wenn ich die Trunkenheit als ein viehisches Laster darstellte, da es doch wohlbekannt ist, daß das Vieh ganz allgemein ein höchst nüchternes Volk darstellt.

Aus dem Englischen von Joachim Kalka

CHRISTA BÜRGER

SPRÖDE INDIVIDUALITÄTEN

Zu Friederike Helene Ungers »Bekenntnissen einer schönen Seele«

Dabei bleibt er sich durchaus ein Rätsel,
und erstaunt über seine eigene Erscheinung.
Goethe, Winckelmann und sein Jahrhundert

»Wir hätten aber doch dieses Werk lieber Bekenntnisse einer Amazone überschrieben, teils um nicht an eine frühere Schrift zu erinnern, teils weil diese Benennung charakteristischer wäre. Denn es zeigt sich uns hier wirklich eine Männin, ein Mädchen wie es ein Mann gedacht hat. Und wie jene aus dem Haupt des Zeus entsprungene Athene, eine strenge Erzjungfrau war und blieb; so zeigt sich auch in dieser Hirngeburt eines verständigen Mannes ein strenges, obgleich nicht ungefälliges Wesen, eine Jungfrau, eine Virago im besten Sinne, die wir schätzen und ehren, ohne eben von ihr angezogen zu werden. Hat man das einmal zugegeben, so kann man von dem Buche nicht Gutes genug sagen.«
Goethes lobende Rezension der 1806 publizierten »Bekenntnisse« wäre vielleicht anders ausgefallen, hätte er nicht in dem anonym erschienenen Buch einen männlichen Autor vermutet, sondern Helene Unger, die Frau seines Verlegers. »Bekenntnisse einer schönen Seele, von ihr selbst geschrieben« – in der Ergänzung des aus einem Kapitel von Goethes Roman »Wilhelm Meisters Lehrjahre« stammenden Titels versteckt die Verfasserin einen leisen Tadel gegen den berühmten Dichter, der sich die Geschichte einer Frau angeeignet und auf den Ton der Entsagung gestimmt hat. Es ist *ihre* Geschichte, worin es um etwas ganz anderes geht, nämlich den Entwurf eines von der herrschenden Ordnung der Geschlechter abweichenden Lebens, das seinem eigenen Gesetz folgt: dem weiblicher Freiheit.
In dem an einen Freund gerichteten Brief, der als Vorwort dient, versucht die Autorin dieser Bekenntnisse das Hauptproblem ihrer Individualität aufzuklären, das Rätsel, das sie für den Freund und ihre ganze Umwelt darstellt: »Wie ich mit den körperlichen und geistigen Eigenschaften, in deren Besitz ich gewesen und allenfalls auch noch bin, eine Jungfrau habe bleiben können.« An ihrer Eigentümlichkeit läßt Mirabella oder später Fräulein Mirabella, wie man sie nennt, keinen Zweifel und bestätigt damit, sozusagen der Sache nach, Goethe, der die »Bekenntnisse« lieber als die »einer Amazone überschrieben« haben wollte.

»Die Natur wollte nun einmal, daß in der Reihe der Wesen auch ein solches Geschöpf existieren sollte, wie ich bin.« Ob diese Eigentümlichkeit gut ist oder nicht, steht für Mirabella nicht in Frage; sie hält sich an den Grundsatz »What ever is, is right«. Ihr Rätsel ist ein doppeltes, denn sie kennt ihre Eltern nicht. Ihre Herkunft liegt für sie im dunkeln.

Sie wächst auf und empfängt ihre Bildung im Hause eines Landpfarrers, der mit seiner Schwester zusammenlebt. »In dem Hauswesen herrschte die größte Ordnung. Der Bruder bewegte sich in seinem Kreise, die Schwester in dem ihrigen. Beide Kreise berührten sich; aber sie griffen nie in einander, weil dies der Freiheit der Bewegung geschadet haben würde.« Der Pflegevater, ein im schönsten Sinn aufgeklärter Geistlicher, vermittelt ihr die christliche Religion als Lehre von einer schaffenden Kraft: Vater oder Geist, einem schöpferischen Impuls: Sohn oder Gemüt, und das Bewußtsein ihrer Harmonie: heiliger Geist oder Gewissen. Sie kennt diese als Vorstellungsbilder und hält sich an den Sinn, daß Gott der höchste Name der Liebe ist. »Wir müssen nur nicht *außer* uns suchen, was nur *in* uns seyn kann; und wir sind alles, was wir werden können, wenn unser Geist mit unserem Gemüthe in einer solchen Harmonie stehet, daß die Verletzung desselben uns als eine Vernichtung unsers ganzen Wesens erscheinen muß.« Aus den Unterweisungen ihres Pflegevaters leitet sie die Maxime ihres Handelns ab: die Achtung vor sich selbst.

Das Motiv der unbekannten Herkunft, nicht ungewöhnlich im Frauenroman des 18. Jahrhunderts, behandelt Unger, im Unterschied etwa zu Madame de Tencin oder Karoline von Wolzogen, nicht als Streben nach Anerkennung der jungen Frauen durch die Gesellschaft, sondern als Entwurf eines Lebens, das sich einzig auf eine innere Gewißheit gründet. Denn eine Tochter der Aufklärung ist die Autorin der »Bekenntnisse« für die Leserin auch durch eine Glaubensferne, deren Zeitbezug die erfüllte Gegenwart ist, ihr Jenseits aber die Kunst. Diese eigenwillige Weltanschauung erklärt sich im Falle Mirabellas aus der Abwesenheit einer Mutter und eines Vaters. Der Übertritt in die symbolische Ordnung, die Entwicklung ihres Selbstbewußtseins, gründet daher nicht im Geschlecht, sondern in der Kultur. Und in der Kunst findet die durch eine dunkle Herkunft erzeugte elementare Unbestimmtheit des Körpers, die Mirabella an sich beobachtet, eine gestalthafte Antwort: durch die Sprache und das Bild.

Die Ich-Erzählerin hat für diese Eigentümlichkeit nur einen abstrakten Begriff, ihre »Liebe zur Reinlichkeit«, die als »Schamhaftigkeit« in ihr Wesen übergegangen sei. Als die Pflegeeltern, um ihre Ausbildung zu vollenden und sie in die Gesellschaft einzuführen, mit ihr in die Residenzstadt übersiedeln, äußert sich diese Veranlagung in dramatischer Weise. Sie kann es nicht ertragen, daß man ihr körperlich zu nahe kommt, daß ihre Selbstachtung »verletzt« wird. Es gibt da

einige scheinbar ganz nichtssagende Vorkommnisse, auf die sie aber mit so unerwarteter Heftigkeit reagiert, als ginge es um »eine Vernichtung« ihres ganzen Wesens. Sie ohrfeigt den Tanzmeister, der, um ihr einen bestimmten Schritt beizubringen, ihre Knie mit den seinigen auseinanderbiegt, und hegt fortan gegen das Tanzen einen beharrlichen Widerwillen. Sie will, was ihre »Schamhaftigkeit«, was ihr Selbstgefühl beleidigt, nicht als »eine freie Kunst« nehmen. Diese Szene erscheint als die Wiederholung einer anderen, die sie aus ihrer Kindheit erinnert: »Ich mochte ein Alter von zehn Jahren erreicht haben, als der Anblick eines achtjährigen Knaben, der sich in meiner Gegenwart die Strümpfe aufband, mich in eine solche Verlegenheit setzte, daß ich nicht im Zimmer bleiben konnte; und der bloße Umstand, daß ich diese Scene niemals habe vergessen können, beweiset mehr, als alles, was ich darüber zu sagen vermag.«
In der neuen Umgebung beginnt Mirabella sich selbst »unbegreiflich zu werden«, als sie merkt, daß sie, anders als die jungen Damen in den »gesellschaftlichen Kreisen der Hauptstadt«, nicht zu gefallen sucht, daß die männlichen Blicke des Begehrens und die weiblichen des Abschätzens sie nicht berühren. In der ihr unbekannten Geschichte ihrer Eltern kann sie den Schlüssel für diese Schwebeexistenz nicht finden. Und so geht sie aus der tragischen Liebesgeschichte, mit der das erste Buch der »Bekenntnisse« endet, als die »spröde Individualität« hervor, die sie immer schon gewesen ist, aber die jetzt weiß, was sie ist: »höchste Jungfräulichkeit«. »Ich hatte mich, trotz meines jugendlichen Alters, von der Liste der fühlenden Wesen gestrichen, um mich auf die der Intelligenzen setzen zu können.«
Der Begriff der Entsagung, die Goethe zufolge die Geschichte der Ich-Erzählerin kennzeichnet, gewinnt hier eine andere Bedeutung. Es fällt die Aura des Verzichts von ihm ab, und es kündigt sich darin eine andere Weise des Fühlens an, eine Liebe ohne Begehren.
Ob die Autorin mit den Bekenntnissen dieser auf ihre eigene Art »schönen Seele« eine Antwort auf die Frage sucht, wie sich Frauen dem patriarchalen Prinzip, nach ihrer sexuellen Beziehung bestimmt zu werden, entziehen können? Ob sie sich diese Frage überhaupt stellt? Die auffällige Veränderung des Goetheschen Titels legt es zumindest nahe. Sie holt Goethes schöne Seele, Makarie, die nur geboren scheint, »um sich von dem Irdischen zu entbinden«, deren »Herz und Geist ganz von überirdischen Gesichten erfüllt war«, auf die Erde zurück. Mirabella geht ein Liebesbündnis ein, das freilich zu einer eigenen Ordnung der Liebe gehört und in einem konkreten Raum der Geschichte gelebt wird, den Feldzügen Friedrichs II.
Die Ich-Erzählerin berichtet, wie sie in der Residenz sich in einem Zirkel junger Mädchen bewegt, die in Gedanken und Gesprächen, wohl auch in uneingestandenen Tagträumen unablässig mit dem von einer Italienreise zurückerwarteten

Bruder ihrer engsten Freundin beschäftigt sind. Die Schreibende hütet sich wohl, uns den Inhalt dieser Gespräche mitzuteilen, vorsichtiger hierin als die Spätere, Johanna Schopenhauer, nimmt aber deren Sehnsuchtsphilosophie vorweg. Als der von den jungen Mädchen idealisierte Gegenstand ihrer geheimen, noch ganz unbestimmten und namenlosen Sehnsüchte schließlich erscheint, erkennt Mirabella in Moritz von Z. einen Gleichgesinnten, mit dem sie ein Verhältnis eingeht, worin sich eine »kindliche« Unschuld erhalten kann. Oder, philosophisch ausgedrückt, die »physische Konkretisierung der präexistenten Reinheit der Seele«. Helene Unger ist es sichtlich darum zu tun, die Eigenart dieses Liebesbündnisses nachvollziehbar zu machen. Die Leserin spürt darin einen schwachen Nachklang des »wilden Platonismus« frühchristlicher Kirchenväter, etwas von der geistigen Sensibilität, wie sie, bereits in seiner androgynen Erscheinung, Origenes vertritt. In der »Leidenschaftslosigkeit« dieser auf ihre eigene Art Liebenden kommt eine Freiheit zum Ausdruck, die sie von der sinnlichen Verwirklichung ihrer Liebe unabhängig macht. Denn wie Mirabellas Richtschnur die Selbstachtung ist, so verkörpert sich in ihrer Darstellung das Inbild einer sich selbst ihren Zweck setzenden Männlichkeit in Moritz, der im Dienst für sein Idol, Friedrich II., sich »zum Bewußtsein seiner Existenz erheben« will, einem Dienst, dessen Bedingung der Verzicht auf Gegenliebe ist. Als Moritz in der Schlacht von Zorndorf als Adjutant seines Königs fällt, stellt Mirabella fest, daß sie mit seinem Tod »nicht das Mindeste verloren« hat. »Insofern er für mich das Symbol des Schönen und Edlen war, existierte er für mich noch immer.«
Die Auflösung dieser unvollendeten Liebesgeschichte verrät, was der Ich-Erzählerin verborgen bleibt oder was sie allenfalls anzudeuten wagt: die Übereinstimmung der Liebenden im Fehlen eines erotischen Begehrens. Sie gesteht sich ein, daß sie daran zweifelt, ob »aus dem Bräutigam ein Gemahl« hätte werden können; denn sie hätten beide aus ihrem »Wesen heraustreten müssen«. Der »Angebetete« war für sie immer schon die Verkörperung eines Ideals, das ihr in Tassos Epos aufgegangen war: »Ring und Bildniß hatten nur eine untergeordnete Kraft, die sich bisweilen ganz verlor. Eine höhere lag in der italiänischen Poesie; denn noch immer dauerte die Täuschung fort, vermöge welcher diese für mich mit Moritz einerlei war.«
Als nach Moritz' Tod Mirabella wieder in der Gesellschaft erscheint, wird ihr bewußt, daß sie inzwischen »eine so spröde Individualität gewonnen hatte«, daß sie »für den gesellschaftlichen Umgang unendlich weniger taugte als vorher«. Trotzdem nimmt sie die ihr von dem Fürsten angetragene Stelle einer Gouvernante bei seiner fünfzehnjährigen Tochter an. In der Reflexion der Ich-Erzählerin über die in gewisser Weise ungewöhnliche Wahl des Fürsten wird das an keiner Stelle des Buches deutlich zur Sprache kommende Schreibprojekt der

Autorin erkennbar, der Entwurf einer gelebten weiblichen Freiheit. Sie wundert sich über diese fürstliche »Unbefangenheit«, aber sie macht sich im Rückblick nicht »den mindesten Vorwurf« darüber, daß sie die »Urheberin« der Entwicklung der Prinzessin gewesen ist.

»Indem ich der Prinzessin gegenüber meine ganze Individualität festhielt, so konnte es schwerlich fehlen, daß, vermöge der achtungsvollen Anhänglichkeit, die sie für mich empfand, von meinem Ganzen Wesen sehr viel auf sie überging. (...) Es kam dahin, daß wir Studien und Vergnügungen gemein hatten und in einer solchen Harmonie lebten, daß man uns für geborene Schwestern hätte halten können. Im Scherz nannte mich die Prinzessin bisweilen ihren Moritz; und dies mochte ich in der That seyn, wenn nur von dem geistigen Verhältniß die Rede ist, das zwischen ihr und mir stattfand. Ob ich durch Übertragung meiner Eigenthümlichkeit der Prinzessin nützlich oder schädlich wurde, war etwas, woran ich gar nicht denken konnte.«

Es mögen »die Anlagen« der Prinzessin »von einer solchen Beschaffenheit« gewesen sein, daß sich eine Seelenverwandtschaft zu der noch jungen Gesellschafterin herstellen mußte, ohne daß es einer Beeinflussung von deren Seite bedurft hätte. Aber die Freundschaft der beiden Frauen hat doch die gemeinsame, im Modus des Tragischen vollzogene ästhetische Bewältigung der »irdischen Liebe« zur Bedingung. Das Ausbleiben der Trauergefühle bei Mirabella verrät, was die Freundinnen nicht offen bekennen und auch noch kaum sagen können: daß sie sich die Liebe nur als eine geistige Beziehung vorstellen, als leidenschaftslose, »reine, nur lieben wollende Liebe«, die nichts als sich selbst begehrt.

Mit dem Tod des Verlobten, der zugleich die schicksalhafte Auflösung eines inneren Konflikts bedeutet, ist die Geschichte Mirabellas eigentlich abgeschlossen. Sie ist über sich selbst ins reine gekommen; sie hat sich mit ihrer »Eigentümlichkeit« versöhnt, anders als die ihr anvertraute junge Frau, der die Kraft fehlt, das Dasein zu ertragen.

Die noch kaum erwachsene Prinzessin wird an den Erbprinzen eines befreundeten Hofs verheiratet. Die Ich-Erzählerin, die der Freundin in die fremde Residenz gefolgt ist, wird dort zur mitfühlenden Zeugin ihres ehelichen Unglücks. Die Erbprinzessin leidet nicht nur unter dem Verlust ihrer körperlichen Unberührtheit, sondern auch an dem Wissen, daß sie in einer doppelten Lüge lebt: Ihre Veranlagung läßt es nicht zu, daß sie den Mann liebt, und dieser hat sich von seiner Mätresse nicht getrennt. Mirabella steht vor der unlösbaren Aufgabe, ihr eigenes Werk in der Freundin zu zerstören oder sie aus dem Verlust der Selbstachtung »wieder herauszuheben und den Engel in ihr erneut zu verkörpern«. Als Ausweg entwirft sie den Plan zu einem gemeinsamen Sommeraufenthalt auf einem Lustschloß in der Nähe der Residenzstadt. Diese den beiden Frauen zugestandene Erholung, frei von allen gesellschaftlichen Verpflichtungen, gibt ihnen auch die Möglichkeit, sich über sich selbst und ihr Freundschaftsverhältnis zu verständigen, etwas zu verstehen, »das sich nur dann wird sagen lassen, wenn die menschliche Sprache einen weit höheren Grad von innerer Vollkommenheit erreicht haben wird«.

Um aber diese nicht sagbare Liebesbeziehung zweier junger Frauen in ihrer Erzählung doch sichtbar zu machen, greift die Autorin auf eine Form zurück, die die Freundinnen von ihren Lieblingsautoren kennen: die Idylle. »Denn da die Wirklichkeit uns einmal verhaßt war, so wollten wir ihr auf allen möglichen Fittigen entfliehen. Unser Leben sollte, wenigstens für den nächsten Sommer, ein wahres Idyllenleben seyn.« Das läßt uns an die berühmte Definition Schillers denken, der die Empfindungsart, welche diese Gattung befriedigt, ein wenig bedenklich findet (»Über naive und sentimentalische Dichtung«). Die Idyllen, meint er, »stellen unglücklicherweise das Ziel *hinter* uns, dem sie doch *entgegenführen* sollten, und können uns daher nur das traurige Gefühl eines Verlustes, nicht das fröhliche der Hoffnung einflößen«. Sie hätten, meint er, »bei dem höchsten Gehalt für das *Herz*, allzuwenig für den *Geist*« – und wären damit, wenn wir innerhalb der Anthropologie der Epoche denken, recht etwas für Frauen, weil sie auf die Seite der Passivität gehören. »Sie können«, lesen wir weiter, »nur dem kranken Gemüthe *Heilung*, dem gesunden keine Nahrung geben; sie können nicht beleben, nur besänftigen.« Die Freundinnen der »Bekenntnisse« allerdings träumen sich nicht nur in eine arkadische Welt zurück, sondern sie holen sich die Idylle in ihre Gegenwart. Sie richten sich ein Leben ein, das so vollkommen ihren Wünschen entspricht, daß die Zeit stillzustehen scheint, ein Leben bedürfnisloser Ruhe. »Ein ziemlich hoher Berg lag zwischen der Hauptstadt und dem Lustschlosse, und mehr bedurfte es nicht, uns glauben zu machen, daß wir von der ganzen Welt geschieden in dem Paradiese selbst lebten.«

Zu dem Lustschloß, auf einer Anhöhe gelegen, links und rechts durch Wiesen und Wald begrenzt, gehören Park und *Garten*, der zeitlose Ort der Idylle. Bezeichnenderweise greifen Mirabella und die Erbprinzessin, die in dem Roman keinen Namen hat, nicht auf das Schäferarkadien Mademoiselle de Scudérys zurück, sondern auf antike Vorbilder und – Tasso. »Unsere Genüsse sollten zugleich einfach und ausgesucht seyn; und dazu war vor allen Dingen nöthig, daß der Tisch nie befrachtet, die Bibliothek hingegen mit allen den Dichtern angefüllt war, die uns jemals entzückt hatten.« Ihre Mahlzeiten, fleischlos, nehmen sie ein in einem Zimmer des Lustschlosses, der »lachendsten und unabsehbarsten Aussicht gegenüber«, um »auf diese Weise selbst das Materielle« zu vergeistigen. In spielerischer Verkehrung ihrer Lektüre nennen die Freundinnen einander

Daphne und Chloe, so daß die beiden Grundmotive der »Bekenntnisse« jetzt ins Dasein der gelebten Idylle eingehen: die »liebenden Gefühle« der Frauen füreinander und das Bedürfnis nach körperlicher Unberührtheit. Durch die Namensvertauschung von Daphnis und Daphne – der Titel der antiken Hirtenerzählung des Longus lautet »Daphnis und Chloe« – wird die Idylle auf einen tragischen Ton gestimmt, der das spätere Schicksal der Prinzessin vorwegnimmt: In der Umformulierung der mythischen Überlieferung, die Vergil in seinen Hirtengedichten vornimmt, versagt sich Daphnis der Liebe und gibt sich selbst den Tod, weil er sich der Gewalt der Liebesgöttin nicht unterwerfen will.

Das der Darstellung dieser Idylle zugrundeliegende Strukturprinzip ist die Wiederholung. »In diesem Kreislauf von Beschäftigungen und Vergnügen verstrich ein Tag nach dem anderen.« Darin liegt ein so leiser wie entschiedener Einspruch gegen das väterliche Gesetz zweckgerichteten Handelns. Und doch betont die Ich-Erzählerin, daß es ihr und der Freundin nicht an »Erfindungskraft« gefehlt habe. Das Tätigsein der beiden Frauen ist jedoch ebenfalls von eigener Art: »Die ersten Morgenstunden wurden im Park oder im Garten verlebt, wo wir mit irgend einer leichten Arbeit in der Hand, mehr empfindend als denkend, uns nach allen Richtungen bewegten.« Hier wird, ganz beiläufig, unauffällig in die »Handlung« eingewoben, ein symbolischer Raum entworfen, worin die Zeit aufgehoben ist. Ein Raum, den sie nur zu betreten brauchen, um schon in der Wiederholung immer derselben Denk-Gefühle zu sein. Ein Raum, wo es beim Denken nicht um eine bestimmte Erkenntnis geht, sondern um Bewegung und Berührung gleichgestimmter Seelen im Austausch der »liebenden Gefühle«. Ein Raum, wo die Arbeit kein Ziel hat und keinem geregelten Zeitmaß gehorcht: »Penelopezeit«, wie die italienische Philosophin Adriana Cavarero sie in ihrem Buch »Platon zum Trotz« nennt, reine Negation der herrschenden Ordnung, das heißt, von dieser abhängig, aber gleichwohl ein Zeit-Raum weiblichen Sich-nur-selbst-Angehörens, das sich von jener Ordnung abgrenzt, durch eben einen »ziemlich hohen Berg«.

Es zeugt vom literarischen Takt und Wirklichkeitssinn der Autorin, daß sie die konkrete Unmöglichkeit dieser Raum-Zeit, dort und damals, an ihrem Ort und zu ihrer Zeit eingesteht. Als man anfängt, am Hof über die Natur ihres Verhältnisses mit der Prinzessin »sich in Vermuthungen zu erschöpfen«, trennt sie sich von der Freundin.

Das Scheitern einer gelebten weiblichen Freiheit erlebt aber die Erbprinzessin am eigenen Leibe. Es schützt diese moderne Daphne keine Metamorphose vor einem erzwungenen Vollzug der Ehe. Denn, wie die Biographin, von der Idylle in die realistische Erzählung übergehend, sich ausdrückt: Der Erbprinz »konnte der Mann, aber nie der Gemahl der Prinzessin werden«; diese wird in Erfüllung ihrer ehelichen Pflichten Mutter und schenkt dem Land einen Thronfolger. Sie benutzt ihre dadurch befestigte Stellung am Hof dazu, von dem ungeliebten Mann die Erlaubnis zu einer mehrjährigen Reise nach Italien zu erwirken, auf der die Freundin sie begleiten darf.

Das verschwiegene Motiv dieses Reisewunsches, die Flucht aus dem Ehestand, klingt bereits ganz zu Beginn ihrer Freundschaft an, als die Lektüre von Tassos »Befreitem Jerusalem« für die beiden jungen Frauen zu einem Erlebnis wird, das sie auf immer verbindet. Bezaubert von der Musikalität der italienischen Sprache in der Stimme der Vorleserin, identifiziert sich die Prinzessin mit der Gestalt der Erminia, der schönen Prinzessin aus Antiochien.

In einer berühmten Szene des Epos erkennt Erminia, auf den Mauern Jerusalems stehend, in dem anstürmenden christlichen Heer Tankred, den großmütigen Sieger, dem sie ihre Freiheit verdankt, und sehnt sich nach einer Möglichkeit zu fliehen, um sich mit dem geliebten Feind zu vereinen. Der sechste Gesang, den Mirabella der Prinzessin vorliest, erzählt, wie Erminia, in der Rüstung ihrer Freundin, der heidnischen Amazone Clorinde, aus dem belagerten Jerusalem entkommt und bei einer Gruppe von Hirten an den Ufern des Jordans Zuflucht findet, ein Idyll inmitten der erbitterten Kämpfe der Kreuzfahrer um die Eroberung Jerusalems. An diese Freundschaft der heidnischen Kriegerin mit der freigelassenen Prinzessin in Tassos Epos mag Goethe während seiner Lektüre von Ungers Roman erinnert worden sein. Mirandas Prinzessin aber hört im Vortrag der Freundin Erminias Klage, die ihr »das Herz zerreißt«, derart, daß sie, »von ihren Gefühlen überwältigt«, ausruft: »Oh wäre doch auch für mich eine Flucht möglich.« Dieser Ausruf ist der Gründungsaugenblick eines Bündnisses, das bis zum frühen Tod der Prinzessin halten wird. Von einer Flucht aus der Gefangenschaft der Ehe können diese Frauen nicht einmal träumen; aber sie finden den Ausweg schöner Seelen – in die Kunst. Die gemeinsame Italienreise der Freundinnen steht unter der geistigen Schirmherrschaft zweier großer Künstler: Raffael und Goethe. Denn Goethes Werk erscheint in den *von ihr selbst geschriebenen Bekenntnissen* Ungers als eine in die Gegenwart zurückgeholte Renaissance. Deutlich wird in dieser Wieder-Holung der Versuch der Autorin, Goethes Revolutionstragödie, die »Natürliche Tochter«, in eine andere Ordnung zu übertragen, sie mit der Geschichte der dunklen Herkunft ihrer Mirabella zu verbinden. Ihre Interpretation, die das Buch beschließt, setzt nicht nur die Melancholie der geopferten Eugenie, sondern auch die anderen weiblichen Figuren in ihr Recht, indem sie »in dieser Hofmeisterin die verzweifelnde Jungfrau«, »in dieser Äbtissin die durch die weltliche Macht beschränkte Frau« sieht. Dadurch aber überschreibt sie das zentrale Motiv des Goetheschen Trauerspiels: Entsagung wird bei ihr zur Widersagung, zur Bedingung eines Eigen-Seins, das seine

Anerkennung und seine Sprache erst in einer fernen Zukunft erhoffen kann, aber als gegenwärtigen Gewinn eine *stille* Lebensfreude für sich hat.
Die Ich-Erzählerin beobachtet, wie die Freundin in der Kunst »untergeht«. »Ihr Zustand konnte eine ästhetische Betäubung genannt werden«. Aber als sie aus dieser auftaucht und sich sammelt, erklärt sie sich für Raffael als den größten aller Künstler und setzt mit ihren Kommentaren ihre Begleiterin in eine bewundernde Verwunderung. Raffaels »Verklärung« ist für die Herzogin, die sie seit der Thronfolge ihres Mannes ist, nicht die Darstellung einer religiösen Erfahrung, sie sieht darin vielmehr »die Apotheose des Künstlers«. »Nie hat eine reinere Seele diesem unsterblichen Meister feuriger gehuldigt«, sagt sich die Beobachterin, die in der schwärmerischen Verehrung der Freundin für Raffael eine ästhetische Beglaubigung der objektlosen Liebe der Frauen findet. Selbst die erotischen Ausschweifungen des Mannes Raffael, die Vasari überliefert, können ihrem Idealbild des Künstlers nichts anhaben. »Denn wer das Schöne so darstellt, wie Raffael es dargestellt hat, der kann *nur* das Schöne lieben und – *nur* in dem Schönen untergehen.« Aber während die Freundin von ihrer Liebe spricht, ahnt die Erzählerin, daß sie in diesem »Übermaß von innerem Leben ihren Untergang finden« muß. Und so stirbt die Herzogin in Rom, nachdem »ihre ehemaligen Verhältnisse mit ihrem Gemahl ganz in ihrer Erinnerung untergegangen waren«. Es ist, in den »Bekenntnissen«, der Tod einer schönen Seele, der die Kraft fehlte, das Dasein zu ertragen. Um die Reinheit ihres Selbstbewußtseins zu bewahren, mußte sie die Wirklichkeit fliehen, sie, mit Hegels »Philosophie des Geistes« gesprochen, »als ein gestaltloser Dunst, der sich in Luft auflöst«, verglimmen und schwinden lassen.
»Es war ein eigenthümliches Schauspiel (...); denn wir sahen eine Verklärung von statten gehen, wie man sie selten erlebt. Ohne daß irgend ein Lebensorgan angegriffen war, wurde die Herzogin nach und nach zu einem Schemen. (...) In uns erstickte eine gewisse Feierlichkeit alle die gewöhnlichen Gefühle des Mitleidens, des Bedauerns u.s.w. (...) wie hätten wir sie beklagen können, da sie nur im Übermaaß von innerem Leben ihren Untergang finden konnte?«
Es mag Schwindsucht, es mag Chlorosis gewesen sein – die Ich-Erzählerin gewährt der geliebten Freundin die Versöhnung mit sich selbst, indem sie ihr erlaubt, in der Liebe zu Raffael die Erniedrigung durch die Ehe zu vergessen. »So weit eine rein geistige Ehe denkbar ist, vermählte sie sich auf das förmlichste mit ihm.« Aber sie kann der anderen die in der Tiefe des Unbewußten begrabene Trauer um die Frau, die sie nie hat sein können, nicht abnehmen. So stirbt, vielleicht, die Herzogin an einer nicht sagbaren Trauer um den Verlust dieser Frau.

UMSCHAU

IRIS RADISCH: DIE WAND DES LEBENS UND DER LITERATUR

Abschied von Martin Walser

Noch nie hat mich die Nachricht vom Tod eines deutschen Schriftstellers so traurig gemacht wie die vom Tod Martin Walsers. Seither denke ich darüber nach, warum das so ist.

Traurig ist es ja immer, wenn ein sehr alter Mensch stirbt, weil mit ihm auch ein Zeitalter verschwindet, das, obwohl es schon lange vorbei ist, in ihm überwinterte. Und in Walser überwinterte die geballte Energie der bundesrepublikanischen Nachkriegsliteratur, deren letzter lebender Gigant er war. Niemand hat so einfühlsam wie er über sieben Jahrzehnte die seelischen Innenräume dieses Landes durchquert und aufbewahrt. Für uns, die wir dabei waren. Und für die kommenden Generationen, denen dieses Nachkriegsinnenleben bald schon historisch, womöglich sogar unverständlich vorkommen wird.

Man wird, solange Bücher im Umlauf sind, bei Martin Walser nachlesen können, wie es uns ergangen ist. Wie wir gelebt haben, was wir empfunden, was wir verdrängt, wie wir weitergemacht haben nach den namenlosen Verbrechen unserer Vorfahren. Nach der radikalen Entwertung alles Vorausgegangenen. Seine Romane sind eine Chronik dieser Unheilbarkeiten. Eine, wie es sie kein zweites Mal gibt und auch nicht mehr geben wird.

Wenn ich seit Juli darüber nachdenke, was es ist, das mich traurig macht und woran ich mich nicht gewöhnen will, dann denke ich daran, daß es jetzt niemanden mehr gibt, der für diese Unheilbarkeit eine Sprache finden wird, die mir so vertraut werden kann, als wäre sie Teil meines Selbstgesprächs. Denn das ist vielleicht einer der wunderbarsten Widersprüche dieses extremen und zwischen Extremen zerrissenen Zeitalters, in dem Walser schrieb und wir seine Bücher lasen: daß seine Romane und Essays über die selbst von Selbstzweifeln Zerrissenen, über die Hochstapler, die Haltlosen und die Scheiternden schließlich zu einer Art Zuhause wurden, in dem das Leben besser auszuhalten war.

Wir alle kennen die Schlagworte, die über die Anfänge der bundesdeutschen Nachkriegsliteratur im Umlauf sind. Mißtrauen, Kahlschlag, Stunde Null und Inventur. Günter Eich sortierte Mütze, Mantel und Rasierzeug. Hans Magnus Enzensberger empfahl die Lektüre von Fahrplänen. Günter Grass überließ die Erzählung der Kriegs- und Nachkriegsgeschichte dem zwergwüchsigen Insassen einer Heil- und Pflegeanstalt. So viel literarische Demut war eine verständliche und literarisch angemessene Reaktion auf den Totalzusammenbruch alles Vorangegangenen. Doch ist es vermutlich nicht so einfach, ein Leben lang aus der Position der Selbstzerknirschung zu schreiben. Und so meldeten sich die selbstbewußten und gelegentlich auch rechthaberischen Erzählinstanzen verständlicherweise bald wieder zurück.

Martin Walser, 1927, vor fast einem Jahrhundert und im selben Jahr wie Günter Grass in der Ferne der Weimarer Republik geboren, der beharrlich jede Art der literarischen Wiederaufrüstung abgelehnt hat, ist eine der großen und beeindruckenden

Ausnahmen. Er hat dem deutschen Anti-Helden, dem beschädigten, dem unsicheren, dem nervös-sehnsüchtigen Nachkriegsmenschen ein Denkmal gesetzt. Dem Studienrat Holm, dem promovierten Immobilienhändler Zürn, dem Handelsvertreter Kristlein, dem Beamten Dorn, dem Angestellten Horn, dem Chauffeur Zürn und all den anderen grüblerischen und wie ein Fähnchen im Wind der bundesdeutschen Gegenwart schwankenden Alter egos ihres Erfinders. Sie alle sind unnachahmliche Verkörperungen des Nachkriegslebensgefühls, in dem die vorausgegangene Geschichtskatastrophe nachhallt und wachgehalten wird.

Sprachmächtige Leidensbereitschaft und Leidensfähigkeit gehören im Walser-Kosmos zu jeder – männlichen – Hauptfigur: »Ich möchte mich zusammenfalten wie die Karte eines Landes, in das ich nicht mehr reisen werde«, hieß es in maximaler Selbstverkleinerung in einem der Meßmer-Bücher. Doch weil bei Martin Walser ja nichts ohne sein Gegenteil wahr ist, findet man im Spätwerk auch das Bekenntnis: »Ich konnte mich nicht zusammenfalten wie ein Blatt Papier, das man wegwerfen darf.« Nur beide Strategien, der Wunsch nach Selbstauslöschung und die Unmöglichkeit der Selbstauslöschung, ergeben zusammen die widersprüchliche Wahrheit, die Walser beinahe ein Jahrhundert lang lebendig gehalten hat.

Denn als der intellektuell überlegene Autor, der er war, hat Martin Walser die virtuose Technik der Selbstdemontage natürlich in der Absicht eingesetzt, Erlösung zu erlangen. Man kann es so sagen: Um so mehr seine Helden litten, desto besser ging es ihnen. Das war der bewundernswerte Walsersche Umkehrzauber. In den lebensprallen Wirtschaftswundersatiren wie »Ein fliehendes Pferd«, »Das Einhorn«, »Seelenarbeit«, »Brandung« oder »Halbzeit« mochte das kleine bundesdeutsche Provinz-Ich an der übergroßen Gegenwelt noch so leiden: Am Ende ging immer alles gut aus, die Helden überlebten, trollten sich nach leidenschaftlich durchlittenen Katastrophen und Abenteuern wieder nach Hause, nach Stuttgart, nach Kümmertsweiler, nach Gattnau oder Kreßbronn, wo es ohnehin am schönsten ist. Selbst Totgesagte tauchten wohlbehalten wieder auf. Das gesamte Walser-Personal bestand sein selbstzerquältes Mittelstandsleben in der Enge der deutschen Provinz schließlich mit Bravour. Allerdings nicht, ohne am Ende in einem, wie er es nannte, »Paradies der Qual« zu landen. Dabei blieb es: Nichts ist ohne sein Gegenteil wahr. So viel Dialektik mußte Martin Walser seinen Lesern und Leserinnen einfach zumuten.

»Alles in ihm«, so konnte Walser voller Leidensstolz schwärmen, »alles in ihm und an ihm und um ihn blüht im hellsten Schmerz.« Schmerz sei für ihn überhaupt eine »Lebenssteigerung«. Er fühle sich ausgezeichnet durch den Schmerz. »Statt daß es weh tut, tut es weh«, das war schließlich der ultimative Doppel-Leidens-Axel, den er Freunden im hohen Alter ins Widmungsexemplar schrieb.

Auch hier kommt ein wehmütiges Unwiederbringlichkeitsgefühl auf. Wer wird noch einmal so viel Größe haben, auf der Kleinheit des eigenen Ich zu bestehen? Aus diesem groß-kleinen Ich und seinen sprachmächtigen Leidenswonnen bezog Martin Walser seine unerschöpfliche erzählerische Energie. Von der ersten bis zur letzten Seite war aus diesem Grund etwas sympathisch Aufgewühltes und Jugendbewegtes in diesem großartigen Werk.

Daß diese Revolte auch verstörend sein konnte, das wissen wir alle. Meinungsstark hat Martin Walser in der Frankfurter Paulskirche im Namen dieses Ich die deutsche Gedenkkultur angegriffen, weil er in ihr einen erfahrungs- und empfindungsarmen Formalismus zu sehen glaubte. Damit wollte er sich der deutschen Schuld und der

Erinnerung an den Holocaust nicht entziehen, wie anschließend oft behauptet wurde. Ganz im Gegenteil. Er wollte dem öffentlichen Gedenken, das ihm wie ein vernutzter Ablaßhandel vorkam, eine in Mark und Seele wirklich erschütternde Gewissenserfahrung entgegensetzen. Die, glaubte er, läßt sich aber nicht verordnen. Die müsse eine Angelegenheit des innersten Empfindens bleiben. Das kann man weltfremd nennen. Oder allzu gewissensfromm. Aber auf gar keinen Fall war es ein Plädoyer für Wegsehen und Schlußstrich.

In seinem Glauben an die größere Wahrhaftigkeit des Selbstgedachten und Selbstempfundenen sah er sich bestätigt von seinem Hausheiligen Søren Kierkegaard. In dessen Abrechnung mit der protestantischen Amtskirche und ihren sogenannten Titularchristen erkennt man unschwer das Vorbild für seinen Paulskirchenkampf gegen amtliche Lippenbekenntnisse und angebliche Gedenkroutine. Für Kierkegaard begann der Glaube und für Walser begann das Denken und Schreiben da, wo der Mensch mit sich ganz allein ist. Das war eine halsbrecherische und darin typisch walserhafte Akrobatenfigur: Als einer der intellektuellen Hauptakteure deutscher Großdebatten wollte er seelischer Radikalprivatier bleiben dürfen.

Ich sehe ihn vor mir, die verschmitzten Mundwinkel zum Einspruch geschürzt, wenn ich sage: Der Widerspruch, der sich aus seinem Versuch ergab, öffentlich zu sagen, daß er nur mit sich selbst sprechen wollte, war anschließend nicht mehr aufzulösen. Niemand hat mehr darunter gelitten als er selbst, auch wenn er sich danach in seinem Alterswerk wie befreit dem Wildwuchs seiner Selbstgespräche und Gefühle, seinen inneren Stimmen und dem Aufgewühlten und Unfertigen seiner Seele überlassen konnte. In dem wunderbaren Bodensee-Roadmovie, das der Südwestfunk zum neunzigsten Geburtstag Walsers mit einem grandiosen Denis Scheck in der Rolle des Chauffeurs gedreht hat, fand der Jubilar für sein beeindruckendes Altersverwilderungsprojekt die schöne Formel: »Halt brauche ich nicht, ich bin wegschwemmbar noch und noch.«

Ich gebe zu, auch wenn mir Marcel Reich-Ranicki jetzt wahrscheinlich aufs äußerste widersprechen würde, mir haben diese zunehmend haltlosen Selbstgespräche sehr gefallen. Warum? Ganz einfach: Weil in ihnen das Stimmwunder besonders gut zu hören war, das Martin Walser für mich vor allem war. Die seelische Temperatur, die unbeschreibliche Gefühlsfrequenz dieser Stimme, die in jedem Walser-Satz unverkennbar mitschwang, fehlt mir jetzt ganz besonders.

Wenn ich im Alltag in der Stadt, in der Bahn, auf der Straße den vielen Stimmen zuhöre, empfinde ich sie oft wie nachgesprochen, wie das gedankenlose Abspielen einer Tonaufnahme, deren Urheber nicht mehr auszumachen ist. Der ungarische Autor Péter Nádas hat dieselbe Beobachtung präziser formuliert, als er schrieb, daß die Leute »nicht sprechen, wie sie empfinden, sondern empfinden, wie die gesprochene Sprache es von ihnen erwartet«.

Martin Walser zuzuhören – und auch beim Lesen hörte man ihn ja eigentlich immer sprechen –, das war so bewegend, weil bei ihm die Verkehrsrichtung des Sprechens unbedingt stimmte. Hier sprach jemand so, wie er empfand. Hier ging jemand seinen Stimmungen nach, reagierte feinfühlig auf den Augenblick und den jeweiligen Ort. Das kam dem berühmten allmählichen Verfertigen der Gedanken beim Sprechen sehr nahe.

Das Wunder, das sich auf seinen ausgedehnten Lesereisen zuverlässig einstellte, wurde getragen von dieser Stimme, in der man den Wellenschlag des Bodensees hören konnte – mit einem gewissen Bodenseestolz hat Martin Walser auch gerne darauf hingewiesen, daß er und seine Frau Käthe sich untereinander auf Seealemannisch verständigten. In meinen Ohren war dieser Stimme aber vor allem eine unnachahmliche Verklärungs- und Verschönerungsbereitschaft anzuhören. »Die Welt schöner machen, als sie ist« – dieser legendäre Walser-Satz war ja nicht nur ein literarisches Programm, er war auch ein reales, stimmliches Ereignis. Wenn man Walser zuhörte, war geradezu physisch zu erleben, daß Literatur ein Wunder ist, das nicht in einem virtuellen Nirgendwo entsteht, sondern an einem bestimmten Ort, an dem Kopf, Hand und Stimme zueinandergefunden haben.

Wir alle wissen, wo dieser für Martin Walser so folgenreiche Ort zu finden ist. Wir wissen, daß sich das Walsersche Literaturwunder nur an den Ufern des Bodensees so zutragen konnte, wie es sich zugetragen hat. Geboren und aufgewachsen in Wasserburg, gelebt in Friedrichshafen und in Nußdorf, begraben in Wasserburg, umfaßte Martin Walsers Lebensweg einen Radius, den man bei guter Kondition auch zu Fuß bewältigen kann. Die Hügel und die Wolken seiner Gegend und vor allem der See waren sein lokaler Götterhimmel. Mit dem Blick auf den See hat er geschrieben, im See ist er sein Leben lang geschwommen, vom See hat er gelernt, daß auf nichts so sehr Verlaß ist wie auf die Unbeständigkeit. »Wenn Junitage durch die Blätterkronen brausen und die Wasseroberfläche in Gefunkel zerspringt, tut der See mittelmeerisch. Von Spätherbst bis Vorfrühling führen ihn Stürme weißgrün vor: da spielt er Fjord. Dieser See spielt alles nur. Identität gedeiht hier schwach«, heißt es in »Heimatlob«. Mit dem See war es also wie mit Martin Walser, der an seinem Ufer am glücklichsten war. Er ließ sich auf nichts festlegen. Man wußte einfach nie, was als nächstes kommt.

Ich kann diese Rede zu Ehren Martin Walsers nicht zu Ende bringen ohne mein Lieblingszitat von ihm. Es geht so: »Ich ging immer an einer Wand entlang, die würde aufhören, dann begänne das Leben, die volle Berührung. Das war ein Irrtum. Die Wand war das Leben.«

Darin ist für mich so ziemlich alles enthalten, was mich an Walser beeindruckt hat. Die drängende Lebenssehnsucht, die mit dem Kopf durch jede Wand will, die im Weg steht. Die heitere Ausweglosigkeit eines Franz Kafka, der sein Leben lang vom Türhüter nicht durchgelassen wurde. Die stolze Unerbittlichkeit eines Robert Walser, der schon gar keine Türen mehr in den Wänden fand. Und vor allem eine wunderbare Gelassenheit. Die Gelassenheit, mit der Martin Walser im Gespräch mit einer Handbewegung unwiederbringlich Verlorenes wegwischen konnte. Schon gut, die Wand war das Leben. Das muß man aushalten.

Ich glaube, am Ende war diese Wand unser und sein Glück. Er hat diese Wand, solange er an ihr entlanglief, nämlich vollgeschrieben. Aus der Schrift an der Wand ist großartige Literatur geworden.

JÖRG AUFENANGER: ANTONIN ARTAUD IN BERLIN 1930–32

Als der Dichter, Schauspieler, Regisseur und Drehbuchautor Antonin Artaud 1930 im Alter von dreiunddreißig Jahren nach Berlin kam, hatte er im Pariser Kunstleben schon viel Aufsehen erregt mit seinem radikalen Theater und einem surrealistischen Film, aber auch vehemente Ablehnung erfahren. So kam es ihm gerade recht, daß er Paris verlassen und nach Berlin gehen konnte, hatte Marcel l'Herbier ihm doch eine Rolle in seinem Film »La femme d'une nuit« angeboten. Der sollte wie nicht

wenige französische Filme um 1930 in einem der technisch besonders gut ausgestatteten Filmateliers in Berlin produziert werden. L'Herbier hatte schon Emile Zolas Roman »Geld« in einer deutsch-französischen Co-Produktion mit Brigitte Helm und Yvette Guilbert verfilmt, allerdings noch in Paris. Darin spielte Artaud den Mazaud, einen jungen, schnell zu Geld gekommenen Bankier, der aber bald Konkurs macht, woraufhin er sich erschießt, eine Rolle wie geschaffen für Artaud.
Oft wurden diese koproduzierten Filme sowohl in einer französischen als auch in einer deutschen Fassung erstellt, so auch »La femme d'une nuit«, der den deutschen Titel »Die Königin der Nacht« erhielt. Artaud schlüpfte darin in die Rolle des zwielichtigen Russen Jaroslaw, der zum Spion und gedungenen Verräter wird. Für ihn war die Mitwirkung an einem Tonfilm ein besonderes Ereignis und er äußerte sich danach mehrfach über die Unmöglichkeiten und Möglichkeiten des sprechenden Films.
In Paris hatte er 1919 in dem Film »Mater Dolorosa« unter der Regie von Abel Gance in einer kleinen Rolle debütiert. In dessen »Napoléon«, einem monumentalen Stummfilm, spielte er Marat, der von Charlotte Corday in der Badewanne erstochen wird, in Carl Dreyers »Jeanne d'Arc« hatte er den Mönch Massieu gegeben. Doch diese Rollen waren für Artaud vor allem willkommene, gut bezahlte Nebentätigkeiten zu seinen eigenen kinematographischen Versuchen, etwa dem Film »La Coquille et le Clergyman« (Die Muschel und der Kleriker), den die Regisseurin Germaine Dulac nach seinem Drehbuch auf die Leinwand brachte. Er erzählt die Geschichte eines traumbesessenen jungen Klerikers und gilt als der erste surrealistische Film. »Ich habe versucht, die Idee eines visuellen Kinos zu verwirklichen, in dem die Psychologie von den Handlungen verschlungen wird«, meinte Artaud programmatisch.
Er war 1924 zu den Surrealisten um André Breton gestoßen, verfaßte nicht nur Essays in deren Zeitschrift »La Révolution surréaliste« – so zu der Frage, ob der Selbstmord eine Lösung sei –, sondern leitete kurzzeitig sogar das »Bureau de recherches surréalistes«. Artaud setzte große Hoffnungen in die Bewegung, sagte sich aber bald von ihr los, als sie sich den Kommunisten annäherte.
Bei der turbulenten Filmpremiere von »La Coquille et le Clergyman« im Februar 1928 im Pariser Quartier Latin wurde der Film ausgebuht, auch von anwesenden Surrealisten wie Louis Aragon und André Breton, die Artaud als Abtrünnigem nunmehr feindlich gesinnt waren. Der Mißerfolg bei Publikum und Presse führte dazu, daß er das eigene kinematographische Schaffen in Frage stellte und fortan nur noch als Schauspieler im Film zu sehen war.
Als er im Sommer 1930 zu den Dreharbeiten für »La Femme d'une nuit« in Berlin eintraf, war er begeistert von den künstlerischen Möglichkeiten der Film-und Theaterstadt, denn er hoffte, hier auch seine Bühnenprojekte verwirklichen zu können. Nach Paris berichtete er: »Wenn meine Stellung als Ausländer mich nicht so behindern würde, wäre es hier hundertmal leichter, etwas zu erreichen, als in Frankreich.«
Als junger Mann hatte er zunächst vor allem Gedichte veröffentlicht, sein erstes 1913 mit dem Titel: »Le navire mystique« (Das mystische Schiff), danach unter anderem das »Höllentagebuch« und »Die Kunst und der Tod«, sich bald aber dem Theater verschrieben. Im Théâtre de l'Atelier von Charles Dullin, das als experimentellste Bühne in Paris galt, spielte er unter anderem den Tiresias in Cocteaus »Antigone«. Doch selbst Dullins Theater war Artaud zu konventionell, und so gründete er 1927 ein eigenes, das »Théâtre Alfred Jarry«. Dort brachte er »Das Mysterium der Liebe« seines Freunds Roger Vitrac und sein eigenes

Stück »Der brennende Unterleib« auf die Bühne, zudem Claudels »Mittagswende«, Strindbergs »Traumspiel« und vor allem Vitracs »Victor oder Die Kinder an die Macht« am 29. Dezember 1928. Dieses Spektakel gegen die heiligen Werte der Grande Nation, die von Familie, Religion und Vaterland, stößt die Zuschauer derart vor den Kopf, daß die Aufführung zum Skandal wird. Der in Paris lebende Theaterkritiker des »Berliner Tageblatts« Paul Block schreibt dazu: »Das war die verrückteste Aufführung, die ich während der letzten zehn Jahre erlebt habe.«

Der Skandal hat zur Folge, daß das Haus schließen muß, und Artaud hat keine Bühne mehr für sein obsessives Theater, das die verborgenen Abgründe der menschlichen Existenz in einer Art ritueller »magischer Operation« großgestisch, exaltierend und ekstatisch vor den Zuschauern bloßlegen will. Aber es hat die Zuschauer nicht infiziert, nicht verändert, wie er es in seiner Schrift »Das Theater und die Pest« forderte, sondern verstört und abgeschreckt.

Artauds Theaterrevolution versandet im gepflegten Pariser Kulturleben zwischen Molière an der Comédie Française und dem Boulevard. Im Rückblick verfaßt er das »Manifest für ein gescheitertes Theater« und bekennt: »Mein Leben ist ein namenloser Alptraum geworden. Ich verbringe meine Tage damit, vor Beklemmung, Angst und Schwäche zu keuchen.«

Die Ankunft in Berlin gibt ihm frischen Mut, auch für einen neuen Versuch, seine Vision eines ganz eigenen Theaters umzusetzen. Er nimmt Kontakt zu den Bühnen von Max Reinhardt auf, verhandelt über Aufführungen von Roger Vitracs »Le coup de Trafalgar« und seiner eigenen Stücke, wie »Der Blutstrahl« oder »Der brennende Unterleib«, nimmt wahr, daß die Berliner Bühnen sich für radikale Theaterformen offen zeigen. Wie in Paris will er Strindbergs »Traumspiel« und Calderons »Das Leben ist ein Traum« inszenieren, erwähnt auch eigene Versionen von Schauspielen Büchners, Hölderlins und Schillers.

Noch aber hat ihn das Kino nicht völlig losgelassen, er vermag Walter Ruttmann, der mit seinen Filmen »Berlin – Symphonie einer Großstadt« und »Melodie der Welt« bekannt geworden ist, für sein Drehbuch »Die 32« zu interessieren und läßt es ins Deutsche übersetzen. Es erzählt die Geschichte eines gedungenen Frauenmörders. Er lernt auch G. W. Pabst kennen, der ihm im Oktober 1930 eine Rolle in der Verfilmung von Brechts erst wenige Monate zuvor uraufgeführter »Dreigroschenoper« gibt. Darin spielt er neben Carola Neher, Lotte Lenya und Rudolf Förster einen Lehrling im Bettlerunternehmen des Mackie Messer; »eine Rolle, die mich endlich mal begeistert«, kann er nach Paris vermelden. »Das Leben selbst und der Beweggrund des Kinos überhaupt werden durch einen solchen Film aufgeworfen.«

Er verehrt die deutschen Filmregisseure, die so effektvoll mit Licht arbeiten, und auch die großen »tragischen« Schauspieler Peter Lorre, Fritz Kortner und Albert Bassermann, für die es nichts Vergleichbares in Frankreich gebe. Da auch Pabst eine deutsche wie eine französische Version der »Dreigroschenoper« erstellt, wird man Artaud in Berliner wie Pariser Kinos sehen können. Doch erst einmal wird der Film in Frankreich verboten. Immerhin schreibt er, daß G. W. Pabst ihm eine Hauptrolle in seinem nächsten Film anbiete.

Die Theaterpläne und die Filmarbeit in Berlin stabilisieren seinen Gesundheitszustand. Denn seit der Kindheit, als der junge Artaud mit Morphinen behandelt wurde, ist er von diesen abhängig und physisch wie mental zerrüttet. »Ich habe die Pestilenz in der Seele und meine Nerven leiden darunter«, hatte er Abel Gance erklärt. In Berlin findet er nun aber einen Arzt, den er »Wunderdoktor« nennt, und obendrein zahlreiche Apotheken, die homöopathische Arzneien anbieten, so daß er schreiben kann: »Die schrecklichen, so bedrückenden Ängste sind verschwunden. Mein Leben hat aufgehört, in jedem Augenblick eine Qual zu sein.«

Er lebt in einem intellektuell regen Viertel Berlins, einer »literarischen« Straße, nämlich der Passauer nahe dem Tauentzien. Neben der Pension Mecklenburg in Nummer 10, die ihn beherbergt, sitzt in Nummer 9 der Rowohlt Verlag, wenige Häuser weiter der Malik-Verlag. In fußläufiger Entfernung befindet sich das »Romanische Café«, in dem Artaud häufig einkehrt und eine Caféhausexistenz führt.

»Berlin ist eine Stadt eines erstaunlichen Luxus und einer bestürzenden Freizügigkeit. Überall trägt man die erotischen Obsessionen vor sich her bis in die Schaufenster der Geschäfte, in denen die Puppen ihren Unterleib hinhalten. Gold, rot, grün, blau, schummrige Beleuchtungen. Überall der Wahn von Sahnetorten und Eisbechern mit überbordenden Früchten. Dagegen ist der Kaffee untrinkbar und der Tabak ungenießbar.« Und er fügt hinzu: »Die Deutschen sind höflich, sanft, nervös, manchmal ein wenig kriecherisch, servil.« So schildert er die Stadt und ihre Bewohner nach seiner Ankunft im Sommer 1930. Er kennt aber vor allem das Viertel des neuen Westens diesseits und jenseits der Gedächtniskirche, wo sich Cafés, Gaststätten, Kaufhäuser, Bars sowie der Tanzpalast »Femina« aneinanderreihen. Gelegentlich mischt sich auch Furcht in seine Streifzüge: »Zuweilen begegne ich Soldaten der Reichswehr, die mich schief ansehen und murmeln, ich sei sicher Franzose, ohne daß ich überhaupt den Mund aufgemacht habe.«

Am Potsdamer Platz beeindruckt ihn gänzlich anderes, das »Haus Vaterland«, das auf fünf Etagen allerlei Attraktionen darbietet: neben zahlreichen Restaurants einen Ballsaal, Variétés, ein Café mit 2500 Plätzen und ein Lichtspieltheater, in dem die neuesten Filme gezeigt werden. Besonders fasziniert ist Artaud jedoch von der Präsentation der Regionen Deutschlands. »Über dem Blick auf den Rhein mit seinen Burgen bedeckt sich plötzlich der Himmel, der Donner grollt, die Nacht bricht herein und ein sintflutartiger Regen fällt in das Scheinwerferlicht, das Blitz und Donner mit einem absoluten Realismus darstellt.« So als wäre das ein Monumentalschauspiel.

Die ersten Monate in Berlin zählen zu den raren glücklichen Zeiten in Artauds Leben. Doch seine Film- und Theatervorhaben lassen sich nicht verwirklichen. Die Reinhardtbühnen befinden sich seit Ausbruch der Weltwirtschaftskrise im Niedergang. In guten Zeiten hatte der Impresario elf Berliner Bühnen sein eigen nennen können, darunter die Kammerspiele am Deutschen Theater. Doch um 1930 verzeichnen sie alle einen Publikumsschwund, so daß er das Repertoire verkleinern und manche Häuser schließen muß. Da ist kein Platz mehr für Experimente wie die Artauds. Zudem hat sich das kulturelle Klima grundlegend verändert. Die Angriffe der Nationalsozialisten und ihres Organs »Völkischer Beobachter« säen Haß gegen Reinhardt als Juden, die SA marschiert vor Theatern und sogar dem Romanischen Café auf, den Kürfürstendamm nennt die NS-Propaganda höhnisch Kohnfürstendamm. Schließlich veräußert Max Reinhardt seine Berliner Theaterbetriebe und geht in seine österreichische Heimat zurück, um in Wien und Salzburg zu wirken.

Alle Berliner Projekte Artauds sind ins Leere gelaufen. Nach dem Ende der Dreharbeiten zu »La femme d'une nuit« verläßt er im Dezember 1930 desillusioniert Berlin und kehrt zurück nach Paris. Aber er kommt wieder, Anfang 1932. Der junge französische Regisseur Serge de Poligny dreht für die UFA in deutsch-französischer

Koproduktion »Coup de feu à l'aube« (Schuß im Morgengrauen), einen Krimi, der im Berliner und Potsdamer Gangstermilieu spielt. Artaud stellt ein Bandenmitglied dar, das zur Tarnung eine Buchhandlung führt, zudem simuliert er einen Zitterer. Einen Trembleur nennt es die Besetzungsliste des Films.

Die Stadt findet Artaud indes verändert vor. »Das Leben in Berlin ist nunmehr deprimierend und ohne jegliche Anregung. Viele Häuser sind von unten bis oben leer, dem Einsturz nah. Zu viele gähnend leere Schaufenster. Das stinkt nach Bankrott. Unter einer noch glänzenden Oberfläche. Die Straßen sind voll von Bettlern, unter denen sich auch ehemalige Bürger befinden. Davon abgesehen fährt jeder fort, sich zu mästen, mit Kleidung Eindruck zu schinden, aber man spürt, daß das intellektuelle Leben versiegt ist. Kein Werk, weder im Theater noch im Kino. Und ich bin von neuem ohne Ideen mit meinem trägen Geist.«

So verläßt er am 31. Mai 1932 endgültig Berlin. Was soll er noch hier! Die Stadt ist zu einer Enttäuschung geworden. Zurück in Paris gibt er einer Zeitschrift ein Interview, spricht über seine Erfahrungen mit dem deutschen Film. Die renommierte »Nouvelle Revue Française« veröffentlicht ein Drehbuch, an dem er in Berlin geschrieben hat: »La révolte du boucher« (Die Revolte des Metzgers).

Doch Artaud hatte mit dem Kino bereits abgeschlossen. Seine Absage an den Film formuliert er nach seiner Rolle in »Schuß im Morgengrauen« in einem Brief aus Berlin an den Theaterregisseur Louis Jouvet: »Ich bin mehr und mehr davon überzeugt, daß der Fílm eine Kunst der Vergangenheit ist, man kann in ihm nicht tätig sein, ohne sich zu schämen.« Und er fährt fort: »Die Schwierigkeit ist gesteigert durch die Verflüchtigung elementarer Reflexe. Man entdeckt, daß man irgendeine Geste gemacht hat, aber ohne Reaktion, ohne Revolte, daß sie ohne eine Spur von Lebendigkeit geblieben ist.« Es sei keine Spontaneität möglich, die für ihn der eigentliche Motor von darstellender Kunst und nur noch im Theater zu finden sei. In einer anderen Schrift resümiert er: »Die Filmwelt ist eine tote, illusionäre, abgeschnittene Welt, ja, sie ist eine geschlossene Welt, die keine Beziehung zur menschlichen Existenz hat.«

Berlin war nur eine Zwischenstation auf seinem künstlerischen Weg, bereicherte aber seine Sicht auf Theater und Film, zudem war es sein erster Aufenthalt in einem anderen Land. Hier fand er Worte für seine Vision eines neuen, ganz andersartigen Theaters, so daß er sein Manifest »Theater der Grausamkeit« vollenden konnte. Es erscheint 1932 bei Gallimard und beeinflußt Regisseure wie Jean-Louis Barrault, Judith Malina, Julian Beck, Peter Brook und Jerzy Grotowski sowie die Schriftsteller Arthur Adamov und Jean Genet, die an seine Theaterideen anknüpfen.

Gegen den alltäglichen Wahnsinn des Lebens fordert Artaud »ein Theater, das uns aufschreckt, unseren Seelennerv und unser Herz ... Ohne Elemente der Grausamkeit ist Theater nicht möglich. Es muß durch die Haut hindurch die Einsicht in die Köpfe einritzen.« Die Grausamkeit hatte Christian Dietrich Grabbe schon hundert Jahre zuvor vor allem in seiner Tragödie »Herzog Theodor von Gothland« als Motor der Erkenntnis benutzt. Artaud mag von ihm Kenntnis gehabt haben, denn der Namenspatron des von ihm gegründeten »Théâtre Alfred Jarry« hatte Grabbe übersetzt und in Frankreich bekannt gemacht.

Auch wenn Artaud nach seiner Rückkehr nach Paris noch kleinere Filmrollen übernimmt, so in Fritz Langs »Liliom«, wo er einen Messerschleifer spielt, geht es ihm nur noch ums Theater. Ein einziges Stück kann er auf die Bühne bringen, 1935 »Les Cencis«. Es basiert auf einem Schauspiel von Percy Shelley und einer Novelle von Stendhal über Vatermord, Vergewaltigung und Inzest. Die Premiere ist ein Ereignis. Sie findet im »Théâtre des Folies-Wagram« statt, wo nicht nur Theater gespielt wird, sondern auch Box- und Catchkämpfe ausgetragen werden. Für die siebzehn Aufführungen hat Artaud Mäzene gefunden, darunter eine Prinzessin aus dem griechischen Königshaus und einen französischen Comte. Er selbst führt nicht nur Regie, sondern spielt auch. Das Bühnenbild stammt von dem Maler Balthus, die Musik von Paul Thevenin – eine Musik, die alle Instrumente auch als Schlagwerk nutzt und einem Charivari ähnelt, angetrieben von den Wellenklängen der elektronischen Ondes Martenot. Sie ist vor allem laut und entfesselt, eine Geräuschkulisse, zu der Artaud das von ihm selbst aufgenommene Glockenspiel der Kathedrale von Reims einspielt. Die Schauspieler agieren großgestisch, zugleich wild und elegisch. Artauds Phantasmagorien arten zu einer akustischen und szenischen Orgie aus.

Doch der Anspruch an die Zuschauer ist zu hoch, sein Theater überfordert das Publikum. Die Presse nimmt die Außerordentlichkeit der Aufführung zwar wahr, so »Paris Soir«: »Mit seiner absurden Heftigkeit, seinen verdrehten Augen und seiner vorgetäuschten Raserei reißt Artaud uns mit sich fort, jenseits von Gut und Böse, in eine Wüste, wo der Blutdurst uns verbrennt«. Im Publikum aber herrschen Unverständnis und Kopfschütteln vor. Er selbst ist enttäuscht von der lauen Reaktion der Zuschauer, die das Theater verlassen, als wäre nichts geschehen, als hätte es gar nicht in ihr Leben eingegriffen.

Artauds Scheitern nimmt kein Ende. Die Aufführungen gehen zwar als bis dahin wohl radikalstes Bühnenexperiment in die Geschichte ein, doch davon kann er nicht zehren. Er verläßt Europa, geht nach Mexiko, um das rituelle Theater und den Peyotel-Tanz der Tarahumaras zu studieren. Dann zieht er weiter nach Irland, der Magie der Druiden auf der Spur, wird nach Frankreich ausgewiesen. Dort sperrt man ihn acht Jahre lang in die Nervenheilanstalt Rodez ein, behandelt ihn, wie schon in seiner Kindheit, mit Elektroschocks. Freunde befreien ihn schließlich, bringen ihn nach Paris, Georges Bataille erkennt ihn kaum wieder: »Er befand sich in einem Zustand der Zerrüttung, der erschreckend war. Einer der ältesten Menschen, die ich je gesehen habe.« Fotos zeigen den gerade einmal Fünfzigjährigen als Greis.

Aber er schreibt wieder Gedichte, etwa »Die Rückkehr Artauds, des Narrenkinds«. Diese trägt er am 13. Januar 1947 im überfüllten Théâtre du Vieux-Colombier vor, drei Stunden lang, immer wieder unterbrochen von Seufzern und Schreien. Das intellektuelle Tout Paris ist zugegen, Albert Camus, Jean-Paul Sartre, André Gide. Der notiert: »Sein von innerer Glut verzehrtes Gesicht sprach von gräßlicher menschlicher Angst, einem ausweglosen Verdammtsein, ohne eine Möglichkeit des Entrinnens. Schweigend verließ man die Vorstellung, beschämt darüber, seinen Platz wieder einzunehmen in einer Welt, in der das Behagen aus lauter Zugeständnissen zustande kommt.«

Ein letztes akustisches Zeugnis findet sich in Artauds Hörspiel »Schluß mit dem Gottesgericht«. Es ist ein markerschütternder Schrei, sein Schrei. Denn ein Theater, das nur aus einem Schrei bestehe, sei das wahre Theater, das endlich die Trennung zwischen Leben und Spiel aufhebe. Drei Wochen nach diesem Schrei stirbt Antonin Artaud am 4. März 1948. Das Hörspiel darf auf Weisung des Pariser Rundfunkdirektors nicht gesendet werden, es könne den Hörern nicht zugemutet werden.

SARA RUKAJ: MAN DARF AUCH BEI WINZIGKEITEN NICHT DUMM SEIN

Über Markus Werner

Von Walter Benjamin stammt die Beobachtung, daß der Begriff des Fortschritts sich einzig in der Idee der Katastrophe begründe: »Daß es so weitergeht, ist die Katastrophe«, erläuterte Benjamin die ewige Wiederkehr des sich fortschrittlich gebärdenden Unheils, bei dem keiner mehr fragt, was denn da als Fortschritt akzeptiert wird und ob das, was im Sinne des Gegebenen da ist, gleich als etwas Positives bejaht werden muß. Wollte man jene geschichtsphilosophische Einsicht in literarischer Form verwirklicht sehen, kämen wohl die zögernden Sonderlinge in Markus Werners sieben Romanen in Frage.

Werners Romane erzählen von Menschen in der Krise, verzweifelten Denkern, enttäuschten Linken und stummen Rebellen, die dem Ruf des falschen Bewußtseins zu widerstehen versuchen und sich den immer dreisteren Zumutungen des Alltags so ausgeliefert fühlen, daß sie als die einzig Normalen erscheinen. Hohn, Präpotenz und Vulgarität findet man bei Werner gleichwohl kaum, der öffentlichkeitsscheue, 2016 verstorbene Romancier legte Wert auf Manieren. Sein erster Roman »Zündels Abgang« von 1984 wurde in fast schon geheimbündlerischer Manier besprochen: Da sei etwas, was uns alle betreffe, was aber nur die wenigsten verstünden.

Bis heute ist Markus Werner ein Autor der wenigen geblieben. Obwohl er von Marcel Reich-Ranicki als einer der bedeutendsten Schriftsteller seiner Zeit geadelt wurde, sind seine Romane einer breiteren Öffentlichkeit kaum bekannt. Dazu paßt, daß die begabteren Schweizer Literaten, wie Hermann Burger oder Franz Böni, schon immer einen Hang zur Abschottung hatten. Ein weiterer Anlaß, Werner aus dem Vergessen zu holen, ist seine auf den ersten Blick widersprüchlich anmutende Fähigkeit, ohne Larmoyanz zu jammern. Ihm eignet das Vermögen zu einer Kritik, die trotz ihrer Dringlichkeit nicht zum Selbstzweck wird – wie etwa bei Thomas Bernhard, der weder Versöhnung noch Liebe kennt –, sondern sich einen ungeschönten Blick auf die Verhältnisse bewahrt. Werners Figuren stehen emblematisch für das sympathische Gegenteil der allgegenwärtigen Haltungsgesellschaft: Am besten gar keine Position, allenfalls eine negative, an der letztlich alles abprallt. In seinen forschen Anklagen formuliert er den Wunsch nach einer besser eingerichteten Welt, nach mehr Schönheit, Tiefsinn und Freundlichkeit. Werners Werk ist ein Lob der Genüsse fernab ihrer kulturindustriellen Verwertung. Leistung verweigern in seinen Romanen jene, die sich angesichts der Wahl zwischen Karriere, Promiskuität und Weltverbesserungsprotesten für den Gang ins Kino, in die Kneipe oder für einen Roman entscheiden, für eine Konsumsphäre also, in der sich noch so etwas wie ein eigenes Geschmacksurteil bilden kann. Vor allem aber fürchten Werners Figuren den tumben Sound des vermeintlichen Fortschritts, den Abgesang auf die romantische Hingabe zugunsten einer Unternehmerphilosophie, mit der an spontaner Sinnlichkeit und Glück Verrat geübt wird.

Der Altphilologe Felix Bendel, einer der beiden Hauptcharaktere in Markus Werners letztem und erfolgreichstem Roman »Am Hang« (2004), ist solch ein von der Moderne Zerrissener. Er ist dem Leben so entrückt, daß schon die kleinsten Tücken des Alltags sich in unerträgliche Zumutungen verwandeln. Während er nostalgisch seinem Ideal romantischer Zweisamkeit nachhängt und als frühvergreister Kauz auftritt, faßt sein Widersacher, der pragmatische Scheidungsanwalt und Junggeselle Thomas Clarin, die Liebe in nüchtern-rationale Kategorien. Sein fachmännisches Gerede von »Anforderungsprofilen«, »Beziehungsinvestitionen« und älteren Frauen, die in der Sexualität eine »optimale Genußreife« erreicht hätten, verursacht bei Bendel eine allergische Reaktion in Form eines Hautausschlags.

Wie in Robert Musils »Mann ohne Eigenschaften« treffen bei Markus Werner widersprüchliche Erfahrungen und Weltanschauungen aufeinander. Bei Musil gibt es den modernen Ulrich, dessen Cousine Diotima (wie Bendel in Werners Roman) in Erinnerungen an die Werte der »alten« Welt schwelgt, während es für ihn im beginnenden 20. Jahrhundert kaum noch etwas zu geben scheint, das verheißungsvoll über allem schwebt. Mit Clarin hat Werner eine Figur geschaffen, die Ulrichs skeptische Weltgewandtheit in das heutige »smarte« Ich überführt.

Clarin wird dabei zum Träger jener blendenden Charaktermaske, die ihre zeitgeisttypischen Züge durch ein besonders individualistisches und hedonistisches Profil überdecken will. Seine Idee von sexueller Freiheit unterliegt einer Konsumlogik: immer neu, immer spannend. Ganz so einfach macht es sich Werner mit der Persiflage auf Clarin als egozentrischem Schürzenjäger jedoch nicht, denn dieser ist redegewandt und lebenslustig, erfolgreich im Beruf und bei den Frauen, aber gerade deshalb einsam. Seine »Partnerschaften auf Zeit« verkümmern zu »Netzwerken«, deren Zweckmäßigkeit sich darin erschöpft, tieferen Beziehungen mittels eines schier unerschöpflichen »Pools an Kontaktmöglichkeiten« aus dem Weg zu gehen. Intellektuell flach wirkt Clarin gleichwohl nicht, er wird vielmehr zum Spiegelbild narzißtischer Marketingfiguren, die nur noch bestimmten Automatismen unterliegen.

Bendel steht dem als gnadenloser Kritiker, lebenskluger Beobachter und bisweilen auch ulkiger Eigenbrötler und Moralist entgegen. Er ist einer der zahlreichen charismatischen, aber verstockten, leicht schwermütigen Antihelden in Werners Büchern. Bewahrte für Bendel die Ausschließlichkeit der romantischen Liebe noch die Vorstellung von einem besonderen Gegenüber, das sich dem Tauschprinzip verwehrt, deutet Clarin seine flüchtigen Affären zum höchsten Gebot der Freiheit und Authentizität um. Nun könnte man so viel moralischen Übereifer auch als pädagogische Erziehungsmaßnahme seitens des Autors mißverstehen, doch dafür sind die Protagonisten zu zerrissen und zu sehr in ihrer Selbsttäuschung befangen. Sie werden von einer Sehnsucht getrieben, die sie selbst nicht ganz verstehen.

So läßt Bendel gegenüber seinem einzigen Gesprächspartner Clarin verlauten, daß Nostalgie sich trotz allem verbiete. Das Handy stoße ihn zwar ungemein ab, weil es »die Liquidierung des Privaten und Intimen betreibt und nebenbei den Weltlärmpegel erhöht«, aber viel schlimmer sei doch, daß anfängliche Kritiker der immer mobileren Welt irgendwann dem Strom der Anpassung folgten. Je stärker der Strom anschwillt, je närrischer und diktatorischer er wird, um so mehr fallen um und in ihn hinein. Bendel steht allein am Ufer und beobachtet, wie seine einstigen »Weggefährten zu Schmieröllieferanten jenes Rades wurden, dem sie einst in die Speichen greifen wollten«. Nun würden sie dem vorherrschenden Weltungeist, den sie damals noch zu Recht als menschenverachtend empfanden, zum Durchbruch verhelfen: im Geiste einer vorgeblich humanen Gesinnung, die doch nur Liberalismus mit Gleichgültigkeit verwechsle.

Werners Figuren sind einer Welt ausgesetzt, die sie immerhin noch ein bißchen besser verstehen als die Mikroidioten und

Fachmanager, die von ihr emporgespült werden. Wank, der Held seines dritten Romans »Die kalte Schulter«, begegnet während eines Friedhofspaziergangs einem androgynen Wesen, das er zunächst als einen wie aus der Zeit gefallenen »Wald- und Futterkrippenmenschen« beschreibt, später aber aufgrund des zarten Lächelns als Frau erkennt. Die beiden kommen bei einer gemeinsamen Zigarette ins Gespräch, weil Wank der sonderbaren Gestalt ein Zündholz statt eines Feuerzeugs reicht: »Wie schön, daß Sie Zündhölzer verwenden, man darf auch bei Winzigkeiten nicht dumm sein«, sagt der Waldmensch und erklärt ihm sodann das Vico-Prinzip, welches besagt, daß der Mensch nur das versteht, was er selbst machen kann: »Wir aber sind, im Gegensatz zu unseren Vorfahren, förmlich umzingelt von Gegenständen, die wir nicht selber machen können, die wir also nicht verstehen. (...) Der Rückzug auf das Unvermögen, die Dinge zu verstehen, beläßt die Welt beim alten.« Nun kann man, wie in der »Sendung mit der Maus«, einem Kind, das nicht in der Lage ist, einen bestimmten Gegenstand zu bedienen, die Bau- und Funktionsweise eines Plattenspielers oder eines Öllämpchens erklären, aber wie ein Smartphone funktioniert, verstehen auch die Erwachsenen nicht.

Werner lebte bis zu seinem Tod im Juli 2016 zurückgezogen in einem abgelegenen Häuschen bei Schaffhausen. Seine Romane schrieb er alle mit der Hand. Neben seinem Telefon hing ein Zettel mit Bartlebys Credo »I would prefer not to«. Googelt man ihn, schaut er einen auf den meisten Bildern zögernd an, sein Blick ist gleichermaßen von Verzweiflung, Wärme und Zartheit durchdrungen. Er rauchte und trank am liebsten Rotwein. Ein klassischer Schriftsteller eben. Mehr erfährt man über ihn nicht, einzig der Züricher Literaturkritiker Martin Ebel machte sich unter dem schönen Titel »Allein das Zögern ist human« daran, Werners Prosa, Essays, Reden und Interviews zu sammeln, um sie der breiteren Öffentlichkeit bekannt zu machen. Einen ungelenken Satz findet man dort nicht. Markus Werner, der mit einer Arbeit über Max Frisch promovierte, war nicht nur sprachlich ein Ästhet, sondern auch ein unterhaltsamer und lebensweiser Beobachter. Mit ungleich mehr Humor als Witz führte er uns den herrschenden Geist unserer Zeit vor.

SEBASTIAN GUGGOLZ: AKUSTIK UND MAGIE

Über Gisela von Wysocki

»Stoff für einen Roman«, urteilte der 2022 verstorbene Schriftsteller F.C. Delius in einer Episode des Prosabands »Der hingestreckte Sommer«, der jüngsten Veröffentlichung von Gisela von Wysocki. Er reagierte auf das, was Wysocki, die bei einem Abendessen neben ihm plaziert worden war, über ihr Philosophiestudium bei Theodor W. Adorno erzählt hatte. Auf die eigentlich unverfängliche Frage nach ihren Erfahrungen in diesem Studium hatte Wysocki nicht anders gekonnt, als von Defiziten zu berichten, von Unverständnis, Versäumnissen, Leere. Ihr waren Bilder und Räume und Personen durch den Kopf geschossen, bis der Gedankenfluß bei einer Liftszene stoppte: Der berühmte Professor fragt, verständnislos und enttäuscht, im überfüllten Fahrstuhl die gesammelte Verehrerschaft, warum sich in seinen Vorlesungen keiner der Hörer jemals zu einer Wortmeldung durchringen könne. Dies alles führte nach

dem Abendessen zu einem Schreibimpuls, aus dem Wysockis Roman »Wiesengrund« entstehen sollte.
Die Stoffe für die Romane von Gisela von Wysocki entstammen ziemlich direkt ihrem Leben. Zwei gibt es inzwischen, wenn man sie überhaupt in die grobe Kategorie ›Roman‹ einordnen will. »Wir machen Musik«, veröffentlicht 2010, und »Wiesengrund« von 2016. Beide sind aus rekonstruierten Erinnerungen, literarisch verdichteten autobiographischen Sequenzen gewoben. In »Wir machen Musik« – der Untertitel lautet »Geschichte einer Suggestion« – steht der in der Musikindustrie tätige Vater im Mittelpunkt, daneben die Mutter sowie Wysockis Kindheit und ihr Weg ins Leben. Im Roman »Wiesengrund« wird das Geschehen ins Fiktive gerückt. Die Hauptfigur, eine österreichische Philosophiestudentin bei Theodor W. – Wiesengrund – Adorno in Frankfurt, trägt einen anderen Namen und ist mit einem erfundenen Lebensweg ausgestattet. Doch die Romanszenen im Fahrstuhl und im Hörsaal decken sich mit den autobiographischen Berichten der Autorin.
Beiden Büchern gemein ist eine akustische Grundierung. In »Wir machen Musik« sind es die »schwarzen Scheiben«, für die der Vater als künstlerischer Leiter der Schallplattenfirma Odeon verantwortlich zeichnet, sowie ein ganzes Panoptikum an Sängerinnen, Komponisten, Musikerinnen oder Musikliebhabern. »Lautlose Bewohner der Fußböden«, steht da gleich auf der ersten Seite über die Schallplatten, die sich auch physisch in das Leben drängen, »lagen sie unter Tischen und Stühlen in Stößen herum; Berge, Türme. Aber nur scheinbar lautlos, nur scheinbar zum Schweigen gebracht. In ihnen kreisten Takte und Töne, Rhythmen und Notenköpfe. Ganze Orchester hatten sich in den gleichförmigen Rillen des Materials niedergelassen. Ouvertüren, Stimmen, Schlaginstrumente.«
In »Wiesengrund« ist es das Radiogerät, das die verführerische, unbegreifliche Sprechstimme Adornos unter die Bettdecke der noch jugendlichen Hanna bringt und damit ihren weiteren Lebensweg vorbestimmt. Der Anfang des Romans lautet: »Hellwach. Im Dunkeln warte ich ab. Um Mitternacht kommen die Gäste. Sie sind das Beste, was der Tag zu bieten hat. Dieses Mal ist es ein Besucher, der sich stark von den bisherigen unterscheidet. Auf die Schnelle könnte ich nicht sagen, wodurch. Aber ich höre es sofort. Später versuche ich, mich an seinen Namen zu erinnern. Bei seiner Erwähnung bin ich wahrscheinlich damit beschäftigt gewesen, das Radiogerät unter der Bettdecke zu verstauen.«
Die Akustik ist eng verknüpft mit der Magie, die Wysockis Bücher immer wieder durchweht. Körperlose Phänomene bringen einen zum Staunen, der innere, undurchschaubare Antrieb der Dinge und der Menschen läßt sich nur mit Übersinnlichem erklären, und das Unerklärliche legt Hexerei nahe. Nicht ohne Schattenseiten ist der schillernde Zauber der Magie zu haben, sie grenzt ans Unheimliche, manchmal gar Verstörende, und schlägt mitunter vom einen ins andere um. Stimmen können auch zu Geistern werden, und Medien, die Stimmen transportieren, sind eng verwandt mit spirituellen Medien, die als Mittler zwischen den Welten fungieren und die Ordnung von An- und Abwesenheit unterlaufen. Eine Stimmenvielfalt tönt bei Wysocki aus Telefonen, Grammophonen, Lautsprechern, Radiogeräten und Schallplattenrillen – doch als die kindliche Protagonistin von »Wir machen Musik« selbst ihren Beitrag leisten soll als Refrainsängerin bei einer Schallplattenaufnahme und wieder und wieder ihren Einsatz verstreichen läßt, trotz des gutgemeinten Zuspruchs ihrer Mutter und des Tonmeisters – »Es ist doch nur ein Lied« und »Du machst das schon« –, da gibt, »als hätte die Wirklichkeit keine andere Möglichkeit für

sie vorgesehen, die Kehle auch dieses Mal die Töne nicht frei«. Sie bleibt stumm.

Warum erzähle ich das so ausführlich? Weil es eine formale Besonderheit gibt: Der Stoff des Schreibens ist bei Gisela von Wysocki eine Erinnerung, die im Präsens steht. »Er kann Dinge machen«, beginnt, ganz unmittelbar gegenwärtig, in »Wir machen Musik« das Kapitel »Sekundentakt«, in dem der Vater geschildert wird, »von denen nur ich etwas weiß, nur ich weiß, was einen erwartet, wenn er sich die rechte Hand vors Gesicht hält«. In »Wiesengrund«, im Kapitel »Fliehkräfte«, wird die Szenerie beschrieben, als stünde sie ihr direkt vor Augen: »Es ist vollkommen still. Ich schaue auf das Podium vor mir, wo Wiesengrund steht und nicht mehr zu mir spricht, sondern zu den Anwesenden in einem großen, sehr großen Saal.« Diese im Präsens gehaltenen Passagen markieren, warum es zu kurz greift, Wysockis Schreiben als Erinnerungsarbeit zu bezeichnen. Denn diese schürft, versucht herauszubekommen, wie es gewesen ist, geht historiographisch vor, will bezeugen und dokumentieren. Wysockis Schreiben jedoch ist das Gegenteil verbürgenden Fixierens. In ihren Denkbildern wird die Erinnerung verlebendigt, wird vielleicht auch etwas erfunden, das dann zur Erinnerung erklärt wird. Die oft kurzen Kapitel, in denen sich Wysocki in ihren Büchern voranbewegt, liefern meistens auch eine Deutung des Beschriebenen. Die Auseinandersetzung mit der Erinnerung wird im Schreiben zur Literatur, und das Sich-Erschreiben von Erinnerung wird zum Motor von Wysockis Prosa.

Sich erinnern ist ein aktiver Prozeß, gar ein Schöpfungsakt, der die Erinnerung nicht lediglich aufscheinen läßt, sondern sie sich aus der Position der Gegenwart vornimmt und in einem Bild, einer Szene, einer Situation begründet. Daß wir Leser und Leserinnen auch unsere Gegenwart nie vollständig, sondern immer nur fragmentarisch wahrnehmen, entspricht dem Vorgang des Erinnerns. Indem Wysocki das Fragment als solches beläßt, zerstreut sie jeden Verdacht der Manipulation, der aufkommen könnte, wenn sich die Vergangenheit zu lückenlos, zu abgerundet darstellen würde. Sie gaukelt uns keine Allmacht vor, sondern verdeutlicht, daß die Geschichte aus Einzelteilen besteht und erst mit unserem verfolgenden Blick, unserer Lektüre eine Form annimmt.

Warum gelingt Gisela von Wysocki das so elegant und scheinbar leicht, warum ist die Lektüre ihrer Bücher ein so großes Vergnügen? Ich würde sagen: weil ihre Sprache nichts Schwerfälliges hat, weil sie beweglich ist, sich auf verschlungenen Bahnen dem Beschriebenen nähert, selten auf direktem Weg. Weil Wysocki lustvoll erzählt, mit »Spielfreude«, wie man im Sport sagen würde; weil sie im besten Sinne verführt, nämlich ohne zu manipulieren. Das verhindert ihre akademisch geschulte Präzision. Das stilistische Repertoire reicht von elliptischem Stakkato, das auf kunstvolle Weise manchmal fast schnodderig klingt, bis zu mehrstufigen, sorgfältig komponierten Sätzen.

Man könnte Wysockis Schreibprinzip mit einem kunsthistorischen Begriff »pointillistisch« nennen. Nebeneinandergesetzte Punkte, einzelne gleichberechtigte Beschreibungen, die aus einer gewissen Distanz ein Ganzes ergeben. Doch produktiver erscheint mir ein anderes Bild, nämlich das der Facette. Facettenaugen, wie wir sie von vielen Insekten kennen, sehen mehr, sie können, in diesem Glauben bin ich aufgewachsen, die Zeit verlangsamen. In der Tat sind sie in der Lage, durch eine höhere zeitliche Auflösung mehr Bilder pro Sekunde aufzunehmen. Das scheint die Geschehnisse der Welt zu verlangsamen, sie, so habe ich es mir immer vorgestellt, auf Zeitlupentempo zu drosseln. Bei passender Anordnung – seitlich, wie bei Insekten – kann ein größeres Spektrum der Welt wahrgenommen werden. Eine weitere Eigenschaft von Facettenaugen ist, daß zum Rand hin keine Unschärfen entstehen, wie es bei unserem menschlichen Linsenauge der Fall ist. Das Facettenauge ist in der Lage, mit gleicher Schärfe in alle Richtungen zu schauen.

Gisela von Wysockis Prosa gibt uns die Möglichkeit, mehr von der Welt, die sie mit Facettenaugen beschreibt, wahrzunehmen, da sie nicht der Narration folgend unaufhaltsam voranstrebt, sondern auch zur Seite springt, neu ansetzt, das Danebenliegende fokussiert. Dadurch verdichtet und intensiviert sie die Weltwahrnehmung ihrer Leserinnen und Leser.

Die Weite ihres Horizonts drückt sich bei Wysocki auch darin aus, daß die Prosa bei weitem nicht ihr einziges literarisches Genre ist. Theaterstücke, Literaturkritiken, Hörspiele und vor allem glanzvolle, gedankenreiche Essays haben sie schon vor ihren Romanen und Prosaarbeiten bekannt gemacht. Was beim Blick auch in ältere ihrer Essays verblüfft, ist, daß vor allem diejenigen über Schriftstellerinnen und Künstlerinnen keine Sekunde wie von gestern wirken. Im Gegenteil, wahrscheinlich sind sie heute noch wirkungsvoller als bei ihrer Entstehung, weil sie ihrer Zeit schlicht voraus waren. Das gilt vor allem für »Die Fröste der Freiheit« mit der Unterbezeichnung »Aufbruchsphantasien« (1981), aber auch für »Weiblichkeit und Modernität« (1982) über Virginia Woolf. Dazu kommen ihre Dissertation über Peter Altenberg, die 1979 unter dem Titel »Bilder und Geschichten des befreiten Lebens« veröffentlicht wurde und auch heute noch lesenswert ist, und die raffinierte Collage »Fremde Bühnen. Mitteilungen über das menschliche Gesicht« (1995).

Eine kurze Passage sei zitiert. Sie stammt aus dem erwähnten Essay über Virginia Woolf:

»Keine Frauentexte, sondern Texte einer Frau. Sie sind auf Lösungen nicht programmiert. Nichts glättet in den Romanen die widersprüchlichen Existenzformen der Personen. Sie behaupten sich, ohne den Zwang zur Verständigung: lesen das Unversöhnbare und den Widerspruch als Reichtum des Realen.«

Was für eine phantastische Aufforderung: »das Unversöhnbare und den Widerspruch als Reichtum des Realen« zu lesen. Unversöhnlichkeiten, Widersprüche, Komplexitäten, die bei Wysocki so leicht und freundlich daherkommen, weil sie in beherztem, zugewandtem Ton erfaßt werden.

Man kann das, was Gisela von Wysocki tut, auch als »dichte Beschreibung« bezeichnen. Die von Clifford Geertz in der Ethnologie populär gemachte »dichte« Beschreibung unterscheidet sich von der »dünnen«. Diese beruft sich auf Daten- und Zahlensammlungen, die »dichte« dagegen trägt der Vielschichtigkeit und Ambivalenz Rechnung und zeigt in einem einzelnen individuellen Ausdruck oder einer Handlung die grundlegendere kulturelle Bedeutung, die dahintersteht oder darin verborgen ist. Das Exempel wird zum Symbol, in der »dichten Beschreibung« wird die Welt entschlüsselt und lesbar gemacht.

Wysockis »dichte« Prosabeschreibungen schaffen genau das. Aus der Annäherung an Details, Gesten, Kleidung, populäre Lieder, aber auch an zeittypische Gegenstände wie das Grammophon oder das tragbare Radio läßt sich eine Kultur herauslesen, in ihnen öffnet sich eine ganze Welt, die auf den ersten Blick vom Zeichengeflecht verdeckt scheint.

Adorno sagte einmal über Peter Altenberg, und wir könnten es auch über Gisela von Wysocki sagen: »Aphorisma, Impression und Skizze stehen mit allem Schein des Privaten und allem privaten, auch ästhetischen Schein als leibhafter, harter, gar nicht zarter Entwurf der Zukunft. Dieses Werk wird in der Zeit bis ins Innerste sich verändern. Was wir heute als falsche Zartheit daran fühlen, wird von der echten Härte als Narrenmaske abfallen; die Nuance wird sich als parodistische Ahnung wirklicher Gesten erweisen.«

Dieser letzte Satz muß wiederholt werden, denn die Nuancen, die zu wirklichen Gesten werden, sind bei Wysocki immer wieder zu finden. Wenn etwa in »Wir machen Musik« der heraufziehende Horror des vergangenen Jahrhunderts durchscheint, wenn jüdische Nachbarn verschwinden, geliebte jüdische Künstler für das erzählende Mädchen unbegreiflicherweise aus dem Ausland nicht mehr zurückkommen. Wenn der Professor in »Wiesengrund« angesichts der Sprachlosigkeit seiner Zuhörer verzweifelt, wenn die Studierenden in diesem historischen Augenblick, kurz vor der Umwälzung der politischen Verhältnisse, scheitern.

Gisela von Wysockis Stoffe stammen aus dem Nahbereich des Alltags, ihre hinreißenden, auf einen Schlag etwas charakterisierenden Bilder gestaltet sie aus vermeintlich Unbedeutendem.

In einem »Kleinigkeiten« betitelten Abschnitt seiner »Bilderbögen des kleinen Lebens« von 1909 schreibt der schon erwähnte Peter Altenberg: »Ich beurteile schon seit langem die Menschen nur nach minutiösen Details. Ich kann leider auf die ›großen Ereignisse‹ in ihrem Leben nicht warten, bei denen sie sich ganz ›enthüllen‹. Ich muß diese ›Enthüllungen‹ bei den kleinsten Ereignissen bereits vornehmen können! Zum Beispiel bei dem Stockgriff, dem Schirmgriff, den er oder sie sich aussucht. Bei der Krawatte, bei dem Stoff des Kleides, bei dem Hute, bei dem Hund, den er oder sie sich hält, bei tausend unscheinbaren Kleinigkeiten, bis zu dem Manschettenknopf herab oder eigentlich hinauf! Denn alles ist ein Essay über den Menschen, der es ausgewählt hat und der es gerne trägt! Er enthüllt sich uns!« Und wenig später: »In den Details sind allein die wichtigen Differenzierungen (...) Man muß aus den Kleinigkeiten eine Symphonie des gewöhnlichen Daseins ertönen lassen können! (...) Kleinigkeiten im Leben ersetzen uns die ›großen Ereignisse‹. Das ist ihr Wert, falls man ihn begreift!«

Gisela von Wysocki begreift den Wert der Kleinigkeiten, im Leben wie im Schreiben, und erkennt die ihnen eigene zarte, nuancenreiche Schönheit. Sie flicht und webt sie zu einem Stoff: dem Stoff ihrer Romane.

HARTMUT HABERLAND, PETER EISENBERG: LARS GUSTAFSSON – AUF DER SUCHE NACH GUTEM DEUTSCH

Max Frisch sagte 1961 in einem Interview mit dem Hessischen Rundfunk »Nicht nur indem wir schreiben, auch indem wir leben, erfinden wir Geschichten, die unsere Erlebnismuster ausdrücken, die unsere Erfahrung lesbar machen.«

Während seines Aufenthalts in Berlin, der dem jungen Schriftsteller und Philosophen Lars Gustafsson 1972 und 1973 durch ein großzügiges Stipendium des (West-)Berliner Senats ermöglicht wurde, entstand ein Text, der mehrfach gedruckt wurde und noch häufiger zitiert wird. Er erzählt von einem Protest gegen die juristische Verfolgung zweier Journalisten, die dem schwedischen Ministerpräsidenten Olof Palme geheimdienstliche Machenschaften vorgeworfen hatten.

Wie viele Schriftsteller damals und heute wohnt Gustafsson in Friedenau, lernt dort zahlreiche Kolleginnen und Kollegen kennen und versucht, einige der prominenten zur Unterzeichnung des Protestschreibens zu bewegen. Er möchte seinen Text samt diesen Unterschriften an Palme schicken, gleichzeitig in der überregionalen Presse veröffentlichen und so die Haftentlassung der beiden Journalisten erreichen.

Am Morgen eines Herbsttages 1973 sprach Gustafsson als ersten Hans Magnus Enzensberger an. Der las und sagte: »Ja, Lars, Deutsch ist keine leichte Sprache. Im Prinzip bin ich einverstanden, aber wir müssen das hier wohl ins Deutsche umschreiben.« (Alle Zitate nach dem Text in Gustafssons autobiographischem Essayband »Palast der Erinnerung«, deutsche Ausgabe: Carl Hanser Verlag 1996) Nachdem Gustafsson zu Hause eine Reinschrift des Textes mit Enzensbergers Verbesserungen angefertigt hatte, las Uwe Johnson (an seiner Pfeife ziehend und den Morgenkognak in der Hand) den überarbeiteten Text und sagte: »Dein Deutsch kann sich allmählich sehen lassen, aber du machst immer noch eine Menge sprachlicher Fehler, und die können wir in diesem Zusammenhang nicht gebrauchen.« Max Frisch wurde vor seinem Mittagsspaziergang erreicht und meinte: »Das finde ich empörend, ich will gern unterschreiben, aber ich muß sagen, dein Deutsch läßt zu wünschen übrig. Wenn du gestattest, werde ich versuchen, die schlimmsten Patzer auszubügeln.« Gustafsson zufolge sollen die schlimmsten Patzer die Verbesserungen von Enzensberger gewesen sein.

Weil Heinrich Böll seine Unterschrift aus der Ferne zusagte, war die Liste damit vollständig. Die schwedische Nachrichtenagentur TT übernahm den Text nicht. Schließlich erschien er im Boulevardblatt »Expressen«. An der Unangreifbarkeit Olof Palmes änderte sich nichts, und in der schwedischen Provinzpresse (so die deutsche Übersetzerin, Gustafsson selbst redete von der »Dorfpresse«) war mehrfach zu lesen, alte Nazis wie Frisch und Böll sollten besser vermeiden, sich im demokratischen Musterland über Meinungsfreiheit zu äußern. Gustafsson beendet seinen Bericht so: »Ich habe alle Entwürfe aufgehoben, mit allen gegenseitigen Strichen und Verbesserungen der Herren, und ich werde dafür sorgen, daß sie vor meinem Tod in die Handschriftensammlung der Carolina Rediviva wandern. Es müßte doch mit dem Teufel zugehen, wenn damit nicht jemand seinen Doktor machen könnte.«

Seit langem fühlen wir uns aufgefordert, dem Vorschlag Gustafssons zu folgen. Als Sprachwissenschaftler waren und sind wir immer wieder mit der Frage befaßt, was gutes Deutsch sei und was davon in einer sogenannten Gebrauchsnorm öffentlich zu vertreten sei. Daß ein Text vorliegen sollte, der Korrekturen bedeutender Schriftsteller an Gustafssons Deutsch aufweist, war für unsereinen eine traumhafte Vorstellung, und wir waren immer wieder einmal verwundert, daß – unseres Wissens – bisher niemand ernsthaft versucht hat, dem nachzugehen.

Die von Gustafsson erwähnte Carolina Rediviva ist das 1841 eingeweihte Hauptgebäude der Universitätsbibliothek von Uppsala. Den Namen – die wiederauferstandene Carolina – hat sie nach einem älteren Gebäude der Universität, das zwei Jahre nach dem großen Brand von 1702 eröffnet wurde und den Namen Academia Carolina nach drei schwedischen Königen erhielt (Karl IX., XI. und XII.), aber bereits 1778 wieder abgerissen wurde. Die wiederauferstandene Carolina bewahrt beispielsweise den »Codex argenteus« auf, der sich seit 1669 in Uppsala befindet, eine nur zur Hälfte erhaltene Abschrift der gotischen Bibelübersetzung des Bischofs Wulfila.

Ende Sommer 2022 ergab sich die Gelegenheit zur Archivarbeit in der Carolina Rediviva, die den Nachlaß von Gustafsson auf neun Regalmetern aufbewahrt. Zum Glück waren diese Schriftstücke sorgfältig kategorisiert, so daß wir in einer Mappe mit Korrespondenz schnell eine handschriftliche

Notiz von Enzensberger fanden, deren Erhalt Gustafsson am 7. November 1973 auf dem Blatt notiert hat:

[ankom 7. 11 1973 LG]

lieber lars,
willst du johnson fragen? dann übernehme ich grass. böll & frisch unterwegs. vielleicht lassen wir's bei 5 bekannten signaturen, statt eine versammlung von unbekannten zu veranstalten

grüße, m

ein ex. für dich
eins für uwe johnson

Was wir nicht fanden, waren die verschiedenen Versionen des von Enzensberger, Johnson und Frisch »verbesserten« Briefs an Palme. Was wir dagegen fanden, war ein maschinenschriftlicher Entwurf des Briefs in schwedischer Sprache, der am Ende, ebenfalls maschinenschriftlich, die Namen Hans Magnus Enzensberger, Max Frisch, Günther [!] Grass und Uwe Johnson als Unterzeichner trägt; handschriftlich hinzugefügt ist der Name Ernst Bloch. Diese Fassung sollte das von Gustafsson und Per Olov Enquist verfaßte Schreiben sein. Dazu eine relativ wörtliche, auf einer anderen Schreibmaschine getippte Übersetzung dieses Textes ins Deutsche. Schließlich dieselbe Übersetzung mit Korrekturen in Johnsons Handschrift und mit seiner Unterschrift.
Wer Johnsons literarischen Stil kennt, hätte vielleicht erwartet, daß gerade seine Korrekturen eher diesem Stil entsprächen, als anerkannt »gutes Deutsch« wären. Wenn Frisch diesen Text tatsächlich weiter korrigiert hätte (worauf nichts hinweist), wäre das nachvollziehbar gewesen. Aber diese Erwartung wird enttäuscht. Johnson

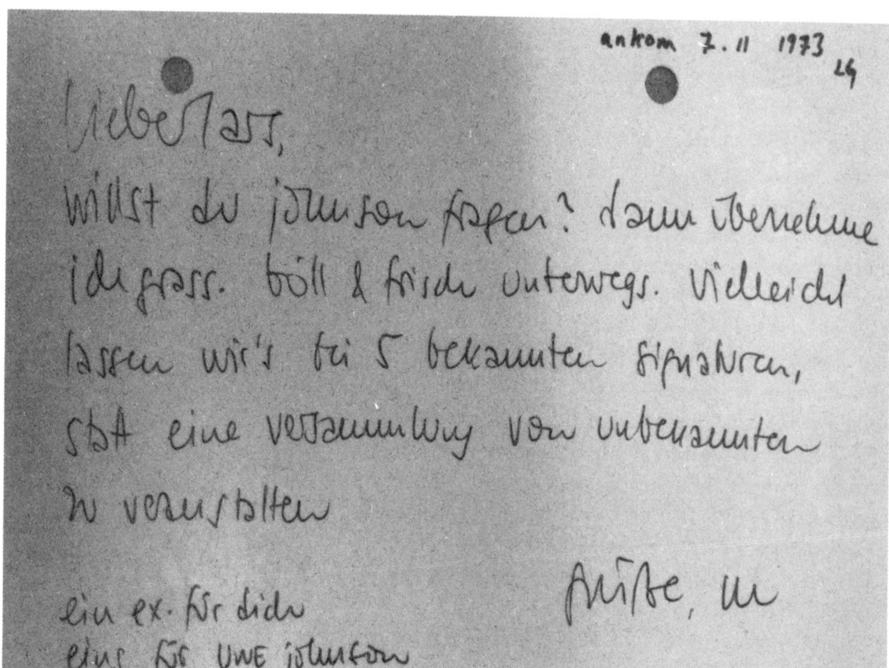
ankom 7. 11 1973
LG

lieber lars,
willst du johnson fragen? dann übernehme ich grass. böll & frisch unterwegs. vielleicht lassen wir's bei 5 bekannten signaturen, statt eine versammlung von unbekannten zu veranstalten

grüße, m

ein ex. für dich
eins für uwe johnson

korrigierte einen grammatischen Fehler (»in den USA« statt »in die USA«), einen Rechtschreibfehler (nach alter Rechtschreibung »von seiten« statt »von Seiten«) und eine falsche Wortwahl (die schwedische Regierung hat die Verfasser nicht »gefangennehmen«, sondern »festnehmen« lassen). Es wäre auch zu fragen, ob es richtig war, die beiden Journalisten als Verfasser zu bezeichnen – hier wäre »Journalisten« oder »Schriftsteller« vorzuziehen gewesen, da der eine von ihnen, Jan Guillou, auch Romane schrieb. Alle anderen Änderungen sind stilistischer Art: »der justizförmige Angriff gegen Ellsberg« wird zu »der Angriff der Justiz gegen Ellsberg« (»auf Ellsberg« wäre noch besser gewesen); gemeint ist, daß Ellsberg durch die Justiz – aber nicht von der Justiz – angegriffen wurde. Das »offizielle Schweden« wurde zu »die schwedische Akademie« (die Solschenizyn den Literaturnobelpreis verlieh). In der Übersetzung heißt es, daß sich der internationale Ruf Schwedens seinen demokratischen Lebensformen verdanke und daß »dieser Ruf verletzlich« sei, Johnson macht daraus, daß »es schade um diesen Ruf wäre«.

Weil der Brief handschriftlich mit der damaligen Dienstadresse des Ministerpräsidenten (»Kanzlihuset« – korrektes Schwedisch wäre »Kanslihuset«, also sicher nicht von Gustafsson geschrieben) und Johnsons Adresse versehen ist, dürfte dies die Fassung sein, die nach Stockholm geschickt wurde.

Von wem die deutsche Übersetzung des schwedischen Originals stammt, ist nicht eindeutig auszumachen. Da Gustafsson am 7. November von Enzensberger zwei Exemplare des Protestbriefs erhielt, eine für ihn selbst, eine zweite für Johnson, liegt die Vermutung nahe, daß es sich um das für ihn bestimmte Exemplar handelt, das Johnson korrigiert hatte. Dafür spricht auch, daß es offensichtlich auf einer anderen Schreibmaschine geschrieben wurde, worauf die unterschiedlichen Typen hindeuten, aber auch, daß der schwedische Text den Buchstaben å enthält, während im deutschen sowohl ü als auch ß vorkommen. Da Enzensberger Schwedisch konnte, würde ihn das nicht als Übersetzer ausschließen. Gustafsson verfügte wohl kaum über eine deutsche Schreibmaschine. Gustafsson hätte auch kaum geschrieben »Es ist jedoch eine politische Tatsache, daß Schwedens Geltung in der Welt sich seinen demokratischen Lebensformen verdankt.« – Die Stellung des Reflexivpronomens an der letzten möglichen Stelle des Satzes (statt »daß sich Schwedens Geltung in der Welt«) ist ein Manierismus der Frankfurter Schule, den wir bei einem deutschen, aber kaum bei einem schwedischen Übersetzer finden würden.

Andererseits würde es überraschen, wenn diese erste deutsche Fassung von einem Muttersprachler, also Enzensberger, stammt oder zumindest von ihm durchgesehen wurde. Wir erwarten die oben aufgeführten Fehler, die Johnson korrigiert hat, von einem Zweitsprachler, aber nicht von einem Muttersprachler, der doch korrektes Deutsch schreiben sollte. Oder ist das nur ein Vorurteil? Wir sind sicher, daß der Nachlaß nichts weiter zu diesem Punkt enthält, möchten es aber nicht mit dem Hinweis auf die komplizierte Vorgeschichte eines formal und inhaltlich derart auffälligen autobiographischen Textes bewenden lassen. Dabei hilft uns Gustafssons Erzählung »Thorn«, die 1965 in Enzensbergers Übersetzung im Kursbuch 5 erschien.

Eine zentrale Rolle spielt darin die Universitätsbibliothek einer ungenannten Stadt, die an die Carolina Rediviva erinnert. Der Ich-Erzähler läßt sich an einem regnerischen Novembertag in dieser Bibliothek Abbildungen der Stadt Thorn – heute Toruń in Polen – aus vier Jahrhunderten zeigen, beginnend mit zwei Stichen von 1497 und 1506. Ein Detail fällt ihm besonders auf:

ein weißes Haus unterhalb des Burgbergs mit einem eigentümlichen Dach, das auf beiden Stichen deutlich zu sehen ist. Ein Schlachtengemälde von 1540 hat dagegen eine andere Perspektive und das Haus ist im Wirrwarr unterhalb des Bergs nicht auszumachen. Auch in einer Darstellung von 1580 ist das Haus nicht zu entdecken (falls es also noch wie 1506 dagestanden hat), wegen der Perspektive und weil ein prächtiges neues Palais den Blick versperrt. Einem grobschlächtigen Holzschnitt von 1632 fehlen alle Details und es gibt keine Hoffnung, das Haus darauf zu entdecken. Auf einem Stich von 1743 ist das Palais, das die Sicht versperrte, nicht mehr zu sehen, doch das Haus, das eigentlich wieder da sein müßte, bleibt ebenfalls verschwunden. Dafür findet sich außerhalb der Stadt, unter einem anderen Hügel als dem Burgberg, ein Haus, das vollständig mit dem identisch ist, das auf den Stichen von 1497 und 1506 zu sehen war. Wie sollen wir das verstehen? Der Erzähler muß alle Erklärungen verwerfen und zieht den Schluß, daß »ein ganz unwahrscheinlicher Zufall im Verlauf von dreihundert Jahren, in der Stadt Thorn in Polen, zwei Häuser hervorgebracht haben soll, die einander bis ins kleinste Detail glichen«. Als er die Bibliothek verläßt, hat es aufgehört zu regen und die Sonne bescheint die ganze Stadt.

Im eingangs zitierten Interview des Hessischen Rundfunk sagte Frisch: »Die Wahrheit ist keine Geschichte. Sie ist da oder nicht da.« So verhält es sich auch mit den Dokumenten in Gustafssons Nachlaß. Sie sind da, und wir haben sie gefunden. Anders verhält es sich mit den Geschichten, die man erfinden kann. Aber welche Erfahrungen wollte Gustafsson mit seiner Geschichte in der Autobiographie mitteilen?

Seine Geschichte spricht zwei Erfahrungen an: die Sorge des fremdsprachlichen Sprechers darum, als legitimer Sprecher dieser Sprache anerkannt zu werden, und die Frage, was diejenigen, die diese Sprache nicht nur von Anfang an gesprochen haben, sondern auch früh in ihr geschult worden sind, als »richtige« und »gute« Sprache (in diesem Fall richtiges und gutes Deutsch) anerkennen. Der Fremdsprachler muß sich die Anerkennung seines Deutsch erst erkämpfen. Muttersprachler können diese Legitimität dank ihrer Biographie und Sozialisation ohne weiteres in Anspruch nehmen, brauchen sich aber nicht darüber einig zu werden, wie dieses legitime und gute Deutsch im einzelnen aussieht – und zwar nicht bloß, weil sie in verschiedenen Teilen des deutschen Sprachgebiets aufgewachsen und zur Schule gegangen sind – in Nürnberg wie Enzensberger, in Anklam wie Johnson oder in Zürich wie Frisch.

Wenn wir aber nicht annehmen wollen, daß Gustafsson sich die Geschichte mit den drei deutschen Schriftstellern, die ihre Texte gegenseitig korrigieren, weil sie sie für Texte eines Nicht-Muttersprachlers halten, aus den Fingern gesogen hat, um diesen Erfahrungen Ausdruck zu verleihen, gibt es nur eine Erklärung, die ebenso unbefriedigend ist wie diejenige, mit der sich der Erzähler in »Thorn« begnügen muß: Uwe Johnson hat tatsächlich – ohne es zu wissen – einen Text korrigiert, der auf Enzensbergers Schreibmaschine geschrieben wurde und entweder dessen hingeschluderte Übersetzung des ursprünglichen von Enquist und Gustafsson auf schwedisch formulierten Protestschreibens war oder aber eine halbherzige Korrektur einer Übersetzung ins Deutsche – jedenfalls nicht in das »gute Deutsch«, das wir von einem Muttersprachler und erst recht von einem anerkannten Schriftsteller und Übersetzer erwarten.

Die Frage ist weiter, wieso die Übersetzerin Verena Reichel von Enzensbergers Patzern spricht, während es im Original der Autobiographie heißt, daß es dessen »elegante Formulierungen« waren, die dem Johnsonschen Füllfederhalter zum Opfer fielen.

Wußte Reichel hier mehr als wir, nämlich daß Enzensberger tatsächlich der Übersetzer dieser Fassung des Protestbriefs war? Ergebnis mit vielen Kautelen, aber doch: Es wird wohl so gewesen sein, daß Gustafsson sich über die Herablassungen der Promis geärgert hat. Dafür gibt es in seinem Text durchaus Anhaltspunkte. Der sonst überaus charmante und empathische Schriftsteller spricht am Schluß seiner Geschichte nur noch von den »Herren«, die sich gern als »Grammatikmagister für mich und füreinander zur Verfügung stellten«. Ihre Einlassungen zum Protestschreiben waren so gut wie identisch, keinem fiel etwas Besonderes ein. Die Wiederholung ihrer Reaktion macht die Komik der Erzählung aus. Den Herren ging es zuerst und vor allem um die eigene Sprache. Das sollte durch die Archivierung der Einzelheiten verewigt werden und eines Tages mit frischem Blick zu einer Doktorarbeit führen.

Im übrigen enthält Gustafssons »Thorn« auch Hinweise darauf, daß sich Erzählung und Wirklichkeit nicht zu decken brauchen: Die Stadt Toruń liegt in einer Ebene und es gibt dort weder den von Gustafsson erwähnten Burgberg noch andere Hügel (Gernot Krämer hat uns darauf hingewiesen).

Was uns betrifft: Wir nehmen bis zu einer begründeten Alternative an, daß wir in Gustafssons Sinn tätig geworden sind.

ANMERKUNGEN

Adam von Trott zu Solz (1909 – 1944), Jurist und Diplomat, Mitglied der Widerstandsgruppe Kreisauer Kreis, nach dem gescheiterten Umsturzversuch vom 20. Juli 1944 wegen Hochverrats angeklagt und wenige Wochen später hingerichtet. Der Traumtext sowie die zitierten Briefe liegen im Bundesarchiv Koblenz, Nachlaß 1416.

Benigna von Krusenstjern, geb. 1947, Historikerin, langjährige wissenschaftliche Mitarbeiterin am Max-Planck-Institut für Geschichte, lebt in Göttingen. 2009 erschien »›daß es Sinn hat zu sterben – gelebt zu haben‹. Adam von Trott zu Solz. 1909 – 1944. Biographie«, 2023 »Widerstand und Mißverständnis. Über den schwierigen Umgang mit dem deutschen Widerstand gegen das NS-Regime«.

Robert Byron (1905 – 1941), britischer Schriftsteller. Auf deutsch erschienen zuletzt »Der Weg nach Oxiana« (2004) und »Der Berg Athos. Reise nach Griechenland« (2020). Der Übersetzung liegen die Aufzeichnungen im Robert-Byron-Archiv der Beinecke Library (Yale University) zugrunde.

Niklas Hoffmann-Walbeck, geb. 1983 in Berlin, wo er auch lebt, Kurator und Übersetzer u.a. von Byrons »Der Berg Athos«.

Uta Gosmann, geb. 1973 in Bochum, lebt als Lyrikerin, Übersetzerin und Psychoanalytikerin in New Haven, Connecticut. 2023 erschien ihr Gedichtband »Reise durchs Nimmerich«. Siehe auch Sinn und Form 4/2019 und 3/2023.

Cécile Wajsbrot, geb. 1954 in Paris, Romane, Essays, Hörspiele, Übersetzungen, lebt in Paris und Berlin. Auf deutsch erschienen zuletzt die Romane »Nevermore« (2021) und »Mémorial« (2023). Druckfassung der Selma Stern Lecture, die am 29. Juni 2023 in der Mendelssohn-Remise in Berlin gehalten wurde. Siehe auch Sinn und Form 4/2022 und 3/2023.

Agi Mishol, geb. 1946 in Cehu Silvaniei/Siebenbürgen, israelische Dichterin, lebt in der Nähe von Tel Aviv. Ihr Band »Gedicht für den unvollkommenen Menschen« erscheint im Juli 2024, übersetzt von Anne Birkenhauer, als zweisprachige Ausgabe in der Edition Lyrik Kabinett bei Hanser © 2024 Carl Hanser Verlag GmbH & Co. KG, München.

Nikola Madzirov, geb. 1973 in Strumica (Nordmazedonien), wo er auch lebt, Lyriker, Essayist und Übersetzer. Die Übersetzung erfolgte nach dem Manuskript. Auf deutsch erschien 2011 der Gedichtband »Versetzter Stein«. Siehe auch Sinn und Form 1/2021.

Aleksandar Tišma (1924 – 2003), serbischer Schriftsteller, lebte vor allem in Novi Sad sowie in Westeuropa. Auf deutsch erschien zuletzt die Autobiographie »Erinnere dich ewig« (2021).

Achim Engelberg, geb. 1965 in Berlin, Publizist und Kurator, Herausgeber und Co-Autor der Schriften seines Vaters, des Historikers Ernst Engelberg. Zuletzt erschien »An den

Rändern Europas. Warum sich das Schicksal unseres Kontinents an seinen Außengrenzen entscheidet« (2021). Das Gespräch wurde am 20. April 2002 in Berlin geführt und bei einem Treffen wenige Tage später ergänzt. Siehe auch Sinn und Form 2/2018 und 5/2023.

Alexandru Bulucz, geb. 1987 in Alba Iulia (Rumänien), Lyriker, Übersetzer, Herausgeber, lebt in Berlin. 2016 erschien der Gedichtband »Aus sein auf uns«, 2020 »was Petersilie über die Seele weiß«. Siehe auch Sinn und Form 1/2022.
Erläuterung des Autors zum Gedicht »In der Sonnenkorona«: »Am 11. August 1999 fand in Mitteleuropa eine totale Sonnenfinsternis statt. Der Schwarzdorn fruchtet Anfang August, mit seinen Dornzweigen werden die Wände von Gradierwerken, Anlagen zur Salzgewinnung, gefüllt. Abbau und Neuaufbau des Gradierwerks in Bad Sooden-Allendorf erfolgten zum Jahrtausendwechsel aufgrund von Fäule. Der Mutter folgte ich im Juli 2000 nach Deutschland. Mein Aufenthalt im Sportinternat Bad Sooden-Allendorf währte sechs Jahre, bis zu meinem Abitur 2008.«

Gabriela Adameşteanu, geb. 1942 in Târgu Ocna (Rumänien), Romane, Erzählungen, politische Schriften, lebt in Bukarest. Auf deutsch erschienen zuletzt die Romane »Verlorener Morgen« (2021) und »Der Trevi-Brunnen« (2023). Kapitel 15 des Romans »Voci la distanţă« (Stimmen auf Abstand, 2022). Siehe auch Sinn und Form 2/2008 und 5/2016.
Erläuterungen: S. 76 *Il avait d'autres chats à fouetter* Er hatte Wichtigeres zu tun (frz.); S. 77 *Nicu* Ceauşescu (1951–1996), jüngster Sohn von Nicolae und Elena Ceauşescu, ab 1987 Erster Sekretär der Kommunistischen Partei in Sibiu (Hermannstadt), im Dezember 1989 verhaftet und zu einer Gefängnisstrafe verurteilt; *Valentin* (geb. 1948), ältestes Kind der Ceauşescus, Physiker, lebt in Bukarest; *Zoia* (1949–2006), Tochter der Ceauşescus, Mathematikerin.

Mircea Cărtărescu, geb. 1956 in Bukarest, Lyrik, Prosa und Essays, lebt in der Nähe seiner Geburtsstadt. Auf deutsch erschienen zuletzt der Roman »Solenoid« (2019) und der Erzählungsband »Melancolia« (2022). Aus »Totul« (Alles, 1985), »Dragostea« (Liebe, 1994) und »Nimic« (Nichts, 2010). Siehe auch Sinn und Form 3/2012 und 6/2013.

Ernest Wichner, geb. 1952 in Zăbrani (Rumänien), Autor, Literaturkritiker und Übersetzer, von 2003 bis 2017 Leiter des Literaturhauses in Berlin, wo er auch lebt. Zuletzt erschien der Gedichtband »Heute Mai und morgen du« (2022).

Klaus-Jürgen Liedtke, geb. 1950 in Ende/Nordfriesland, Schriftsteller und Übersetzer, lebt in Berlin. Zuletzt erschienen »Nachkrieg und die Trümmer von Ostpreußen – Roman aus Dokumenten« (2018) und »schreiben aus einem abgeschiedenen land – essays« (2020).
Erläuterung: S. 94 *Birkarler* Inoffizielle Gruppierung, die vom 13. bis zum 17. Jahrhundert in Schwedisch Lappland Handel und Steuern kontrollierte.

Agnė Žagrakalytė, geb. 1979 in Pasvalys (Litauen), lebt in Brüssel, Redakteurin verschiedener Jugendmagazine. Die Übersetzung erfolgte nach dem Manuskript.

Benjamin Franklin (1706 – 1790), Verleger, Journalist, Naturwissenschaftler, Diplomat, Mitbegründer der Vereinigten Staaten von Amerika. Auf deutsch erschien zuletzt eine Neuauflage seiner »Autobiographie« (2016).

Jürgen Overhoff, geb. 1967 in Lippstadt, Professor für Historische Bildungsforschung an der Universität Münster, Leiter der dortigen Arbeitsstelle für Deutsch-Amerikanische Bildungsgeschichte. Veröffentlichungen u.a.: »Benjamin Franklin. Erfinder, Freigeist, Staatenlenker« (2006) und »Bundesrepublik Amerika. Wie der deutsche Föderalismus die US-Verfassung inspirierte. Essays zur transatlantischen Politikgeschichte, 1690 – 1790« (mit Johannes Burkhardt und Volker Depkat, 2023). Siehe auch Sinn und Form 4/2021.

Christa Bürger, geb. 1935 in Frankfurt am Main, bis 1998 Professorin für Literaturwissenschaft an der dortigen Johann-Wolfgang-Goethe-Universität, lebt in Berlin. Zuletzt erschien 2019 die Neuausgabe von »Mein Weg durch die Literaturwissenschaft 1968 – 1998«, 2024 erscheint »Luziferische Kunst« (mit Peter Bürger †). Siehe auch Sinn und Form 5/2022 und 3/2023.

Iris Radisch, geb. 1959 in West-Berlin, Literaturkritikerin und Essayistin, leitet (mit Adam Soboczynski) das Feuilleton der »Zeit«, lebt in Berlin. Zuletzt erschienen »Die letzten Dinge. Lebensendgespräche« (2015) und »Warum die Franzosen so gute Bücher schreiben« (2017).

Jörg Aufenanger, geb. 1945 in Wuppertal, lebt als Literaturkritiker, Essayist und Autor in Berlin. Veröffentlichungen u.a.: »Ein Sommer in Caputh« (2016) und »Else Lasker-Schüler in Berlin« (2019). Siehe auch Sinn und Form 6/2018 und 2/2020.

Sara Rukaj, geb. 1992 in Wien, lebt als freie Autorin in Frankfurt am Main. Zuletzt erschien »Die Antiquiertheit der Frau. Vom Verschwinden des feministischen Subjekts« (2022).

Sebastian Guggolz, geb. 1982 am Bodensee, gründete 2014 den Guggolz Verlag, seit 2022 zudem für die Klassiker im S. Fischer Verlag zuständig, lebt in Berlin. Laudatio zur Verleihung des Italo-Svevo-Preises am 12. September 2022 im Literaturhaus Hamburg.

Hartmut Haberland, geb. 1948 in Hannover, deutsch-dänischer Linguist, Professor emeritus der Universität Roskilde, lebt in Frederiksberg bei Kopenhagen.

Peter Eisenberg, geb. 1940 in Strausberg/Brandenburg, Sprachwissenschaftler, zuletzt Professor an der Universität Potsdam, lebt in Berlin. Zuletzt erschien »Grundriß der deutschen Grammatik – Das Wort« (2021). Der Abdruck der Karte Hans Magnus Enzensbergers an Lars Gustafsson aus der Carolina Rediviva, Uppsala, erfolgt mit freundlicher Genehmigung © Erbengemeinschaft Enzensberger.

Alle Beiträge sind, soweit nicht anders angegeben,
Erstveröffentlichungen oder Erstübersetzungen.